날치 flying fish

mako shark, dentuso
청상아리

청어리
Sardine

노인과 바다

노인과 바다

The Old Man and the Sea

어니스트 헤밍웨이 소설선집 이종인 옮김

THE OLD MAN AND THE SEA
by ERNEST HEMINGWAY (1952)

이 책은 실로 꿰매어 제본하는 정통적인 사철 방식으로 만들어졌습니다.
사철 방식으로 제본된 책은 오랫동안 보관해도 손상되지 않습니다.

노인과 바다

그는 멕시코 만류에서 조각배를 타고서 혼자 낚시하는 노인이었고, 고기를 단 한 마리도 잡지 못한 날이 이제 84일이었다. 고기를 못 잡은 처음 40일 동안에는 한 소년이 그와 함께 배를 탔다. 하지만 고기를 못 잡은 지 40일이 지나자 소년의 부모는 노인이 틀림없이 가장 불길한 살라오[1]일 거라고 말했다. 그래서 소년은 부모의 지시에 따라 다른 배를 탔는데, 그 배는 첫 주에만 좋은 고기 세 마리를 낚아 올렸다. 소년은 노인이 매일 빈 배로 부두에 돌아오는 것을 보면 마음이 아팠고 그래서 언제나 부두로 내려가 노인이 감아 놓은 낚싯줄, 갈고리, 작살, 돛대에 말려 있는 돛 등을 나르는 것을 도와주었다. 돛은 여기저기 밀가루 부대로 기운 것이었는데, 그렇게 접어 놓으니 영원한 패배의 깃발처럼 보였다.

노인은 수척했으며 목 뒷부분에는 깊은 주름살이 잡혀 있었다. 양 뺨에는 열대 바다의 햇빛 반사광에 노출되면 생기는 가벼운 피부암 종류의 갈색 검버섯이 있었다. 검버섯은

1 *salao.* 〈재수 없는 자〉라는 뜻의 스페인어.

얼굴 양쪽에서 아래쪽으로 내려왔다. 크고 무거운 고기를 잡으려고 낚싯줄을 오래 만진 탓에 그의 양손에는 깊은 흉터들이 있었다. 하지만 최근에 생긴 상처는 아니었다. 그것은 물고기 없는 사막의 침식 구멍처럼 오래된 것이었다.

모든 게 늙어 보였으나 두 눈만은 그렇지 않았다. 두 눈은 바다와 똑같은 색깔이었고 쾌활한 불패(不敗)의 기색이 감돌았다.

「산티아고 할아버지.」작은 배를 묶어 놓은 둑에서 올라오며 소년이 그에게 말했다. 「이제 할아버지와 다시 나갈 수 있어요. 돈을 좀 벌었거든요.」

노인은 소년에게 낚시하는 법을 가르쳤고 소년은 그를 사랑했다.

「아니야.」노인이 말했다. 「넌 재수 좋은 배에 타고 있잖아. 그러니 그들과 함께 있어.」

「할아버지는 전에도 87일 동안이나 고기를 못 잡고 있다가 그 후 3주 동안 저와 함께 큰 놈을 매일 잡았잖아요. 기억하시죠?」

「기억하지.」노인이 말했다. 「네가 내 실력을 의심해서 떠난 것은 아니라는 건 나도 알아.」

「아빠가 저보고 떠나라고 했어요. 저는 애니까 아빠 말을 들어야 해요.」

「알아.」노인이 말했다. 「그게 정상이지.」

「아빤 별로 믿음이 없어요.」

「그래.」노인이 말했다. 「하지만 우린 믿음이 있지, 그렇지 않아?」

「맞아요.」 소년이 말했다. 「테라스 식당에 가서 맥주를 한 잔 대접해 드릴까요? 그다음에 물건을 들고 집으로 가요.」

「그거 좋지.」 노인이 말했다. 「어부 대 어부로서 말이야.」

그들은 테라스 식당에 함께 앉았다. 많은 어부들이 노인을 놀렸으나 그는 화를 내지 않았다. 좀 나이가 든 어부들은 그를 바라보며 슬픔을 느꼈다. 하지만 그들은 그것을 내색하지 않았고 해류와, 낚싯줄을 드리운 수심(水深)과, 꾸준히 이어지는 좋은 날씨와, 기타 그들이 바다에서 본 것 따위에 대해 점잖게 말했다. 그날 성공을 거둔 어부들은 이미 항구에 들어와 있었다. 그들은 잡아온 말린[2]을 죽여 두 개의 기다란 널빤지에 쭉 펴져 놓았고 각각의 널빤지 양쪽 끝을 잡은 두 명의 남자가 그것을 아주 힘겹게 비틀거리며 물고기 공판장으로 옮겼다. 사람들은 그곳에서 냉동 트럭이 오기를 기다렸다. 말린은 그 트럭에 실려 아바나의 어시장으로 나갈 터였다. 상어를 잡아 온 사람들은 그놈을 작은 만(灣)의 한쪽 끝에 있는 상어 공장에 넘겼다. 공장 사람들은 상어를 도르래와 밧줄로 매달아 놓은 후 간을 떼어 내고, 지느러미를 제거하고, 가죽을 벗긴 다음, 살코기를 네모난 조각으로 잘라 소금에 절였다.

동풍이 불면 항구 건너편의 상어 공장에서 비릿한 냄새가

2 여러 종류의 덩치가 큰 바다 물고기를 가리키는 집합적 이름. 주로 〈돛새치sailfish〉와 〈청새치spearfish〉를 가리킨다. 덩치가 아주 크고 주둥이 앞부분이 창처럼 툭 비어져 나온 것이 특징이며 주로 다른 물고기를 잡아먹고 산다.

풍겨 왔다. 하지만 오늘은 희미한 흔적만 있었다. 바람이 북쪽으로 물러갔다가 소멸해 버렸고 그래서 테라스 식당은 햇빛 환하고 상쾌했다.

「산티아고 할아버지.」소년이 말했다.

「응.」노인이 말했다. 그는 맥주잔을 든 채 여러 해 전의 일을 생각하고 있었다.

「내일 사용하실 정어리를 구해다 드려요?」

「아니. 가서 야구나 하렴. 나는 아직도 노를 저을 수 있고 로헬리오가 낚시 그물을 쳐줄 거야.」

「구해 오고 싶어요. 할아버지와 낚시를 함께 할 수 없다면 이런 식으로라도 도움을 드리고 싶어요.」

「맥주를 사주었잖니.」노인이 말했다. 「넌 이미 어른이야.」

「할아버지 배에 처음 탔을 때 전 몇 살이었죠?」

「다섯 살이었지. 내가 아직 팔팔한 물고기를 잡아들이고 그놈이 배를 거의 박살 내버릴 뻔했을 때, 너는 거의 죽을 뻔했지. 기억나니?」

「기억나요. 그놈이 꼬리를 탁탁 치고 온몸을 비틀어 대자 배의 널빤지가 부서졌고 할아버지가 막대기로 그놈을 때리는 소리가 요란했죠. 할아버지는 젖은 낚싯줄이 있는 뱃전으로 나를 밀어 넣었죠. 배가 요동치는 것을 느낄 수 있었어요. 할아버지가 마치 장작을 패듯이 그놈을 후려치는 소리가 울려 퍼졌고 달콤한 피 냄새가 내 온몸을 뒤덮었죠.」

「정말로 기억하는 거니, 아니면 내가 말해 줘서 아는 거니?」

「우리가 처음 배 타고 바다에 나갔던 때부터 모두 다 기억해요.」

　노인은 햇볕에 타고 자신감 넘치는 자애로운 눈빛으로 소
년을 쳐다보았다.

　「만약 네가 내 아들이라면 널 바다에 데리고 나가 도박을
걸어 볼 텐데.」 그가 말했다. 「하지만 너는 네 아버지와 어머
니의 아들이고 또 재수 좋은 배에 타고 있지.」

　「정어리를 잡아서 가져올까요? 그리고 미끼 네 개를 구해
올 곳도 알고 있어요.」

　「미끼는 오늘 남겨 온 것이 있어. 상자 속 소금에다 넣어
두었지.」

　「네 개를 새로 더 구해 올게요.」

　「하나면 돼.」 그의 희망과 자신감은 사라지지 않았다. 오
히려 산들바람이 부는 것처럼 더욱 새로워졌다.

　「그럼 두 개만 가져올게요.」 소년이 말했다.

　「두 개로 하지.」 노인이 동의했다. 「훔치는 거 아니지?」

　「그러고 싶죠.」 소년이 말했다. 「하지만 돈 주고 사요.」

　「고맙구나.」 노인이 말했다. 노인은 단순한 성품이어서 자
신이 겸손하게 양보를 했을 때에도 그것을 신경 쓰지 않았
다. 하지만 자신이 그렇게 양보했다는 것을 알았고, 또 겸손
은 수치스러운 것도 아니며 또 진정한 자부심에 손상을 입히
는 것도 아님을 알았다.

　「해류가 이런 상태라면 내일은 아주 날이 좋을 거야.」 그
가 말했다.

　「어디로 가시게요?」 소년이 물었다.

「멀리 나갔다가 바람이 바뀌면 돌아오려고 해. 날이 밝기 전에 바다로 나가야지.」

「저도 멀리 나가자고 해보겠어요.」 소년이 말했다.「할아버지가 진짜 큰 놈을 잡았을 때 우리가 도와드릴 수 있잖아요.」

「그 친구는 그렇게 멀리 나가서 작업하는 것을 좋아하지 않아.」

「맞아요.」 소년이 말했다.「하지만 저는 그분이 보지 못하는 새들의 움직임 따위를 볼 수 있거든요. 만새기를 잡으러 나가자고 조를 수 있어요.」

「그 친구 눈이 그렇게 나쁜가?」

「거의 장님이에요.」

「이상한데.」 노인이 말했다.「그 친구는 바다거북잡이를 나가 본 적이 없어. 그걸 해야 눈이 나빠지는데.」

「하지만 할아버지는 모스키토 해안[3] 근처에서 여러 해 거북잡이를 했는데도 눈이 좋잖아요.」

「난 좀 이상한 노인이란다.」

「그런데 정말로 커다란 물고기가 나타나도 할아버지 힘만으로 잡으실 수 있겠어요?」

「그럼. 고기잡이에는 요령이 더 중요하지.」

「이제 물건들을 가지고 집으로 가요.」 소년이 말했다.「그 다음엔 투망을 가지고 정어리를 잡으러 갈 거예요.」

그들은 배에서 낚시 장비를 집어 들었다. 노인은 어깨에 돛대를 메었고 소년은 단단히 꼰 갈색 낚싯줄을 둘둘 감아서

3 니카라과에서 온두라스까지 길게 이어지는 동쪽 해안.

넣어 둔 나무 상자, 갈고리, 자루가 달린 작살을 들었다. 미끼가 든 상자는 몽둥이와 함께 배 뒤편 아래쪽에 놓아두었다. 몽둥이는 커다란 물고기를 배 위에 올렸을 때 그놈을 때려서 잠잠하게 만드는 데 쓰는 것이다. 아무도 노인의 물건을 훔치지는 않겠지만, 돛과 무거운 낚싯줄은 집으로 가져가는 편이 나았다. 이슬이 내리면 물건들이 상하기 때문이다. 노인은 마을 사람들이 그의 물건을 훔쳐 가지 않으리라 확신했지만, 갈고리와 작살을 배에다 놔두는 것은 쓸데없는 유혹을 불러일으키는 것이라고 생각했다.

그들은 길을 함께 걸어 올라가 노인의 오두막으로 갔고 열린 문을 통해 안으로 들어갔다. 노인은 돛이 둘둘 말린 돛대를 벽에다 기대어 세워 놓았고 소년은 상자와 다른 장비를 그 옆에 두었다. 돛대는 오두막 단칸방의 길이만큼 되었다. 그 오두막은 〈구아노〉라고 하는 대왕야자수의 질긴 싹 껍질로 지은 것이었다. 방 안은 침대, 테이블, 의자 그리고 숯으로 취사를 하는 흙바닥의 취사장이 전부였다. 질긴 구아노 껍질을 겹쳐 만든 평평한 갈색 벽에는 성심의 예수상과 코브레의 성모 마리아상의 천연색 사진이 걸려 있었다.[4] 그것은 그의 아내가 남긴 유물이었다. 한때 벽에는 빛바랜 아내 사진이 걸려 있었으나 그걸 보면 너무 외로워져 벽에서 내려 구석의 선반 위에 올려놓고 그 위에 깨끗한 셔츠를 놓아두었다.

4 코브레의 성모 마리아는 쿠바의 수호성인이다. 그녀의 예배당은 산티아고 데 쿠바의 서쪽에 있는 엘코브레 마을에 있다.

「뭐 드실 거예요?」 소년이 물었다.

「생선이랑 노란 쌀 한 접시. 너도 좀 먹겠니?」

「아니요. 집에 가서 먹을 거예요. 불 피워 드려요?」

「아니. 나중에 내가 피우마. 아니면 차가운 쌀을 그냥 먹든지.」

「투망 가져가도 돼요?」

「물론이지.」

투망은 없었고 소년은 그것을 언제 팔아 버렸는지 잘 알았다. 하지만 그들은 매일 그것이 있는 척했다. 물론 노란 쌀한 접시와 물고기도 없었고 소년은 그것도 알고 있었다.

「85는 행운의 숫자야.」 노인이 말했다. 「내가 내장을 빼버리고도 1천 파운드가 넘는 커다란 물고기를 잡아 오면 네 기분이 어떻겠니?」

「이제 투망을 가지고 정어리를 잡으러 가야겠어요. 문 앞에 앉아서 해바라기를 좀 하실 건가요?」

「응. 어제 신문이 있어서 야구 기사를 읽을 거야.」

소년은 어제 신문 또한 허구인지 아닌지 확신하지 못했다. 하지만 노인은 그것을 침대 밑에서 끄집어냈다.

「술집의 페드리코가 줬어.」 그가 설명했다.

「정어리를 잡으면 다시 올게요. 할아버지 것과 내 것을 얼음에 잘 쟁여 두었다가 내일 아침에 나누어 쓰면 돼요. 돌아오면 야구 얘기를 해주세요.」

「양키스는 절대 지지 않아.」

「하지만 클리블랜드 인디언스도 무섭던데요.」

「얘야, 양키스를 좀 믿어 봐. 위대한 디마지오[5] 선수를 좀 생각해 보라고.」

「전 디트로이트 타이거스와 클리블랜드 인디언스가 무서워요.」

「조심해. 그러다 보면 신시내티 레즈와 시카고 화이트 삭스도 무서워하게 될 거야.」

「아무튼 할아버지가 그걸 읽고 제가 돌아오면 말해 주세요.」

「끝자리가 85로 끝나는 복권을 사야 할까? 내일이 85일째 되는 날이니까.」

「그러세요.」 소년이 말했다. 「하지만 할아버지의 최고 기록인 87은 어쩌고요?」

「그런 일은 두 번 다시 벌어지지 않아. 85가 들어가는 복권을 살 수 있겠니?」

「물론이죠.」

「한 장만. 2.5달러야. 누구한테서 그 돈을 빌린다지?」

「문제없어요. 2.5달러쯤은 제가 언제든 빌릴 수 있어요.」

「나도 빌릴 수 있을 거야. 하지만 빌리지 않으려고 애쓰지. 처음엔 빌리다가 나중엔 구걸하게 되거든.」

「할아버지, 몸을 따뜻하게 해야 돼요.」 소년이 말했다. 「이제 9월이에요.」

「그래, 엄청 큰 물고기가 나타나는 달이지.」 노인이 말했다. 「5월은 아무나 어부가 될 수 있는 달이고 말이야.」

---

5 Joe DiMaggio(1914~1999). 1936년에서 1951년까지 뉴욕 양키스에서 뛴 프로 야구 선수로서 타율은 3할 2푼 5리였다.

「이제 정어리를 잡으러 가야겠어요.」소년이 말했다.

소년이 돌아왔을 때 노인은 의자에서 잠들어 있었고 해는 진 후였다. 소년은 노인의 군용 담요를 침대에서 집어 들어 의자의 뒷부분과 노인의 어깨에 덮어 주었다. 이상한 어깨였다. 나이가 아주 많이 들었지만 여전히 힘이 넘쳤다. 목도 여전히 튼튼했고, 노인이 잠들어 고개를 앞으로 숙였기 때문에 주름살도 그리 깊어 보이지 않았다. 셔츠는 너무나 여러 번 기워서 돛과 비슷해 보였고, 기운 조각들은 햇빛에 노출된 상태에 따라 색깔이 제각각이었다. 하지만 머리는 아주 나이 든 사람의 머리였고 눈을 감고 있으면 얼굴에는 생기가 없었다. 신문은 무릎 위에 놓여 있었는데 그 위에 놓인 양팔의 무게 때문에 저녁 미풍에도 날아가지 않았다. 노인은 맨발이었다.

소년이 떠났을 때와 마찬가지로 노인은 여전히 잠들어 있었다.

「할아버지, 일어나세요.」소년은 노인의 무릎에 손을 얹으며 말했다.

노인은 눈을 떴고 잠시 동안 아주 먼 곳에서 되돌아오는 듯한 표정을 지었다. 이어 그는 미소 지었다.

「뭘 가지고 온 거지?」그가 물었다.

「저녁 식사요.」소년이 말했다. 「저녁 식사 하셔야죠.」

「별로 배가 고프지 않아.」

「그래도 드셔야 해요. 먹지 않으면 낚시도 못 해요.」

「안 먹고 낚시한 적도 있지.」노인은 일어서서 신문을 접었다. 그러고는 담요를 개기 시작했다.

「담요는 그냥 두르고 계세요.」 소년이 말했다. 「제가 살아 있는 한, 할아버지가 식사도 하지 않고 낚시 나가는 일은 없을 거예요.」

「고맙구나. 오래오래 살면서 건강을 지키도록 해라.」 노인이 말했다. 「뭘 먹을 건데?」

「검은 콩과 쌀, 튀긴 바나나 그리고 스튜 조금이요.」

소년은 테라스 식당에서 2단 철가방에 넣어 음식을 가지고 왔다. 나이프, 포크, 스푼 두 벌은 각각 냅킨에 싸인 채 그의 호주머니에 들어 있었다.

「누가 이걸 주었니?」

「식당 주인 마르틴이요.」

「그 친구에게 고맙다고 해야겠구나.」

「이미 고맙다고 했어요.」 소년이 말했다. 「따로 고맙다고 하실 필요 없어요.」

「마르틴에게 내가 잡게 될 커다란 물고기의 뱃살을 주어야지.」 노인이 말했다. 「그 친구가 이렇게 한 것이 여러 번이지?」

「예.」

「그럼 뱃살보다 나은 것을 주어야겠는데. 그 친구는 우리한테 정말 잘해.」

「맥주도 두 개 주었어요.」

「난 캔에 든 맥주가 제일 좋아.」

「알아요. 하지만 이건 병에 든 거예요. 아투에이 맥주[6]예요. 병은 제가 식당에 도로 가져다줄 거예요.」

6 1930년대에 아바나 일대에서 많이 팔린 10센트짜리 맥주.

「참 착한 아이로구나.」 노인이 말했다. 「그럼 먹을까?」

「지금껏 식사하시라고 말했잖아요.」 소년이 부드럽게 말했다. 「할아버지가 준비를 마칠 때까지 철가방을 열고 싶지 않거든요.」

「준비 다 되었어.」 노인이 말했다. 「단지 씻을 시간이 좀 필요했을 뿐이야.」

어디서 씻었을까? 소년은 생각했다. 마을의 수도꼭지는 길 아래로 두 거리를 가야 있었다. 할아버지를 위해 물을 길어 와야겠는데, 하고 소년은 생각했다. 그리고 비누와 좋은 타월도. 난 왜 이렇게 생각이 없을까? 겨울을 대비해 셔츠와 상의도 한 벌 가져다 드려야겠어. 그리고 구두와 담요도 하나 더 필요해.

「스튜가 맛이 좋군.」 노인이 말했다.

「야구 얘기 해주세요.」 소년이 그에게 요청했다.

「아메리칸 리그에서는 내가 말한 대로 양키스밖에 없어.」 노인이 즐거운 목소리로 말했다.

「오늘 졌어요.」 소년이 그에게 말했다.

「그건 아무것도 아니야. 훌륭한 디마지오 선수가 다시 제 컨디션을 찾았잖아.」

「그 팀에는 다른 선수들도 있잖아요.」

「물론이지. 하지만 그가 있어서 결정적인 차이가 나는 거야. 다른 리그에는 브루클린과 필라델피아가 있는데 난 브루클린을 꼽지. 브루클린하면 딕 시슬러[7]와 그가 옛날 구장

7 Dick Sisler(1920~1998). 1946년에서 1953년까지 메이저 리그에서

20

에서 날린 빨랫줄 같은 장타들이 생각나.」

「정말 딕의 타구는 대단해요. 제가 보기에 그가 제일 멀리
날리는 것 같아요.」

「그가 테라스 식당을 찾아오곤 했던 때를 기억하니? 그에
게 함께 낚시를 하자고 하고 싶었지만 쑥스러워서 말을 못
했지. 그래서 너보고 한번 요청해 보라고 했는데 너 또한 소
심했어.」

「알아요. 그건 정말 잘못한 거였어요. 잘하면 우리와 함께
낚시하러 갔었을지도 몰라요. 그러면 우린 평생 그 얘기를
하며 살 수 있었을 텐데.」

「난 위대한 디마지오 선수를 낚시에 데려가고 싶어.」 노인
이 말했다. 「사람들 말로는 그의 아버지도 어부였대. 그도 우
리처럼 가난한 적이 있어서 우리를 이해해 주었을지 몰라.」

「위대한 시슬러의 아버지는 가난하지 않았고, 또 그가 제
나이만 했을 때 이미 빅 리그에서 뛰었죠.」[8]

「내가 네 나이만 했을 때는 가로돛을 설치한 커다란 배에
서 선원으로 뛰었지. 아프리카로 항해하는 배였어. 저녁이면
아프리카 해안에서 사자들을 보았지.」

뛴 프로 야구 선수.

8 딕 시슬러의 아버지 조지 시슬러George Sisler(1893~1973)도 메이저
리그에서 15년을 뛰었고 타율은 3할 4푼이었으며 명예의 전당에 헌액되었
다. 마놀린(소년)의 말을 액면 그대로 받아들이면 조지 시슬러가 빅 리그에
처음 등장한 해가 1915년이므로 마놀린의 나이는 22세가 된다. 그러나 이건
소년이라고 하기에는 너무 많은 나이이다. 반면에 〈그〉를 딕 시슬러로 읽는
다면, 아버지가 빅 리그에서 마지막으로 뛴 해인 1930년에 그가 열 살이었
으므로, 마놀린의 나이는 열 살일 것으로 추정된다.

「알아요. 전에 얘기해 주셨어요.」

「아프리카 얘기 할까, 아니면 야구 얘기 할까?」

「야구요.」 소년이 말했다. 「위대한 존 J. 맥그로에 대해서 말해 주세요.」 소년은 J를 〈호타〉[9]라고 발음했다.

「그 또한 왕년에 테라스 식당에 들르곤 했지. 하지만 그는 술에 취하면 거칠어지고 말을 막 하고 다루기가 까다로웠어. 그는 야구에 전념하는 것 못지않게 경마에도 관심이 많았지. 늘 경주마 리스트를 호주머니에 넣어 가지고 다녔고 자주 전화로 말들의 이름을 불러 주었어.」

「그는 훌륭한 야구 감독이었어요.」 소년이 말했다. 「우리 아버지는 그가 제일 훌륭한 감독이래요.」

「그가 이곳에 자주 찾아왔기 때문이지.」 노인이 말했다. 「만약 뒤로셰[10]가 매해 이곳을 찾아왔더라면 네 아버지는 그를 가장 위대한 감독이라고 했을 거야.」

「그럼 누가 최고의 감독이에요, 루케[11]인가요? 아니면 마이크 곤살레스?」[12]

9 알파벳 〈J〉의 스페인어 발음.

10 Leo Durocher(1905~1991). 1925년에서 1945년까지 메이저 리그 선수로 뛰었고 그 후에는 야구 감독을 지냈다.

11 Adolfo Luque(1890~1957). 1914년에서 1935년까지 메이저 리그 선수로 뛰었고 〈아바나의 자존심〉이라는 별명을 갖고 있었다. 루케는 메이저 리그 팀의 감독을 맡은 적은 없었고 쿠바의 겨울 리그 감독을 지냈다. 인종 문제 때문에 1940년대 후반에서 1950년대 초까지 쿠바 야구 선수들은 미국 메이저 리그에 진출하기 힘들었다. 메이저 리그에서 뛴 쿠바인들은 피부 색깔이 희었다.

12 Mike Gonzalez(1890~1997). 1912년에서 1932년까지 미국 메이저 리그에서 뛴 쿠바 출신의 프로 야구 선수. 1938년과 1940년에 세인트루이

「둘이 동급이라고 할 수 있지.」

「그리고 최고의 어부는 할아버지죠.」

「아니. 나보다 훌륭한 어부를 많이 알고 있단다.」

「*Qué va*(설마요).」 소년이 말했다. 「좋은 어부들도 많고 아주 뛰어난 어부들도 있죠. 하지만 할아버지가 최고예요.」

「고맙다. 너는 나를 기쁘게 하는구나. 내가 잡지 못할 만큼 엄청나게 큰 고기가 나타나지 않기를 바라야겠구나.」

「할아버지가 말씀대로 강하시다면 그런 물고기는 없을 거예요.」

「난 내 생각처럼 강하지 않을 수도 있어.」 노인이 말했다. 「하지만 나는 많은 요령을 알고 또 결단력이 있지.」

「이제 주무세요. 그래야 내일 아침에 힘이 생기죠. 이 그릇들은 테라스에 가져다줄게요.」

「그럼 잘 가거라. 내일 아침에 깨워 주마.」

「할아버지는 제 자명종이에요.」 소년이 말했다.

「늙은 나이가 자명종이지.」 노인이 말했다. 「왜 노인들은 그렇게 일찍 깨는 걸까? 남들보다 더 긴 하루를 보내기 위해서?」

「모르겠어요.」 소년이 말했다. 「제가 아는 건, 애들은 늦게까지 아주 잘 잔다는 거지요.」

「그건 기억해 두마.」 노인이 말했다. 「내일 아침에 시간 맞춰 널 깨워 주마.」

「다른 배 주인이 절 깨우는 것은 싫어요. 제가 못난 사람인 듯한 느낌이 들거든요.」

스 카디널스의 감독을 지냈다.

「알았다.」

「안녕히 주무세요, 할아버지.」

소년은 밖으로 나갔다. 그들은 아까 테이블에 앉아 불도 없이 식사를 했다. 노인은 어둠 속에서 바지를 벗고 침대로 갔다. 그는 신문을 바지 사이에 넣고 말아서 베개를 만들었다. 그러고는 담요로 몸을 말고서 침대의 용수철을 덮은 다른 신문지 위에서 잠을 잤다.

그는 곧 잠이 들었고 소년 시절에 갔던 아프리카 꿈을 꾸었다. 그는 기다란 황금빛 해안과 하얀 해안들을 보았다. 해안은 너무 희어서 눈을 찔렀다. 높이 솟은 갑과 우뚝한 갈색 산도 보았다. 그는 매일 밤 그 해안에서 지내며 꿈속에서 파도가 노호(怒號)하는 소리를 듣고 원주민들의 배가 그 파도를 뚫고 달리는 것을 보았다. 그는 갑판의 타르와 뱃밥 냄새를 맡았고, 아침마다 내륙 쪽에서 불어온 바람이 가져다주는 아프리카의 냄새를 맡았다.

그는 내륙에서 불어오는 산들바람의 냄새를 맡을 즈음이면 으레 잠에서 깨어나 옷을 입고 소년을 깨우러 갔다. 그러나 오늘 밤에는 바람 냄새가 너무 일찍 불어왔고, 그는 자신의 꿈이 아직 한창 진행 중임을 알고서 계속 꿈을 꾸었다. 그는 바다에서 우뚝 솟은 하얀 산봉우리들을 보았고 카나리아 군도의 여러 다른 항구와 정박소(碇泊所)들을 꿈꾸었다.

그는 폭풍우, 여자들, 대단한 사건들, 거대한 물고기, 사람들 사이의 싸움, 힘겨루기 시합, 그의 아내 등에 대해서는 꿈을 꾸지 않았다. 그가 다녔던 곳과 해변에 나타난 사자들에

24

대한 꿈만 꾸었다. 사자들은 해질 무렵 어린 고양이들처럼 뛰어놀았고 그는 소년을 사랑하듯 사자들을 사랑했다. 소년의 꿈을 꾸지는 않았다. 그는 잠에서 깨어나 열린 문으로 달을 내다보다가 바지를 다시 펴서 입었다. 그는 오두막 밖에서 오줌을 누고 소년을 깨우러 길을 나섰다. 아침의 한기에 몸이 떨렸다. 하지만 그렇게 떨고 나면 몸이 따뜻해질 것이고 곧 노를 저을 수 있을 것이다.

소년이 살고 있는 집의 문은 잠겨 있지 않았다. 그는 문을 열고서 맨발인 채로 그 안으로 살며시 들어갔다. 소년은 첫 번째 방에 있는 접이식 침대에서 자고 있었다. 노인은 스러지는 달빛 속에서도 소년의 모습을 똑똑히 볼 수 있었다. 그는 소년의 발 하나를 부드럽게 잡았다. 그러자 소년이 깨어나 몸을 돌리더니 그를 쳐다보았다. 노인이 고개를 끄덕였고 소년은 침대 옆 의자에서 바지를 집어 들고서 침대에 앉은 채로 그것을 입었다.

노인이 문밖으로 나갔고 소년이 뒤따라 왔다. 소년은 여전히 졸린 상태였다. 노인이 소년의 등에 팔을 두르면서 말했다. 「미안하구나.」

「Qué va(무슨 말씀을요).」 소년이 말했다. 「남자라면 다 이렇게 해야 하는걸요.」

그들은 길 아래로 내려가 노인의 오두막으로 갔다. 어둠 속에서 맨발인 남자들이 돛대를 어깨에 멘 채 그 길을 걸어가고 있었다.

노인의 오두막에 도착하자, 소년은 감아 놓은 낚싯줄이

들어 있는 상자와 작살과 갈고리를 들었고, 노인은 돛을 둘둘 감아 놓은 돛대를 어깨에 멨다.

「커피 드시겠어요?」 소년이 물었다.

「장비를 배에다 실은 다음 마시자꾸나.」

그들은 어부들을 상대로 하는 이른 아침의 노점에서 연유 깡통으로 커피를 마셨다.

「할아버지, 잘 주무셨어요?」 소년이 물었다. 그는 아직도 완전히 잠을 물리치지는 못했지만 그래도 거의 깨어났다.

「아주 잘 잤단다, 마놀린.」 노인이 말했다. 「오늘은 자신감이 넘쳐.」

「저도 그래요.」 소년이 말했다. 「이제 할아버지와 제 몫의 정어리와, 할아버지가 쓰실 새 미끼를 가지고 올게요. 우리 배 주인은 장비를 직접 가져와요. 다른 사람이 만지는 걸 싫어하거든요.」

「우린 다르지.」 노인이 말했다. 「난 네가 다섯 살 때부터 장비를 나르도록 시켰으니까.」

「맞아요.」 소년이 말했다. 「곧 돌아올게요. 커피 더 드세요. 여긴 외상이 돼요.」

그는 맨발로 산호 자갈 위를 걸어서 미끼를 저장해 둔 얼음 저장고로 갔다.

노인은 천천히 커피를 마셨다. 하루 종일 먹는 거라곤 그것뿐이니 마셔 두어야 했다. 벌써 오래전부터 노인은 먹는 것이 지겨웠고 그래서 점심을 가지고 다니지 않았다. 그는 배의 이물[13]에 물병을 하나 놔두었는데 그러면 하루 종일 충분했다.

　소년이 신문지에 싼 정어리와 미끼 두 개를 가지고 돌아왔다. 그들은 발밑에 자갈 섞인 모래를 느끼면서 길을 내려가 배로 갔다. 그들은 작은 배를 들어 올려 바다에 띄웠다.

　「행운을 빌어요, 할아버지.」

　「네게도 행운이 있기를.」 노인이 말했다. 그는 두 노의 중간 부분에 뚫린 작은 구멍에다 노걸이 밧줄을 꿰고서 다시 그 밧줄을 노 걸쇠에 단단히 묶은 다음, 몸을 앞으로 숙이면서 두 노를 힘껏 물속에 집어넣고 어둠 속에서 노를 젓기 시작했다. 다른 해변에서도 바다로 나가는 배들이 있었다. 달이 언덕 아래로 넘어가 버려 어부들을 볼 수는 없었지만, 노인은 그들이 노를 물속에 집어넣고 힘껏 젓는 소리를 들었다.

　때때로 사람들이 배 위에서 말을 하기도 했다. 하지만 대부분의 배들은 노 젓는 소리 이외에는 잠잠했다. 배들은 항구의 출구를 벗어나자 저마다 흩어졌고 각각의 배는 낚시질할 곳을 향해 나아갔다. 노인은 먼바다로 나갈 생각이었다. 그는 흙냄새를 뒤로 한 채 상쾌한 이른 아침의 바다 냄새 속으로 노를 저어 나갔다. 그는 어부들이 깊은 우물이라고 부르는 해역을 노 저어 지나가며 모자반속 해초가 빚어내는 푸른빛을 보았다. 깊은 우물은 깊이가 무려 7백 패덤[14]에 달하는 해구를 가리키는데, 해류가 바다 바닥의 가파른 해벽에 부딪치며 일으키는 소용돌이 때문에 모든 종류의 물고기들

　13 배의 앞부분.
　14 바다의 깊이를 재는 단위. 1패덤은 약 1미터 80센티미터.

이 이곳에 모여들었다. 가장 깊은 구멍에는 새우와 미끼 고기들 그리고 때때로 오징어 떼가 집중적으로 모여들었고, 이것들이 밤중에 수면 가까이 떠오르면 지나가는 고기들이 그것들을 잡아먹었다.

어둠 속에서 노인은 아침이 오는 것을 느낄 수 있었다. 그리고 노를 저으며 날치들이 물을 떠날 때 내는 몸을 떠는 소리와 뻣뻣하게 편 날개가 멀리 날아오르면서 내는 식식거리는 소리를 들었다. 날치는 바다에서 노인의 가장 좋은 친구였다. 그래서 노인은 날치를 좋아했다. 그는 새들이 안되었다는 생각이 들었다. 특히 몸집이 작고 가녀린 제비갈매기가 불쌍했다. 제비갈매기는 언제나 날아다니면서 먹이를 찾아다니지만 대개는 찾지 못한다. 도둑 새나 크고 단단한 새들이라면 모를까, 새들은 우리보다 살기가 더 힘들어, 하고 그는 생각했다. 바다는 이리도 사나운데 왜 저 제비갈매기 같은 약하고 힘없는 새들이 생겨났을까? 바다는 자상하고 아름답다. 하지만 갑자기 아주 사나워질 수 있다. 날아다니면서 물을 쪼고 사냥을 하는 저 새들, 저 여리고 슬픈 목소리를 내는 새들, 저들은 바다에는 어울리지 않는 연약한 존재인 것이다.

그는 언제나 바다를 〈라 마르la mar〉라고 생각했다. 그건 사람들이 바다를 좋아할 때 스페인어로 부르는 말이다. 바다를 사랑하는 사람들도 때로는 험담을 하지만, 그런 때에도 언제나 바다를 여성으로 말한다. 부표를 낚싯줄의 찌로 사용하고 또 상어 간(肝)을 많이 팔아 번 돈으로 사들인 모터보트를 타는 젊은 어부들은 바다를 〈엘 마르*el mar*〉라고 남성형 명사로 불렀다. 그들은 바다를 경쟁자, 하나의 정복 장소 혹은 적인 것처럼 말했다. 하지만 노인은 바다를 언제나 여성으로 생각했고, 엄청난 혜택을 줄 수도 있고 거두어 가기도 하는 존재라고 생각했다. 만약 바다가 거칠고 사악한 짓을 한다면 그건 어쩔 수 없어서 그런 것이라고 여겼다. 달이 여성에게 영향을 주는 것처럼 바다에도 영향을 주는 것이지, 하고 그는 생각했다.

그는 꾸준히 노를 저어 일정한 속도를 유지했다. 가끔 해류가 소용돌이치는 곳을 제외하고는 수면이 잔잔했기 때문에 노 젓기는 그리 힘들지 않았다. 노 젓기의 3분의 1은 해류가 해주는 것이었다. 그 덕분에 날이 밝기 시작할 때쯤 그는 평소 이 시간에 나와 있을 법한 지점보다 더 멀리 나와 있었다.

깊은 우물에서 일주일 동안 작업을 했는데 소득이 없었어, 하고 그는 생각했다. 오늘은 가다랭이와 날개다랑어 떼가 있는 곳에 가서 낚시를 해야지. 어쩌면 거기에서 커다란 놈이 걸려들지 몰라.

완전히 환해지기 전에 그는 미끼를 꺼내 물속에 드리웠고 해류를 따라 흘러갔다. 첫 번째 미끼는 40패덤 지점에 드리웠다. 두 번째는 75패덤, 세 번째와 네 번째는 각각 1백 패덤과 125패덤의 깊은 바다였다. 각 미끼 고기는 그 속을 낚싯바늘의 곧게 뻗은 허리 부분이 꿰뚫은 다음에, 흩어지지 않도록 단단히 묶어서 꿰매어져 있었다. 다시 낚싯바늘의 턱과 미늘과 끝부분에는 신선한 정어리들로 덮여 있었다. 각 정어리의 양 눈은 바늘의 턱과 미늘과 끝 부분에 꿰여 있어서 마치 반원형의 화관(花冠) 같은 모양이었다. 낚싯바늘은 허리, 턱, 미늘, 끝, 어디라 할 것 없이 큰 물고기가 구수한 냄새를 맡고서 입맛을 다실 만한 고기들이 주렁주렁 매달려 있었다.

소년은 노인에게 신선한 날개다랑어를 두 마리 주었다. 그 것들은 저울추처럼 가장 깊이 들어간 낚싯줄 앞부분에 매달려 있었다. 다른 두 낚싯줄에는 전에 사용한, 크고 푸른 전갱이와 갈전갱이가 달려 있었다. 하지만 그 물고기들은 아직도 싱싱한 상태였고 구수한 냄새에 입맛을 돋우는 신선한 정어리들과 함께 드리웠기 때문에 아무 문제 없었다. 큰 연필 굵기인 각 낚싯줄은 진초록색 막대찌에 연결했다. 그래서 고기가 미끼를 당기거나 건드리면 막대찌가 자동으로 물속으로 곤두박질치게 되어 있었다. 각 낚싯줄에는 40패덤 코일[15]이 두 개씩 달려 있고, 필요시 또 다른 예비 코일에 연결하면 한 물고기에 약 3백 패덤의 낚싯줄을 투입할 수 있었다.

이제 노인은 세 개의 막대찌를 물속에 넣고서 상태를 살피며 노를 천천히 저어 낚싯줄을 위아래로 조정하면서 적당한 수심을 확보했다. 이제 주위는 완전히 환해졌고 언제라도 해가 뜰 기세였다.

해가 수평선에서 희미하게 떠올라 노인은 다른 배들을 볼 수 있었다. 그 배들은 바다 위에 낮게 엎드린 채 해안 쪽으로 깊이 들어가서는 해류를 따라 흩어졌다. 이제 해가 환하게 떠올랐고 물 위에 햇빛이 작열했다. 해가 더 떠오르자 평평

15 감아 놓은 낚싯줄.

한 바다는 반사광을 그의 눈에 쏘았다. 노인은 눈이 매우 아팠다. 그는 수면을 쳐다보지 않으려고 애쓰면서 노를 저었다. 그는 물속을 내려다보면서 낚싯줄이 깊숙이 직선으로 내려가는 것을 살폈다. 그는 미끼를 곧게 내리는 일을 누구보다 잘했다. 그리하여 해류의 어둠 속, 그가 바라는 바로 그 지점, 고기가 있을 법한 지점에 미끼를 드리웠다. 어떤 어부들은 미끼를 해류에 떠내려가게 하는 바람에, 원하는 깊이는 1백 패덤이었으나 실제로는 60패덤밖에 안 되게 하는 경우도 있었다.

하지만 난 아주 정확하게 깊이를 유지하지. 그는 생각했다. 단지 지금껏 운이 없었을 뿐이야. 앞날을 누가 알아? 어쩌면 오늘은 운이 좋을지 몰라. 모든 날은 새로운 날이니까. 행운이 따른다면 더 좋겠지. 하지만 먼저 정확하게 하는 게 중요해. 그래야 행운이 찾아올 때 그걸 잡을 수 있지.

해가 떠오른 지 두 시간이 지나자 동쪽을 쳐다보아도 그리 눈이 아프지 않았다. 이제 다른 배는 세 척밖에 보이지 않았고 그나마 아주 낮게 또 멀리 해안 쪽으로 가 있었다.

평생 동안, 이른 아침의 태양은 내 눈을 아프게 했지. 그는 생각했다. 그래도 눈은 아직까지 좋아. 저녁때면 태양을 똑바로 쳐다보아도 눈앞이 깜깜해지지 않아. 저녁에는 눈이 더 밝아지는 것 같아. 아침에는 조금 아프긴 하지만.

바로 그때 그는 군함새 한 마리가 그의 바로 앞 상공에서 길고 검은 날개를 펴고 선회하는 것을 보았다. 놈은 갑자기 날개를 뒤로 젖히면서 급강하하더니 곧바로 공중으로 떠올라 빙빙 돌았다.

「저놈이 뭔가 발견했군.」 노인이 큰 소리로 말했다. 「그냥 들여다보기만 하는 게 아니야.」

그는 노를 천천히 꾸준하게 저어 군함새가 선회하는 곳으로 다가갔다. 그는 서두르지 않았고 낚싯줄을 위아래로 곧게 유지했다. 하지만 해류의 흐름을 따라 약간 속도가 났다. 그래서 정확하게 낚시를 하기는 했지만, 군함새의 신호가 없었을 때에 비하면 조금 빠른 속도로 낚시를 하는 중이었다.

군함새는 높이 올라갔다가 다시 선회했다. 날개에는 움직임이 없었다. 곧 그가 급강하했고 노인은 날치가 물 밖으로 솟구치더니 수면 위를 필사적으로 스쳐 가는 것을 보았다.

「만새기야.」 노인이 큰 목소리로 말했다. 「커다란 만새기 떼야.」

그는 노를 거두어들이고 이물 밑에서 조그마한 낚싯줄을 꺼냈다. 그것은 철사 목줄[16]에 중간 크기의 낚싯바늘이 달려 있는 것이었다. 그는 바늘에 정어리 한 마리를 미끼로 꿰었다. 그런 다음 그 줄을 뱃전으로 내리고서 고물의 고리 걸쇠에 고정시켰다. 그는 또 다른 낚싯줄에 미끼를 달고서 그 줄을 이물의 그늘에 똘똘 감은 상태로 놔두었다. 그러고는 노를 다시 저으면서, 수면을 낮게 날며 먹잇감을 찾고 있는 기다란 날개를 지닌 검은 새를 관찰했다.

노인은 군함새가 날개를 기울이며 또다시 하강하는 것을 지켜보았다. 새는 날치를 쫓아가면서 미친 듯이 날개를 퍼덕

16 미끼에 연결된 낚싯줄의 앞부분.

였다. 노인은 수면이 약간 불룩해지는 광경을 보았다. 커다란 만새기가 도망치는 날치를 쫓아가며 만들어 내는 것이었다. 만새기 떼는 날치 떼 밑의 물속을 빠르게 움직였다. 공중에 떠오른 날치가 수면으로 떨어지기를 기다리는 것이었다. 아주 굉장한 만새기 떼인데. 그는 생각했다. 만새기 떼는 넓게 퍼져 있었고 날치는 도망칠 수 있는 가능성이 거의 없었다. 군함새 또한 한몫 챙길 기회가 없었다. 날치는 그 새에게 너무 컸고 또 빠르게 움직였다.

그는 날치가 물 밖으로 거듭 튀어나오는 광경과 군함새의 쓸데없는 동작을 관찰했다. 저 고기 떼는 내게서 멀어져 가는구나, 하고 그는 생각했다. 어쩌면 낙오된 놈 한 마리쯤은 건질 수 있을지 모르지. 어쩌면 내가 바라는 큰 고기가 저들 주위에 있을지도 몰라. 내가 잡을 큰 고기가 여기 어디에 분명 있을 거야.

육지 위로 구름이 산처럼 피어올랐고 해안은 그 뒤에 회색과 초록색 언덕이 있는 가느다란 초록 선으로 보일 뿐이었다. 물은 암청색이었는데 너무 검어서 거의 자주색으로 보일 지경이었다. 그는 물속을 들여다보면서 깊은 물속에서 움직이는 붉은 플랑크톤과, 햇빛이 그 물속에 만들어 내는 이상한 빛을 보았다. 그는 낚싯줄이 물속으로 곧게 내려가다가 시야에서 사라지는 것을 보았다. 그는 플랑크톤이 많은 것에 기분이 좋았다. 플랑크톤은 곧 물고기를 의미하기 때문이다. 하늘 높이 뜬 해가 물속에서 만들어 내는 이상한 빛은 좋은 날씨를 의미했고 지평선 위 뭉게구름의 모양 또한 그런 날씨를 약속했다. 군함새는 거의 시야에서 사라져 보이지 않았고 수면에는 햇빛에 바랜 사르가소 해초와, 보라색에, 일정한 형태를 갖추고, 무지갯빛을 발하는, 젤라틴 같은, 기포체의 고깔 해파리 이외에는 아무것도 보이지 않았다. 해파리는 몸을 옆으로 틀었다가 다시 바로잡았다. 그것은 기포처럼 쾌활하게 부유했고 독성을 지닌 기다란 자주색 섬유질 꼬리를 물속에서 1야드 뒤로 내뻗치고 있었다.

「아구아 말라.」[17] 노인이 말했다. 「빌어먹을 것.」

노인은 노에 기대어 몸을 가볍게 돌리며 물속을 들여다보았다. 해파리의 섬유질 꼬리와 같은 색깔인 자그마한 물고기가, 해파리가 움직이면서 만들어 내는 그림자 속에서 꼬리들 사이를 헤엄치는 것이 보였다. 그 고기는 해파리의 독성에 면역되어 있지만 사람에게는 면역력이 없다. 노인은 낚시를 할 때, 섬유질 꼬리가 낚싯줄에 달라붙어 칙칙하게 보라색으로 엉겨 붙은 것을 본 적이 있다. 그것 때문에 독담쟁이나 옻나무에서 오르는 독이 양팔과 양손에 퍼져 부스럼과 종기가 나기도 했다. 해파리에게서 직접 독이 옮으면 빨리 퍼지고 또 채찍에 맞은 것처럼 따가웠다.

무지갯빛을 발하는 그 기포체는 아름다웠다. 하지만 해파리는 물속에서 아주 빠르게 움직이는 생물이다. 노인은 커다란 바다거북이 해파리를 잡아먹는 광경을 보는 걸 좋아했다. 거북은 해파리를 발견하면 앞쪽에서 접근해 눈을 감고

17 *agua mala*. 스페인어로 〈나쁜 물〉이라는 뜻. 속어로 해파리를 일컫는 말이기도 하다.

머리를 몸 안으로 집어넣어 완전히 등딱지가 된 채 해파리를 통째로 먹어 버린다. 노인은 그 광경을 보는 걸 좋아했고 또 폭풍우가 지나간 후에 해변으로 밀려 나온 거북의 등딱지 위를 걸어다니는 것도 좋아했다. 굳은 살이 박힌 딱딱한 발바닥으로 등딱지 위에 올라서면 픽 하는 소리가 나는데 그 소리 또한 마음에 들었다.

그는 우아하고 빠르고 값나가는 초록거북과 대모거북도 좋아했다. 하지만 그저 크기만 하고 미련한 붉은거북에 대해서는 은근한 경멸감을 갖고 있었다. 그놈은 등딱지도 이상하게 딱딱할 뿐만 아니라, 교미도 이상하게 하고, 또 눈을 딱 감고 고깔 해파리를 느긋하게 먹어 치우는 모습도 괴이했다.

그는 거북잡이 배를 여러 해 동안 탔지만 거북에 대해서 아무런 신비감도 없었다. 그는 거북들을 모두 불쌍하게 생각했고 작은 배만큼 길고 무게가 1톤이나 나가는 거대한 등딱지에 대해서도 안쓰러운 느낌을 갖고 있었다. 사람들 대부분은 거북에 대해 비정했다. 거북을 토막 내서 살을 오려 낸 후에도 거북의 심장은 여러 시간 펄떡거리는데 사람들은 그것을 아랑곳하지 않았다. 내게도 그런 심장이 있지. 내 발과 손은 거북과 비슷해, 하고 노인은 생각했다. 그는 원기를 비축하기 위해 5월 내내 흰 거북 알을 먹었다. 9월과 10월에 들어가 아주 큰 고기를 잡기 위해서였다.

그는 또한 오두막의 큰 드럼통에서 매일 상어 간 기름을 꺼내 한 컵씩 마셨다. 어부들은 그 드럼통에 주로 장비를 보관했고 또 상어 간 기름도 거기다 놔두고 필요할 때마다 꺼내 먹었다. 하지만 대부분의 어부들은 그 맛을 싫어했다. 그렇다고 이른 시간에 일어나는 것보다 더 싫다고 할 수는 없었다. 게다가 상어 간 기름은 감기와 몸살에 아주 좋았고 또 시력 보호에도 효력이 있었다.

이제 노인은 위를 올려다보았다. 군함새가 선회하고 있었다.

「저놈이 고기를 발견했군.」 그가 커다란 소리로 말했다. 날치가 수면 위로 날아오르지도 않았고 미끼 물고기가 흩어지지도 않았다. 하지만 노인은 자그마한 다랑어가 공중에 솟아올랐다가 몸을 비틀며 머리를 먼저 물속에 집어넣고 잠수하는 것을 보았다. 다랑어는 햇빛 속에서는 은빛으로 빛났다. 그놈이 잠수해 버리자 또 다른 놈들이 연이어 온 사방에서 튀어 오르며 수면을 뒤흔들었고 목표 고기를 향해 길게 점프를 했다. 그들은 그 고기를 둘러싼 채 몰고 있었다.

놈들이 너무 빠르게 움직이지 않는다면 나도 한번 끼어들 텐데, 하고 노인은 생각했다. 그는 다랑어 떼가 물살을 하얗게 만드는 걸 보았다. 군함새는 이제 수직 하강하여 물속으로 들어가 겁먹은 채 수면으로 밀려 나온 물고기를 노렸다.

「저 새가 큰 도움이 되는군.」 노인이 말했다. 바로 그때 노인이 발 아래 고리로 감아 누르고 있던 고물의 낚싯줄에서 신호가 왔다. 낚싯줄이 팽팽해진 것이다. 그는 노를 거두어 들이고 줄을 감기 시작하면서 자그마한 다랑어가 몸을 떨며 저항하는 것을 느꼈다. 그가 줄을 계속 잡아당기자 다랑어의 몸부림은 더욱 심해졌다. 노인은 그놈을 뱃전으로 끌어들이기 전에 물속에서 다랑어의 푸른 등과 황금색 옆구리를 보았다. 다랑어는 이제 햇빛을 받으며 고물에 누웠다. 탄탄하고 총알 같은 모습에 크고 멍한 눈은 전방을 응시하고 있었다. 고기는 날렵하고 빠르게 움직이는 꼬리로 배의 나무 널판을 탁탁 치면서 스스로 힘을 빼고 있었다. 노인은 물고기를 생각해서 대가리를 세게 한 번 때리고 발로 차주었다. 다랑어의 몸은 고물의 그늘에서 아직도 펄떡거렸다.

「날개다랑어야.」 그가 크게 말했다. 「좋은 미끼가 되겠어. 무게가 10파운드는 되겠는데.」

그는 혼자 있을 때 큰 소리로 말하기 시작한 게 언제였는지 기억하지 못했다. 전에는 혼자 있을 때 노래를 불렀다. 때때로 밤중에 스맥 배[18]나 거북잡이 배의 운항을 주시하면서 혼자 있을 때 노래를 부르곤 했다. 그는 소년이 배를 떠나고 혼자 남게 되었을 때부터 큰 소리로 말하기 시작했을 것이다. 하지만 정확한 기억은 없다. 노인과 소년이 함께 낚시를 할 때에는 서로 꼭 필요할 때에만 말을 했다. 그들은 한밤중 혹은 궂은 날씨로 폭우에 갇혔을 때 대화를 했다. 바다에서는 쓸데없는 말을 하지 않는 것이 미덕이었다. 노인은 늘 그렇게 생각했고 또 그것을 존중했다. 하지만 그는 이제 신경 쓸 사람이 아무도 없었으므로 여러 번 자신의 생각을 큰 소리로 말했다.

「만약 남들이 내가 이렇게 큰 소리로 중얼거리는 걸 보았다면 나를 미친놈 취급했을 거야.」 그는 큰 소리로 말했다.

18 살아 있는 물고기를 보관하는 탱크를 갖춘 작은 배.

「하지만 나는 미치지 않았으니 괜찮아. 부자들에게는 배에서 그들에게 말을 건네 주고 또 야구를 중계해 주는 라디오가 있지.」

지금은 야구를 생각할 시간이 아니야. 그는 생각했다. 이제는 오로지 한 가지만 생각해야 돼. 나는 그 일을 위해서 태어났지. 저 고기 떼 주위에는 큰 물고기가 있을 거야. 난 먹이를 먹던 날개다랑어 떼에서 낙오된 놈을 건져 올린 거야. 다랑어 떼가 아주 멀리 빠르게 움직이고 있군. 오늘 수면에서 어른거리는 것들은 모두 빠르게 움직이면서 북동쪽으로 가고 있어. 하루 중 이때가 그런 때인가? 아니면 내가 모르는 날씨의 징조인가?

이제 초록 해안선은 보이지 않았다. 푸른 언덕들의 꼭대기는 눈을 뒤집어쓴 것처럼 하얗게 보였고 언덕 위의 구름들은 높은 설산처럼 보였다. 바다는 아주 짙은 색이었고 햇빛은 물속에서 프리즘을 만들어 냈다. 무수한 플랑크톤의 반점들도 이제 높이 솟아오른 태양 때문에 보이지 않았다. 노인이 볼 수 있는 것은 암청색 바다의 크고 깊은 프리즘뿐이었다. 그가 드리운 낚싯줄은 이제 1마일 깊이에 직선으로 내리꽂혀 있었다.

어부들은 그 종류의 물고기를 모두 다랑어라고 부르지만, 남들에게 팔거나 미끼용으로 거래할 때만큼은 그 고기들을 원래 이름대로 구분했다. 다랑어 떼는 이제 깊은 곳으로 들어가 버렸다. 태양은 이제 뜨거웠다. 노인은 뒷목에 햇살을 강하게 느꼈고 노를 젓는 동안 그의 등을 타고 땀이 흘러내렸다.

이제 배를 그냥 흘러가게 내버려 두고 잠을 좀 자야겠어. 그는 생각했다. 낚싯줄 고리를 엄지발가락에 걸어 두어 무슨 일이 있으면 깨어날 수 있게 하고. 오늘은 85일째야. 아무튼 이날을 잘 보내야 할 텐데.

바로 그때, 낚싯줄을 바라보던 그는 물 위에 튀어나와 있던 녹색 막대찌가 안으로 쏙 들어가는 것을 보았다.

「그래, 좋았어.」 그가 말했다. 「그거야.」 그는 노가 뱃전에 부딪치지 않게 가만히 안으로 들였다. 그러고는 낚싯줄 쪽으로 오른손을 뻗어 엄지와 검지 사이에 줄을 부드럽게 잡았다. 그 어떤 당김이나 무게도 느껴지지 않았다. 그는 줄을 가볍게 들었다. 곧 신호가 왔다. 그놈은 가볍게 잡아당겼다. 단단하지도 묵직하지도 않았다. 그는 그게 어떤 느낌인지 정확하게 알았다. 1백 패덤 깊이에서 말린이 바늘 턱과 끝을 덮은 정어리들을 입질하고 있었다. 낚싯바늘의 허리에는 자그마한 다랑어가 머리를 아래로 드리운 채 매달려 있었고, 그 머리에는 손으로 벼린 날카로운 바늘이 감추어져 있었다.

노인은 낚싯줄을 가볍고 쥐고서, 왼손으로 부드럽게 막대찌에서 풀었다. 그는 줄을 손가락 사이로 풀어 물고기가 아무런 장력도 느끼지 못하게 했다.

저 정도 깊이에 있는 고기라면 아주 큰 놈일 거야. 그는 생각했다. 고기야, 어서 먹어라. 먹어. 제발 먹어 다오. 거기 어두운 해저 6백 피트 지점에 있는 네게는 그 고기가 얼마나 신선하겠니. 어둠 속에서 다시 한 번 방향을 틀고 되돌아와 바늘을 숨긴 그 고기를 먹어 줘.

그는 가볍게 줄이 당겨지는 것을 느꼈다. 이어 정어리의 머리를 바늘에서 벗겨 내기가 어려운 듯, 더 강한 당김이 느껴졌다. 그러고는 아무런 느낌도 없었다.

「제발.」 노인이 큰 목소리로 말했다. 「제발 한 번 더 방향을 틀어. 냄새를 한번 맡아 봐. 먹음직스럽지 않아? 이제 그걸 먹어 버려. 단단하고 차갑고 맛이 좋은 다랑어도 있단 말이야. 소심하게 굴지 마. 어서 먹으라고.」

그는 엄지와 검지 사이에 낚싯줄을 잡은 채 기다리면서 줄을 주시했고 또 다른 줄도 살폈다. 고기가 물속에서 위아래로 오르내릴 수도 있었기 때문에 주의를 기울였다. 곧 아까와 같은 가볍고 부드러운 당김이 다시 느껴졌다.

「저놈은 먹을 거야.」 노인이 큰 소리로 말했다. 「오, 하느님, 제발 저놈이 미끼를 먹도록 해주세요.」

하지만 그놈은 먹지 않았다. 놈은 가버렸고 노인은 허무함을 느꼈다.

「간 게 아냐.」 그가 말했다. 「정말이야, 저놈은 갈 수가 없다고. 다시 방향을 틀어서 이리로 올 거야. 전에 바늘에 걸린 적이 있어서 그때를 생각하는지도 모르지.」

그는 줄의 부드러운 촉감을 느끼자 기분이 좋아졌다.

「잠깐 방향을 튼 것뿐이야.」 그가 말했다. 「저놈은 먹고 말거야.」

그는 부드럽게 당기는 것을 느끼면서 즐거워하다가 갑자기 아주 단단하고 믿을 수 없을 정도로 무거운 중량을 느꼈다. 물고기의 무게였다. 그는 두 개의 예비 코일 중 하나를 풀면서 줄을 계속 아래로, 아래로, 아래로 내려보냈다. 줄이 노인의 손가락을 스치며 계속 내려가는 동안에도 그는 여전히 그 굉장한 중량감을 느낄 수 있었다. 하지만 엄지와 검지의 압박감은 거의 느껴지지 않았다.

「굉장한 놈인데.」 그가 말했다. 「저놈은 미끼를 가로문 채 움직이고 있어.」

그러면 이제 저놈은 방향을 틀고서 미끼를 삼키겠지. 하지만 그것을 소리 내어 말하지는 않았다. 좋은 것을 말로 해버리면 사라져 버리기 때문이다. 그는 놈이 아주 거대한 물고기라는 것을 알았다. 놈은 어두운 바닷속에서 다랑어를 입에 가로문 채 움직이고 있었다. 그 순간 그는 고기가 움직임을 멈추는 것을 느꼈다. 하지만 중량감은 여전했다. 중량감은 점점 커졌다. 그는 줄을 더 풀었다. 잠시 동안 엄지와 검지에 더욱 힘을 주자 중량감이 더 커지면서 줄은 계속 내려갔다.

「놈이 드디어 물었어.」 그가 말했다. 「이제 저놈이 아주 잘 먹도록 내버려 두자.」

그는 손가락 사이로 줄을 내리면서 왼손을 뻗어서 두 개의 예비 코일 끝 부분을 그다음 낚싯줄을 위한 두 예비 코일의 고리에다 고정시켰다. 이제 준비가 완료되었다. 그는 지금 쓰고 있는 코일 이외에, 40패덤 길이의 예비 코일 세 개를 대기시켰다.

「좀 더 먹어.」 그가 말했다. 「아주 잘 먹으라고.」

잘 먹어 둬. 그래야 낚싯바늘의 끝 부분이 너의 심장에 들이박혀 너를 죽여 버리지. 그러고 나서 순순히 물 위로 올라와 줘. 그래야 내가 작살을 네 몸에 박아 넣지. 잘 알았지? 이제 준비되었나? 식탁에 충분히 오래 앉아 있었지 않아?

「자, 간다!」 그는 큰 소리로 말하고서 양손으로 줄을 잡아당겼다. 먼저 1야드 길이의 줄을 거둬들인 후 계속해서 잡아당겼다. 양팔을 축으로 몸을 크게 돌리며 혼신의 힘을 다 실어 끌어당겼다.

그러나 아무 일도 없었다. 고기는 천천히 움직여 나갔고 노인은 그놈을 단 1인치도 끌어올리지 못했다. 그의 줄은 큰 고기용이라 아주 단단했다. 그는 줄을 등으로 꽉 눌렀고 마침내 줄이 너무나 팽팽해져서 물방울들이 그 줄로부터 튕겨 나왔다. 줄은 물속에서 식식거리는 소리를 냈다. 그는 배의 앉는 곳에 꼭 기대 온몸에 힘을 주면서 줄을 꽉 붙잡았고 줄이 당겨지는 것에 저항하여 온몸의 힘을 등에 실어 눌렀다. 배는 북서쪽으로 천천히 움직여 나갔다.

고기는 꾸준히 움직였고 그들은 잔잔한 바다 위를 천천히 나아갔다. 다른 미끼들이 여전히 물속에 있었으나 어떻게 해볼 수가 없었다.

「그 애가 내 곁에 있었더라면 좋았을 텐데.」 노인이 큰 소리로 말했다. 「나는 물고기에게 끌려가는 말뚝이 되었어. 줄을 고정시킬 수 있긴 하지만 그러면 저놈이 줄을 끊어 먹겠지. 온 힘을 다해 저놈을 붙들어야지. 저놈이 움직이면 하자는 대로 줄을 풀어 줄 수밖에 없어. 이런 빌어먹을, 저놈이 물

아래로 처박히는 게 아니라 물속에서 움직여 가고 있군.」

저놈이 곧장 물 아래로 처박히면 어쩌지? 그건 나도 모르겠군. 이놈이 물속으로 잠수해 죽어 버린다면? 그것도 모르겠군. 하지만 난 뭔가 할 거야. 내가 할 수 있는 많은 것들이 있어.

그는 줄을 등으로 꽉 누르면서 그 줄이 물속에서 약간 비스듬해지는 것을 보았다. 노인의 조각배는 이제 북서쪽을 향해 꾸준히 나아가고 있었다.

저렇게 하다가 저놈은 결국 죽게 돼. 노인은 생각했다. 이렇게 무한정 배를 끌고 갈 수는 없어. 하지만 네 시간이 지났는데도 물고기는 여전히 배를 끌면서 난바다 쪽으로 계속 헤엄쳤다. 노인은 그에 응수해 등으로 줄을 단단히 누르고 있었다.

「내가 저놈을 낚싯바늘로 건 게 정오였어.」 그가 말했다. 「그런데 아직까지 놈의 코빼기도 볼 수가 없군.」

그는 고기를 바늘에 걸기 전에 밀짚모자를 얼굴 깊숙이 눌러썼는데 이제 그 모자가 이마에 배겨서 약간 아팠다. 목도 말랐다. 그는 무릎을 꿇고 줄을 놓치지 않으려 조심하면서 이물까지 몸을 쭉 뻗은 다음 한 손을 내밀어 물병을 잡았다. 그다음 뚜껑을 열고 물을 한 모금 마셨다. 그러고는 이물에 기대어 휴식을 취했다. 아직 돛 자리에 달지 않은 돛대와 돛 위에 앉아서 쉬었다. 그는 쓸데없는 생각을 끊어 버리고 그 상황을 견디려고 애썼다.

그는 뒤를 돌아보고는 지평선이 보이지 않는다는 것을 깨달았다. 별일 아니야. 그는 생각했다. 아바나 항구의 불빛에 의지하면 되니까. 해가 지려면 아직 두 시간이 남아 있고 물고기는 그 전에 물 위로 올라오겠지. 그때도 안 떠오른다면 아마 달이 뜰 때쯤 올라올 테고. 그때에도 안 올라온다면 다음 날 해 뜰 때 올라오길 기다리면 돼. 나는 쥐가 난 데도 없고 아주 튼튼해. 입속에 바늘이 들어가 있는 건 저놈이야. 하지만 이 정도로 배를 세게 끌어당기다니 정말 대단한 물고기로군. 철사를 입으로 꽉 물고 있는 게 틀림없어. 정말 저놈의 얼굴을 한번 보고 싶군. 나의 상대가 도대체 누구인지 알기 위해서라도 꼭 한번 보고 싶어.

노인이 별을 관측해 본 결과 물고기는 밤새 방향을 바꾸지 않았다. 해가 지자 쌀쌀했고 노인의 땀은 등, 팔, 다리에 차갑게 말라붙었다. 낮 동안에 그는 미끼 상자를 덮었던 포대를 꺼내어 햇빛에 말려 두었다. 해가 지자 그는 그것을 목 주위에 감아 등을 덮었다. 그는 어깨를 지나가는 낚싯줄 밑에 포대를 조심스럽게 집어넣었다. 그것은 낚싯줄의 압박에 쿠션 노릇을 했고 노인은 이물에 몸을 기댐으로써 거의 편안한 기분을 느끼기까지 했다. 실제로는 덜 불편한 것뿐이었지만 그래도 노인은 거의 편안하다고 생각했다.

나도 저놈을 어떻게 할 수 없고, 저놈도 나를 어떻게 할 수 없어. 그는 생각했다. 저놈이 계속 이런 식으로 나오면 말이야.

한번은 노인이 일어서서 뱃전 위로 오줌을 누었고 별을 보면서 물고기의 방향을 점검했다. 그의 어깨에서 곧바로 뻗어

나온 낚싯줄은 물속에서 인광을 발하고 있었다. 조각배는 이제 천천히 움직였고 아바나 항구의 불빛은 그리 강하지 않았다. 그는 해류가 그들을 동쪽으로 밀어내고 있다고 생각했다. 만약 내가 아바나의 불빛을 보지 못하게 된다면, 우린 더욱 동쪽으로 가는 거야. 물고기의 진로가 아까처럼 북서쪽이었다면, 앞으로도 여러 시간 저 불빛을 보게 될 텐데, 지금은 불빛이 희미해지고 있네. 오늘 메이저 리그 야구는 어떻게 되었을까. 라디오로 중계를 들을 수 있으면 정말 좋을 텐데. 이봐, 중요한 것만 생각하라고 했잖아. 네가 정말 해야하는 일만 생각하란 말이야. 어리석은 짓을 하면 안 돼.

그러고 나서 그는 큰 소리로 말했다. 「그 애가 내 곁에 있었더라면 좋았을 텐데. 나를 도와주고 이 광경을 함께 보았을 텐데.」

노인을 혼자 놔둬서는 안 돼, 하고 그는 생각했다. 하지만 그건 불가피한 일이었다. 힘을 비축하려면 다랑어가 상하기 전에 먹어 두어야겠는걸. 아무리 먹기 싫더라도 아침에 다랑어 먹는 걸 잊지 마. 꼭 기억하라고. 그가 다짐했다.

밤중에 돌고래 두 마리가 배 주위에 다가왔고 노인은 그들이 몸을 굴리며 물을 내뿜는 소리를 들을 수 있었다. 그는 암놈과 수놈이 물을 내뿜는 소리를 구분할 수 있었다.

「저놈들은 좋은 놈들이야.」 그가 말했다. 「함께 놀고 농담을 하고 사랑을 하지. 저놈들은 날치와 마찬가지로 우리의 형제야.」

이어 그는 자신의 바늘에 걸린 큰 물고기를 불쌍하게 여겼다. 멋지면서도 이상한 놈이야. 대체 몇 살이나 먹었을까. 이렇게 힘센 고기는 본 적이 없고 또 이처럼 이상하게 행동하는 놈도 난생 처음이야. 어쩌면 너무 현명해서 뛰어오르지 않는 것인지도 모르지. 갑자기 뛰어오르거나 사납게 돌진해 나를 망쳐 놓을 수도 있을 텐데. 어쩌면 전에도 여러 번 낚싯바늘에 걸린 적이 있어서 이렇게 싸워야 한다는 걸 아는지도 몰라. 저놈이 자신의 상대가 남자 한 사람뿐이고 그것도 노인이라는 걸 알 리가 없어. 하지만 정말 대단한 물고기야. 저놈의 살코기가 훌륭하다면 시장에서 얼마나 값이 나갈까? 저놈은 남자답게 미끼를 먹었고 남자답게 배를 끌고 있고 전혀 겁먹은 태가 없이 싸움을 걸고 있어. 무슨 계획이라도 있는 걸까? 아니면 나처럼 아무 대책 없이 필사적이기만 한 걸까?

그는 말린 한 쌍을 바늘에 걸었던 때를 기억했다. 수놈은 언제나 암놈이 먼저 먹이를 먹게 한다. 바늘에 걸린 암놈은 겁에 질려 필사적으로 거칠게 싸웠지만 그게 곧 그놈을 피곤하게 만들었다. 그동안 수놈은 낚싯줄을 넘어다니며 계속 암놈 곁에 있었고 수면에서도 암놈 주위를 빙빙 돌았다. 수놈이 너무 가까이 붙어 있었기 때문에 노인은 그놈이 꼬리로 줄을 잘라 먹는 게 아닌가 걱정했다. 꼬리는 낫처럼 날카로울 뿐 아니라 거의 낫의 형체와 크기를 갖고 있었다. 노인이 암놈을 갈고리로 찌르고 몽둥이로 때리고 또 사포(砂布) 가장자리 같은 뾰족한 주둥이를 잡고서 정수리를 계속 내리치니 놈의 몸 색깔이 거울 뒷면 같은 은색으로 변해 버렸다. 이어 소년의 도움을 받아 암놈을 배에 끌어올리자, 수놈은 뱃전에 계속 머물면서 딴 데로 갈 생각을 하지 않았다. 노인이 줄을 풀고서 작살을 준비하자, 수놈은 암놈이 어디 있는지 살피려는지 배 옆에서 공중으로 높이 뛰어올랐다. 그러고는 물속 깊숙이 잠수했다. 그의 가슴지느러미인 연보라색 날개가 활짝 펴졌고 넓은 연보라색 빗금도 보였다. 아름다운 놈이었지. 노인은 기억을 되새겼다. 암놈 곁을 끈덕지게 지켰어.

그건 내가 말린에게서 보았던 가장 슬픈 일이었지. 노인은 생각했다. 그 애도 슬퍼했지. 우리는 암놈에게 용서를 빌면서 재빨리 그놈을 칼질했어.

「그 애가 내 곁에 있었더라면 좋았을 텐데.」 그는 큰 소리로 말하면서 이물의 둥근 널빤지에 몸을 기댔다. 어디로 가려는 것인지 커다란 물고기가 끌어 대는 엄청난 힘이 그의 양어깨를 가로지르는 줄에 느껴졌다. 물고기는 과연 어디로 갈 것인가. 어떤 선택을 할 것인가.

나의 이 낚시 행위 때문에 이제 저 물고기는 딱 한 번 선택을 할 수밖에 없지. 노인은 생각했다.

물고기의 선택은 모든 유혹, 덫, 낚시 행위를 벗어나 저 깊은 바다 밑에 머무는 것이겠지. 반면에 나의 선택은 깊은 바닷속까지 쫓아가 누구보다 먼저 저놈을 발견하는 것이지. 이 세상 그 누구보다 먼저. 이제 우리는 연결되었고 정오부터 이 상태를 유지하고 있어. 그리고 우리 중 어느 한쪽을 도와줄 사람은 없는 거야.

어쩌면 나는 어부가 되지 말았어야 할지 몰라. 그는 생각했다. 하지만 난 어부가 되려고 이 세상에 태어난 사람이야.

날이 밝으면 다랑어를 먹어 두는 것을 잊지 말아야겠군.

해가 뜨기 전에 한 물고기가 그의 뒤에 있는 미끼 중 하나를 물었다. 그는 막대찌가 부러지는 소리를 들었다. 낚싯줄이 뱃전 너머로 풀려 나가기 시작했다. 어둠 속에서 그는 칼집에 있던 칼을 꺼내 그가 기대고 있는 왼쪽 어깨에 물고기의 잡아당기는 힘을 느끼며 뱃전으로 풀려 나가던 줄을 뱃전의 나무에다 대고 끊었다. 이어 그는 근처에 있던 다른 낚싯줄도 끊어 버리고 어둠 속에서 예비 코일의 느슨한 끝 부분을 고정시켰다. 그는 한 발로 코일을 밟고 한 손으로 작업을 하면서 매듭을 단단하게 묶었다. 이제 예비 코일 여섯 개를 확보했다. 네 개는 그가 금방 끊어 버린 두 개의 낚싯줄에서 나온 것이고, 나머지 두 개는 지금 미끼를 물고 있는 커다란 고기를 위한 것이다. 이제 여섯 개의 코일이 모두 연결되었다.

날이 밝은 다음에 40패덤 수심에 미끼를 드리운 줄도 끊어서 그 줄의 예비 코일도 연결시켜야지, 하고 노인은 생각했다. 낚싯줄 세 개를 모두 끊어 버린다면 도합 2백 패덤 길이의 질긴 카탈루냐산 낚싯줄과 낚싯바늘과 목줄을 잃어버리겠지. 그런 건 얼마든지 대체할 수 있어. 그런 잔챙이를 신경 쓰다가 이 커다란 물고기가 줄을 끊고 달아나 버린다면 어디서 그걸 보상받을 것인가? 방금 전에 미끼를 문 고기가 무슨 종인지도 모르겠군. 말린, 만새기 혹은 상어일 수도 있지. 그놈의 무게를 느껴 볼 겨를이 없었어. 빨리 놓아주고 코일을 확보해야 했으니까.

「그 애가 내 곁에 있었더라면 좋았을 텐데.」 그는 큰 소리로 말했다.

하지만 그 애는 여기 없어. 그는 생각했다. 오로지 너 자신뿐이야. 어둡든 혹은 어둡지 않든 아직 고기가 미끼를 물지 않은 저 낚싯줄을 잘 관찰해. 그다음 그 줄을 끊어 버리고 두 개의 예비 코일을 확보하도록 해.

그는 결국 고기가 물지 않은 줄을 끊었다. 주위가 어두워서 코일을 기존 코일에 연결시키는 것이 어려웠다. 한번은 고기가 꿈틀거리는 바람에 얼굴을 뱃바닥에 처박았고 그래서 눈 밑이 약간 찢어졌다. 피가 그의 뺨 위로 흘러내렸다. 하지만 턱에 내려오기 전에 말라붙었다. 그는 다시 이물로 돌아가 나무에 등을 대고 휴식을 취했다. 그는 어깨를 덮은 포대를 조정했고 왼쪽 어깨 위의 낚싯줄을 오른쪽 어깨 위로 옮겨 놓으면서 부담을 덜려 했다. 그는 낚싯줄을 두 어깨로 번갈아 지탱하면서 조심스럽게 물고기의 힘을 느껴 보았고 또 손을 물속에 넣어 배가 나아가는 상황을 살폈다.

저놈이 무엇 때문에 꿈틀거렸지? 노인은 생각했다. 목줄의 철사는 저놈의 푸른 언덕 같은 등에서 미끄러져 내릴 텐데. 저놈의 등은 내 등처럼 이렇게 아프지는 않을 거야. 하지만 아무리 힘이 장사여도 이 배를 한없이 끌고 갈 수는 없어. 이제 장애가 되는 다른 낚싯줄 세 개를 모두 정리해서 예비 낚싯줄은 충분해. 이 정도면 필요한 건 다 있는 셈이야.

「물고기야.」 그가 부드럽지만 큰 목소리로 말했다. 「난 죽을 때까지 네 곁에 있을 거야.」

저 물고기도 그러겠지. 노인은 생각했다. 그는 날이 밝기를 기다렸다. 동트기 직전이어서 날씨가 쌀쌀했다. 그는 몸을 덥히려고 조각배의 나무판자에 몸을 비벼 댔다. 나는 네가 버티는 만큼 버틸 수 있어. 그는 생각했다. 날이 밝자 줄이 길게 물속으로 들어가 있는 게 보였다. 배는 꾸준히 움직였고 태양은 노인의 오른쪽 위로 살짝 머리를 내밀었다.

「저놈이 북쪽으로 가는구나.」 노인은 말했다. 해류를 따라간다면 동쪽으로 멀리 나아갈 텐데. 저놈이 빨리 방향을 전환해 해류 방향으로 움직이면 좋을 텐데. 그렇다는 것은 놈이 피곤하다는 뜻이지.

해가 좀 더 떠올랐을 때 노인은 물고기가 전혀 피곤하지 않다는 것을 알았다. 하지만 한 가지 좋은 조짐이 있었다. 낚싯줄의 경사로 보아 물고기는 전보다 덜 깊은 곳에서 헤엄치고 있었다. 그렇다고 해서 그가 반드시 물 위로 뛰어오르리라는 것은 아니었다. 하지만 뛰어오를 수도 있었다.

「이놈아, 어서 뛰어올라라.」 노인이 말했다. 「얼마든지 풀어 줄 낚싯줄이 있어.」

압력을 조금 가하면 고통을 느끼고 뛰어오르지 않을까. 이제 한낮이니까 저놈을 뛰어오르게 해 등뼈에 붙어 있는 부레에 공기를 가득 채우도록 하는 것도 좋겠어. 그래야 저놈이 바다 바닥에 깊숙이 처박혀 죽는 일이 없을 테니까.

그는 밧줄을 잡아당기는 힘을 높이기 시작했다. 물고기의 입이 낚싯바늘에 찍힌 후 처음으로 줄이 팽팽해져 끊어질 지경이 되었다. 그는 줄을 잡아당기기 위해 몸을 뒤로 젖혔으나 물고기의 저항을 느꼈고 더 이상 힘을 가할 수 없다는 것을 깨달았다. 줄을 홱 잡아당기는 건 안 될 것 같아, 하고 그는 생각했다. 그렇게 갑작스럽게 잡아당길 때마다 물고기 입속에 바늘이 만들어 놓은 상처가 넓어지고, 그래서 놈이 물위로 뛰어오를 때 바늘이 쑥 빠져 버릴 수 있으니까. 아무튼 해가 높이 떠서 잘 되었어. 해를 똑바로 쳐다볼 필요가 없으니까.

낚싯줄에 노란 해초가 붙어 있었다. 노인은 그게 물고기의 움직임을 느리게 한다는 것을 알았기 때문에 기분이 좋았다. 그것은 밤중에 많은 인광을 뿜어내는 노란 모자반속 해초였다.

「물고기야.」 그가 말했다. 「나는 너를 사랑하고 또 매우 존경한다. 하지만 오늘이 끝나기 전에 너를 죽여 버리겠다.」

그런 희망을 갖고 있다는 얘기지, 하고 그는 생각했다.

자그마한 새가 북쪽에서 노인의 작은 배로 날아왔다. 휘파람새였고 물 위를 아주 낮게 날았다. 노인은 새가 아주 피곤하다는 것을 알아보았다.

새는 조각배의 고물에 내려앉아 잠시 쉬다가 노인의 머리를 날아돌아 낚싯줄 위에 사뿐히 내려앉았다. 새는 거기가 더 편했다.

「넌 몇 살이니?」 노인이 새에게 물었다. 「첫 번째 여행이니?」

그가 말을 하자 새는 노인을 쳐다보았다. 새는 너무 피곤해서 줄을 제대로 살펴보지도 못했다. 가녀린 발로 줄을 꽉 잡은 채 줄 위에서 가볍게 몸을 흔들었다.

「줄은 단단해.」 노인이 새에게 말했다. 「너무 단단해서 탈이지. 지난밤은 바람 한 점 없었는데 왜 그렇게 피곤해 보이지, 작은 새야? 새들은 결국 무엇을 만나게 될까?」

매들이지. 새를 잡아먹기 위해 바다에 나오는 매들. 하지만 노인은 그것을 작은 새에게 말하지 않았다. 말해 봐야 알아들을 수도 없거니와 스스로 곧 매에 대해서 알게 될 것이기 때문이다.

「잘 쉬어라, 작은 새야.」 그가 말했다. 「그런 다음 날아가 다른 사람이나 새나 물고기처럼 네 운명을 개척하도록 해.」

지난밤에 노인의 등이 뻣뻣해졌고 이제는 아프기까지 했는데, 말을 하니까 다소 도움이 되었다.

「새야, 너만 좋다면 내 집에서 쉬려무나.」 그가 말했다. 「돛을 올려서 지금 불어오는 산들바람을 네게 가져다주지 못하는 게 유감이구나. 지금 저 바다 밑에 친구가 있어서 그렇게 해주지 못한단다.」

바로 그 순간 물고기가 갑자기 꿈틀거렸고 그 힘 때문에 노인은 이물 쪽으로 끌려가 뱃전 너머로 빠질 뻔했다. 하지만 노인은 재빨리 힘을 주어 줄을 풀어 주었다.

줄이 동요하자 새는 날아가 버렸다. 노인은 새가 날아가는 것을 보지도 못했다. 그는 오른손으로 줄을 조심스럽게 잡고 나서 손에 피가 난다는 것을 알았다.

「무언가가 저놈을 아프게 했군.」 그는 큰 소리로 말하면서 물고기를 돌릴 수 있는지 살피기 위해 줄을 잡아당겼다. 하지만 줄이 끊어질 정도로 팽팽해지자 노인은 더 이상 힘은 주지 않고 그 상태를 유지하며 등을 뱃전에 기댔다.

「물고기야, 너도 이제 힘에 부치지?」 그가 말했다. 「그래,

그건 나도 그래.」

그는 동무가 있었으면 좋겠다는 생각에 주위에 조그만 새가 여전히 있는지 살폈다. 새는 날아가고 없었다.

넌 오래 머물지 않는구나. 하지만 네가 날아간 곳은 아주 위험해. 해안에 도달하기 전까지는. 어떻게 하다가 나는 저 물고기가 갑자기 줄을 잡아당겨 내게 한 방 먹이도록 내버려 두었지? 아주 멍청한 짓을 했군. 어쩌면 나는 작은 새를 보며 그 애 생각을 했는지 몰라. 이제 내 일에 신경 쓰고 힘이 달리지 않기 위해 다랑어를 꼭 먹어 둬야지.

「그 애가 내 곁에 있었더라면 좋았을 텐데. 그리고 소금도 좀 있었으면 좋겠어.」그는 큰 소리로 말했다.

낚싯줄의 무게를 왼쪽 어깨로 옮겨 놓고 조심스럽게 무릎을 꿇으면서, 바닷물 속에 손을 집어넣어 씻었다. 1분 이상 그는 손에서 피가 씻겨 나가는 것을 보았고 또 배가 움직이면서 손에 전해져 오는 꾸준한 움직임을 감지했다.

「이놈의 속도가 많이 느려졌는데.」그가 말했다.

노인은 손을 소금물 속에 좀 더 넣어 두고 싶었지만, 물고기가 또다시 꿈틀거려 줄을 놓칠까 두려워, 재빨리 일어서서 용기를 내며 손바닥을 태양 쪽으로 들어올렸다. 손바닥에서 피가 난 것은 낚싯줄에 쓸려서 그런 것이었다. 상처는 손의 움직이는 부분에 나 있었다. 이 일을 무사히 완수하려면 양손이 필요하기 때문에 시작하기도 전에 손을 벨 수는 없었다.

「이제……」손바닥이 마르자 그가 말했다. 「작은 다랑어를 먹어야지. 갈고리로 고기를 끌어와 여기서 편안히 먹어야지.」

그는 무릎을 꿇고서 고물 밑에서 다랑어를 찾아 낚싯줄
코일을 건드리지 않으려고 애를 쓰면서 갈고리로 끌어당겼
다. 낚싯줄을 왼쪽 어깨로 누르고 왼쪽 팔과 손에 힘을 주면
서 그는 갈고리에서 다랑어를 떼어 내고 갈고리는 제자리에
도로 두었다. 그는 한쪽 무릎으로 다랑어를 누르면서 검붉
은 고기를 대가리에서 꼬리까지 세로로 갈라 여러 조각을 냈
다. 쐐기 모양의 조각이었고 노인은 그것들을 등뼈에서 배
가장자리까지 잘랐다. 여섯 조각을 내자 그는 조각들을 이
물의 나무 위에다 올려놓았고, 칼은 바지에다 닦았다. 그런
다음 껍데기만 남은 가다랭이의 꼬리는 집어 들어 뱃전에 내
버렸다.

　「한 마리를 다 먹지는 못하겠는걸.」 그는 다시 칼로 한 조
각을 반 토막 냈다. 그는 물고기가 꾸준히 줄을 잡아당기는
것을 느꼈다. 그때 왼쪽 손에 쥐가 나면서 무거운 낚싯줄을
쥔 손이 단단하게 오그라들었다. 그는 혐오스럽다는 듯이 왼
손을 내려다보았다.

　「무슨 손이 이래?」 그가 말했다. 「좋아. 쥐가 날 테면 나
봐. 오그라들려면 오그라들라고. 하지만 그래서 너한테 좋
을 건 아무것도 없어.」

　자, 이제, 하고 그는 생각했다. 그는 깊은 물속으로 비스듬
히 들어간 낚싯줄을 노려보았다. 다랑어를 더 먹도록 해. 그
게 네 손에 힘을 줄 거야. 그건 왼손의 잘못이 아니야. 벌써
몇 시간 동안 저 물고기와 싸움을 벌였잖아. 앞으로 얼마나
더 해야 할지 몰라. 그러니 지금 가다랭이를 먹어 둬.

그는 한 조각을 집어 들어 입안에 넣고서 천천히 씹었다. 영 맛이 없지는 않았다.

꼭꼭 씹어. 그래야 국물이 우러나. 약간의 라임, 레몬 혹은 소금을 쳐서 먹는다면 좋을 텐데.

「기분이 좀 어떠냐, 손아?」 그는 사후 경직처럼 뻣뻣해진 쥐난 손을 내려다보았다. 「너를 위해 고기를 좀 더 먹어 줄게.」

그는 두 토막 중 남은 하나를 먹었다. 천천히 씹다가 껍질은 뱉어 냈다.

「기분이 어떠냐, 손아? 아직은 알 수가 없냐?」

그는 또 다른 조각을 입에 넣고 씹었다.

「아주 단단하고 피가 많은 고기야. 만새기 대신 다랑어를 잡은 게 다행이야. 만새기 고기는 너무 부드러워. 다랑어는 전혀 부드럽지 않고 아직도 뻣뻣하군.」

쓸데없는 생각을 하는 건 아무 의미가 없어. 그는 생각했다. 소금이 좀 있었으면 좋았을 텐데. 햇빛이 남아 있는 고기를 건조시킬지 아니면 부패시킬지 알 수가 없어. 그러니 남아 있는 고기 조각들을 다 먹어 버리는 게 좋겠어. 배가 고프지 않더라도 말이야. 이놈의 물고기는 조용하면서도 꾸준히 배를 끌고 가는군. 좋아. 남아 있는 고기 조각을 다 먹어 버리고 대비를 하자.

「손아, 조금만 참아.」 그가 말했다. 「널 위해서 이렇게 먹는 거야.」

저 물 밑의 고기에게도 먹이를 주고 싶군. 그는 나의 형제야. 하지만 나는 저놈을 죽여야 해. 그럴려면 힘을 비축해야 돼. 그는 천천히, 그리고 아주 세심하게 쐐기 모양의 고기 여섯 조각을 다 먹었다.

그는 허리를 쫙 펴면서 왼손을 바지에다 닦았다.

「자.」그가 말했다. 「손아, 너는 줄을 잡지 않아도 돼. 네가 이 엉뚱한 짓을 그만둘 때까지 오른팔로 저놈을 상대할게.」 그는 왼쪽 발을 왼손이 담당했던 무거운 줄 위에 올려놓고 등을 뒤로 기대면서 줄을 눌렀다.

「하느님, 이 쥐 난 손을 풀어 주세요.」그가 말했다. 「저 물고기가 어떻게 나올지 몰라서 이럽니다.」

하지만 저 물고기는 잠잠해. 그는 생각했다. 자신의 계획을 일관되게 밀어붙이고 있어. 하지만 그 계획이란 뭘까. 저 엄청난 덩치 때문에 놈의 계획에 따라 임기응변으로 내 계획을 세울 수밖에 없어. 만약 물 위로 솟구친다면 저놈을 죽일 수 있어. 하지만 물 밑에 아주 오래 머무르고 있군. 그렇다면 나도 저놈과 함께 이렇게 죽치고 있을 수밖에.

그는 쥐가 난 왼손을 바지에 비비면서 손가락을 풀어 보려고 애썼다. 하지만 펴지지 않았다. 해가 하늘 높이 떠오르면 펴질까, 하고 그는 생각했다. 날다랑어 고기가 몸 안에서 소화되어 힘을 발휘하면 펴질까. 손을 반드시 펴야 한다면 그 대가가 얼마가 되었든 펴고야 말리라. 하지만 강제로 펴고 싶지는 않아. 손이 저절로 펴지고 저절로 기능을 회복해야 돼. 지난밤에 다른 낚싯줄을 끊어 버리고 또 코일을 연결하느라고 왼손을 너무 많이 혹사했어.

그는 바다를 바라보며 자신이 완전히 혼자라는 생각을 했다. 하지만 깊고 어두운 물속에서 프리즘과 앞으로 곧게 뻗은 낚싯줄과 잔잔한 바다의 기이한 파동 따위를 볼 수 있었다. 무역풍 때문에 구름이 모여들고 있었고 앞쪽에는 날아가는 물오리 떼가 보였다. 물오리 떼는 수평선 위로 떠올랐다가 다시 희미해지고 그러다가 다시 하늘을 배경으로 흐릿하게 떠올랐다. 그는 바다에서 완전히 저 혼자 있을 수는 없다고 생각했다.

어떤 사람들은 작은 배를 타고 바다에 나갔을 때 육지가 보이지 않으면 무서워한다는 걸 그는 알고 있었다. 갑자기 날씨가 나빠지는 여러 달 동안에는 그런 두려움도 이해할 만한 것이다. 하지만 지금은 허리케인의 계절이었고, 허리케인이 불어오지 않을 때, 그 여러 달 동안의 날씨는 연중 최고였다.

만약 허리케인이 불어오는데 바다에 나와 있다면 어떻게 될까. 그때에는 며칠 전부터 하늘에 징조가 나타난다. 하지만 해안에서는 그 징조를 볼 수가 없다. 왜냐하면 해안에서는 어디를 봐야 하는지 모르기 때문이지. 그는 생각했다. 육지에서 바라보면 구름의 모양도 다르게 보이지. 아무튼 지금은 허리케인이 불어올 조짐이 보이지 않아.

그는 하늘을 바라보았다. 하얀 뭉게구름이 먹음직한 아이스크림처럼 부풀어 올랐고 더 위에는 드높은 9월의 하늘을 배경으로 새털구름이 가느다란 깃털을 활짝 펴고 있었다.

「가벼운 산들바람이야.」 그가 말했다. 「물고기야, 너보다 나한테 더 좋은 날씨로구나.」

그의 왼손은 여전히 쥐가 난 상태였으나 그는 천천히 손을 풀고 있었다.

난 쥐 나는 게 싫어. 그는 생각했다. 그건 자기 몸에 대한 배신이야. 남들 앞에서 식중독 때문에 설사를 하거나 게우는 것도 부끄러운 일이지. 하지만 쥐가 나는 것은 특히 혼자 있을 때 아주 부끄러운 일이야.

그 애가 여기 있었더라면 팔뚝에서부터 손끝까지 주물러 주어 경련을 풀어 주었을 텐데. 하지만 왼손은 저절로 풀릴 거야.

그는 오른손으로 잡은 줄에서 물고기의 당기는 힘이 지금까지와 다른 것을 느꼈고 이어 물속에서 낚싯줄의 경사에 변화가 온 것을 보았다. 그는 줄을 등으로 세게 누르는 동안에 왼손으로 허벅지를 강하고 빠르게 치면서 낚싯줄의 경사가 천천히 위로 기울어지는 것을 보았다.

「올라오는군.」 그가 말했다. 「가까이 와. 어서 오라고.」

줄은 천천히 꾸준하게 올라왔고 배 앞의 수면이 불룩해지더니 물고기가 밖으로 나왔다. 그는 끝없이 물 밖으로 나왔고 양쪽 옆구리에서는 물이 흘러내렸다. 공중에 올라오자 햇빛 속에서 그 모습이 환하게 보였다. 머리와 등은 짙은 자주색이었고 햇빛을 받은 양 옆구리의 넓은 빗줄은 밝은 연보라색이었다. 부리는 야구 방망이만큼 길었고 끝 부분이 쌍날칼처럼 가늘고 뾰족했다. 그는 물 밖으로 몸 전체를 드러냈다가 잠수부처럼 부드럽게 물속으로 들어갔다. 노인은 커다란 낫 같은 기다란 꼬리가 물속으로 들어가는 것을 보았다. 낚싯줄이 계속 풀려 나갔다.

「내 배보다 2피트가 더 길군.」 노인이 말했다.[19] 낚싯줄은 빠르고 꾸준하게 풀려 나갔고 물고기는 조금도 겁먹지 않았다. 노인은 끊어지기 직전까지 아슬아슬하게 양손으로 줄을 밀고 잡아당기며 균형을 잡으려고 애썼다. 만약 줄에 지속적으로 압박을 가하면서 물고기를 견제하지 않는다면, 그놈은 줄을 다 풀게 한 다음에 그걸 끊어 먹을 것이다.

정말 대단한 놈이야. 저놈이 말을 알아듣는다면 이런 심정을 이야기할 텐데, 하고 그는 생각했다. 하지만 저놈의 힘이 장사라는 사실과, 그런 식으로 계속 달아나면 저놈이 어떤 결과를 얻게 되는지는 알려 주지 말아야지. 내가 만약 저놈 입장이라면 지금 혼신의 힘을 다해서 달아나 줄을 다 풀어 버리게 하거나 줄을 끊어 먹을 텐데. 하지만 다행스럽게도 저놈들은 저들을 죽이는 우리만큼 똑똑하지가 않아. 비록 우리보다 더 고상하고 유능하기는 하지만.

노인은 대단한 물고기들을 많이 보아 왔다. 1천 파운드가 넘는 물고기들도 많이 보았고 평생 동안 그런 크기의 물고기를 두 마리나 잡아 보았지만, 혼자서 잡은 적은 없었다. 지금 그는 혼자서 육지가 보이지 않는 바다 한가운데에 나와 있고 또 지금껏 보거나 들어 온 물고기 중 가장 덩치 큰 놈에게 붙잡혀 끌려가는 중이었고, 게다가 왼손은 쥐가 나서 독수리의 꽉 쥔 발톱처럼 되어 버렸다.

하지만 이 쥐 난 손은 곧 풀릴 거야. 그는 생각했다. 그럼,

19 뒤에 말린의 길이가 18피트라고 나오므로 배의 길이는 16피트, 즉 4미터 90센티미터이다.

곧 풀려서 내 오른손을 도와줄 거야. 내게는 형제인 것이 세 개가 있어. 물고기와 이 두 손이지. 곧 쥐가 풀릴 거야. 쥐가 나다니 내 손답지 않아. 물고기는 다시 움직임을 늦췄고 평소 속도대로 나아갔다.

왜 물 밖으로 튀어 올랐을까. 노인은 궁금했다. 마치 내게 자신의 덩치가 얼마나 큰지 보여 주려고 그런 것 같아. 아무튼 이제는 놈의 덩치를 알았지. 이번엔 내가 어떤 종류의 인간인지 저놈에게 보여 주면 좋겠는데. 그러면 저놈은 쥐가 난 손을 보게 되겠지. 저놈이 나를 실제보다 더 훌륭한 사람으로 생각하도록 만들어야겠는데. 그리고 난 그렇게 될 거야. 내가 저 물고기가 되었으면 좋겠어. 나의 의지와 지능에 늠름하게 맞서는 저놈의 모든 자질을 그대로 갖춘 채 말이야.

그는 뱃전의 나무판자에 편안하게 몸을 기대면서 고통이 생겨나는 대로 그냥 받아들였다. 물고기는 꾸준히 헤엄쳤고 배는 검푸른 물 위에서 천천히 움직였다. 동쪽에서 바람이 불어오자 자그마한 바닷바람이 일었고, 정오가 되자 왼손의 쥐가 풀렸다.

「물고기야, 너한테는 좋지 않은 소식이군.」 그는 그렇게 말하면서 어깨를 덮은 포대 위에서 낚싯줄을 조정했다.

그는 편안했지만 고통을 받고 있었다. 비록 그 고통을 절대 인정하지는 않았지만.

「난 그리 신앙심이 깊지는 않아.」 그가 말했다. 「하지만 이 고기를 잡을 수 있다면 주기도문을 열 번, 그리고 성모송을 열 번 외우겠어. 고기만 잡는다면 코브레의 성모상으로 순례를 떠나겠어.」

그는 기도문을 무의식적으로 외우기 시작했다. 때때로는 너무 피곤해 제대로 외우지 못하기도 했다. 그럴 때 아주 빠르게 외우면 잊어버린 구절이 저절로 나오곤 했다. 성모송이 주기도문보다 외우기가 더 쉬워. 그는 생각했다.

「은총이 가득하신 마리아여, 기뻐하소서. 주께서 함께 계시니 여인 중에 복되시며, 태중의 아들 예수 또한 복되시도다. 천주의 성모 마리아여, 이제와 우리 죽을 때를 우리 죄인을 위하여 비소서, 아멘!」 그러고서 그는 이런 기도를 덧붙였다. 「거룩하신 성모님, 이 물고기의 죽음을 위하여 빌어 주소서. 이놈이 아주 멋진 물고기이기는 하지만.」

기도문을 외우고 나자 기분이 한결 좋아졌다. 하지만 고통은 아까와 똑같았다. 아니, 전보다 좀 더 심해진 것 같기도 했다. 그는 이물에 기대어 기계적으로 왼손의 손가락들을 놀려 보았다.

산들바람이 부드럽게 불어왔지만 태양은 이제 뜨거웠다.

「짧은 낚싯줄에 미끼를 달아 고물 너머로 드리워야겠어.」 그가 말했다. 「물고기가 또 한 밤을 물속에서 머물기로 결정한다면, 나도 뭔가 먹어 두어야 할 거야. 물병의 물도 얼마 남지 않았어. 여기서는 만새기밖에는 잡지 못하겠어. 하지만 신선한 만새기라면 그리 맛이 나쁘지는 않겠지. 오늘밤 날치가 뱃전으로 날아들었으면 좋겠군. 하지만 날치를 유인할 집어등(集魚燈)이 없어. 날치는 날것으로 먹으면 참 맛이 좋은데. 칼질해서 조각을 낼 필요도 없고. 이제 몸에 힘을 많이 비축

61

해야 돼. 아, 저놈이 저렇게 덩치가 클 줄은 정말 몰랐는데.」

「하지만 나는 놈을 죽일 거야.」그가 말했다.「저놈의 위대함과 영광을 드러내 보일 거야.」

좀 불공평하긴 해. 그는 생각했다. 그래도 난 인간이 무엇을 할 수 있고 무엇을 견딜 수 있는지 보여 줄 거야. 저놈에게 말이야.

「그 애에게 내가 이상한 노인이라고 말했지.」그가 말했다.「지금이야말로 그걸 증명할 때야.」

전에 그것을 1천 번 증명한 것은 아무것도 아니다. 또다시 증명해야 한다. 매번 새로운 때였고, 그것을 입증할 때면 과거는 생각하지 않았다.

저놈이 잠들면 나도 잠들어 사자 꿈을 꿀 수 있을 텐데, 하고 그는 생각했다. 왜 사자들만이 가장 중요한 것으로 남게 되었지? 이봐, 영감, 생각을 하지 마. 그는 스스로에게 말했다. 뱃전의 나무판자에 기대어 휴식을 취하고 아무것도 생각하지 마. 저 물고기가 힘들게 일을 하고 있잖아. 그러니 영감은 가능한 한 일을 하지 말고 쉬라고.

이제 오후로 접어들었고 배는 여전히 느리지만 꾸준하게 움직였다. 동쪽에서 불어오는 산들바람 때문에 배의 속도는 느려졌고, 노인은 바다의 미풍과 함께 부드럽게 항해했다. 등을 가로지르는 낚싯줄의 고통도 한결 편안하게 느껴졌다.

오후에 딱 한 번 낚싯줄이 올라왔다. 하지만 물고기는 전보다 약간 얕은 곳에서 계속 헤엄쳤다. 햇빛은 노인의 왼쪽 팔, 어깨 그리고 등에 사정없이 내리쪼였다. 그 햇빛 때문에 그는 물고기가 북쪽에서 동쪽으로 방향을 바꾸었다는 것을 알았다.

놈의 모습을 한 번 보았으므로, 물속에서 헤엄치는 물고기를 상상할 수 있었다. 자줏빛 가슴지느러미를 날개인 양 활짝 옆으로 폈을 테고, 바짝 치켜세운 꼬리는 어두운 물속을 헤쳐 나가고 있겠지. 그 정도 깊이면 물고기가 얼마나 많은 것을 볼 수 있을지 궁금해지는군. 눈이 정말 크더군. 말[馬]들은 그보다 작은 눈으로도 어둠 속에서 앞을 잘 내다보지. 나도 한때는 어둠 속에서도 아주 잘 보았어. 완전히 깜깜한 어둠 속에서는 보지 못했지만. 그래도 고양이가 보는 만큼은 볼 수 있었어.

뜨거운 햇볕과 손가락을 꾸준히 놀려 준 덕택으로 쥐가 난 왼손은 이제 완전히 풀렸다. 그는 줄의 압력을 왼손으로 더 많이 옮겨 놓으면서 줄이 남긴 고통을 조금이라도 덜기 위해 등의 근육을 이리저리 움직였다.

「물고기야, 네가 지금도 피곤하지 않다면…….」그가 큰 소리로 말했다.「넌 아주 이상한 놈이야.」

그는 이제 아주 피곤했고 밤이 곧 오리라는 것을 알았다. 그는 다른 것들을 생각하려고 애썼다. 그는 빅 리그를 생각했다. 그는 메이저 리그를 스페인어식으로 그란 리가스라고 불렀다. 그는 뉴욕 양키스가 디트로이트 타이거스와 경기를 하고 있다는 걸 알았다.

바다에 나온 지 이틀째이고 난 야구 경기의 결과를 모르고 있지. 하지만 자신감을 갖고, 발꿈치 골좌(骨挫)의 고통에도 불구하고 모든 것을 완벽하게 해내는 위대한 디마지오에 필적하는 사람이 되어야지. 그런데 골좌란 게 뭐지? 그가 자문했다. 뼈의 염좌를 말하는 거야. 보통 사람들에겐 그런 게 없지. 그건 어느 정도 아플까? 투계(鬪鷄)의 쇠 발톱이 발꿈치를 찍었을 때처럼 아플까? 나는 그런 고통을 견딜 수 없을 거야. 투계처럼 한쪽 눈 혹은 두 눈을 다 잃어버리고도 계속해서 싸울 수 있을 것 같지 않아. 사람은 위대한 새들이나 짐승들 옆에 세워 놓으면 아무것도 아니지. 나는 바닷속 깊은 곳을 헤엄치는 저 물고기처럼 되고 싶어.

「상어들이 오지 않으면 좋겠는데.」 그가 큰 소리로 말했다. 「만약 상어들이 온다면 저놈과 나는 매우 곤란해질 거야.」

위대한 디마지오는 내가 이놈과 씨름하는 것처럼 물고기와도 멋지게 싸울까? 나보다 더 잘 싸우겠지. 젊고 강하니까. 게다가 그의 아버지는 어부였어. 그는 골좌 때문에 어느 정도의 고통을 받고 있는 걸까?

「모르겠군.」 그가 큰 소리로 말했다. 「골좌에 걸려 본 적이 없으니.」

해가 지자 그는 자신에게 더 큰 자신감을 불어넣기 위해 카사블랑카[20]의 한 술집에서 있었던 일을 기억해 냈다. 당시 그는 부두에서 가장 힘이 세다는 시엔푸에고스 출신의 덩치 큰 흑인과 팔씨름을 했다. 두 사람은 테이블 위에 그어 놓은 하얀 백묵 선에다 팔꿈치를 올려놓은 다음 팔뚝을 곧게 세우고 두 손을 꽉 잡은 채, 하룻낮 하룻밤을 맞섰다. 서로 상

20 쿠바의 항구 마을.

대방의 손을 먼저 테이블 바닥에 눕히려 했다. 많은 내기 돈이 걸렸고 사람들은 석유등이 켜진 방 안을 들락날락했다. 그는 흑인의 팔과 손 그리고 얼굴을 쳐다보았다. 그들은 처음 여덟 시간이 지난 후 네 시간마다 심판을 바꾸어 심판이 잠을 잘 수 있도록 했다. 그와 흑인의 손톱 밑에서 피가 배어 나왔다. 두 사람은 상대의 눈과 손과 팔을 노려보았다. 내기꾼들은 연신 방 안을 들락날락했고 일부는 벽에 기대 놓은 높은 의자에 앉아서 구경했다. 벽은 연푸른색으로 칠한 나무로 되어 있었다. 석유등들이 그 벽에 그림자를 던졌다. 흑인의 거대한 그림자는 산들바람이 석유등을 움직이자 벽 위에서 어른거렸다.

승산(勝算)은 밤새 왔다 갔다 했고 주위 사람들은 흑인에게 럼주를, 그에게는 불붙인 담배를 주었다. 이어 럼주를 한 잔 마신 흑인이 엄청난 힘을 쏟아부었고 딱 한 번 노인의 손을 테이블 쪽으로 3인치 정도 기울였다. 물론 당시의 그는 노인이 아니었고, 산티아고 엘 캄페온[21]으로 불리고 있었다. 하지만 노인은 곧 손을 치켜세워 균형을 잡았다. 그는 당시에 흑인이 좋은 남자이고 대단한 운동선수라는 건 알았지만, 결국 그를 이길 수 있을 거라고 확신했다. 한낮이 되자 내기꾼들은 무승부로 경기를 끝내자고 제안했지만 심판은 고개를 가로저었다. 바로 그 순간 노인이 있는 힘을 다 쏟아부어 흑인의 손을 잡아당겼고 마침내 그 손은 테이블의 나무판자 위에 누워 버렸다. 시합은 일요일 오전에 시작되어

21 el campeón. 스페인어로 〈챔피언〉이라는 뜻.

월요일 오전에 끝났다. 시합을 오래 끌자 많은 내기꾼들이 무승부로 처리하자고 말했다. 그들은 부두로 출근하여 설탕 포대를 적재하는 일을 하거나 아니면 아바나 석탄 회사에 가서 일을 해야 했기 때문이다. 안 그랬더라면 누구나 다 시합의 끝을 보려 했을 것이다. 결국 그는 시간에 맞춰 시합을 끝냈고 다들 출근할 수 있었다.

그 후 오랫동안 사람들은 그를 캄페온이라고 불렀다. 봄에 재시합이 있었다. 하지만 판돈이 많이 붙지는 않았고 그가 손쉽게 이겼다. 노인이 첫 번째 시합에서 시엔푸에고스 출신 흑인의 기를 꺾어 놓았기 때문이다. 그 후 그는 몇 번 더 시합을 하다가 그만두었다. 그는 정말로 이기기를 간절히 소망한다면 누구나 다 이길 수 있다고 생각했고, 또 팔씨름이 낚시에 소중한 오른손을 다치게 할 수도 있다고 보았기 때문이다. 그는 왼손으로 몇 번 연습 게임을 해보았다. 하지만 왼손은 언제나 배반자였고 그가 요구한 일을 제대로 하지 않았다. 그래서 왼손은 별로 신임하지 않았다.

햇빛이 왼손을 잘 구워 줄 거야. 그는 생각했다. 밤중에 공기가 차가워지지만 않는다면 다시 쥐가 나지는 않을 거야. 오늘 밤에는 무슨 일이 벌어질지 궁금하군.

그의 머리 위에 마이애미로 가는 비행기 한 대가 지나갔다. 그는 비행기의 그림자가 날치 떼를 놀라게 하는 것을 보았다.

「날치가 저렇게 많은 걸 보니 근처에 만새기도 있겠는데.」 그가 말했다. 그는 낚싯줄에 등을 기대며 물고기를 좀 잡아당길 수 있겠는지 살펴보았다. 하지만 당길 수가 없었고 낚싯줄은 팽팽한 상태를 유지했으며 끊어지기 직전의 현상인 물방울 튀김이 나타났다. 그는 다시 줄을 풀어 주었다. 조각배는 천천히 앞으로 나아갔고 그는 보이지 않을 때까지 비행기를 바라보았다.

비행기 안에서 내려다보면 이상하게 보일 거야. 그는 생각했다. 저 높이에서 바다를 내려다보면 어떻게 보일까? 저렇게 높이 날지 않는다면 고기들을 잘 내려다볼 수 있을 텐데. 2백 패덤 상공에서 천천히 날며 고기들을 한번 내려다보고 싶어. 거북잡이 배를 타던 시절 돛대 꼭대기의 십자 나무 위에만 올라가도 많은 게 보였지. 거기서는 만새기가 더 짙은 초록색으로 보였고 등의 빗금과 자주색 반점도 잘 보였어. 그리고 물속을 헤엄치는 모든 물고기들을 볼 수 있었지. 왜 빠르게 움직이는 심해의 물고기들은 자주색 등에 자주색 빗금이나 반점을 갖고 있을까? 만새기는 실제로는 황금색이기 때문에 초록색으로 보이는 거지. 하지만 그놈이 정말 배고파서 먹이를 찾아 나설 때에는, 말린처럼 양옆에 자주색 빗금이 나타나. 그런 색깔이 나타나는 건 배가 고파서 화가 났기 때문일까 아니면 빠른 속도로 움직이기 때문일까?

어두워지기 직전, 그들은 사르가소 해초로 뒤덮인 커다란 섬 옆을 지났다. 가벼운 바다 위에서 해초 섬은 올라갔다 내려왔다 하고 있는데 바다가 노란색 담요 밑에서 뭔가와 섹스를 하는 것 같았다. 그때 아까 노인이 고물 쪽에 설치한 작은 낚싯줄에 만새기가 걸려들었다. 노인은 그놈이 공중으로 뛰어오를 때 놈을 처음 보았다. 석양의 마지막 햇빛을 받아 진짜 황금색이었고 공중에서 미친 듯이 이리저리 몸을 뒤척거리고 있었다. 놈은 자꾸만 뛰어오르며 공포의 공중 곡예를 벌였다. 그는 고물로 조심스럽게 다가가서 몸을 기울이고 오른손과 팔로 커다란 낚싯줄을 꼭 쥐면서 왼손으로 만새기를 잡아당겼다. 거두어들인 줄은 맨발인 왼쪽 발로 꾹 눌러 밟았다. 만새기는 고물에 도착하자 절망적인 상태에 빠져 이리저리 몸을 퍼덕거리며 비틀어 댔다. 노인은 고물 위로 허리를 숙여 자주색 반점이 빛나는 황금색 만새기를 배 안으로 끌어들였다. 아가리는 바늘이 파고들 때마다 경련을 일으켰다. 놈은 길고 평평한 몸과 꼬리와 대가리로 뱃바닥을 쾅쾅 내리쳤다. 노인이 만새기의 빛나는 황금빛 대가리를 내리치자 놈은 잠시 꿈틀거리더니 곧 잠잠해졌다.

노인은 물고기에게서 바늘을 벗겨 내어 또 다른 정어리 미끼를 단 후 고물 밖으로 내던졌다. 이어 그는 천천히 이물로 돌아왔다. 그는 왼손을 씻고서 바지에 닦았다. 그리고 오른손에 들고 있던 무거운 줄을 왼손으로 옮기고서 오른손을 바닷물에 씻었다. 그는 태양이 바다 아래로 가라앉는 것과 커다란 낚싯줄의 기울기를 살펴보았다.

「저놈은 조금도 변하지 않았군.」 그가 말했다. 하지만 오른손으로 물결을 느끼면서 속도가 눈에 띄게 완만해졌다는 것을 알아챘다.

「노를 고물에다 단단히 묶어 둘 생각이야. 그렇게 하면 밤중에 저놈의 속도를 어느 정도 억제할 수 있을 거야.」 그가 말했다. 「이걸로 오늘 밤 저놈에 대한 대비는 충분하고 내 일과도 끝이지.」

살코기에 피가 좀 배게 하려면 조금 이따가 만새기의 내장을 빼내는 게 좋겠군. 그는 생각했다. 그건 이따가 노를 묶어서 배의 속도를 지연시킬 때 하면 되겠어. 이제 해 질 녘이니까 저 물고기를 가만히 내버려 두고 너무 방해하지 말아야지. 해 질 무렵은 모든 물고기에게 어려운 때니까.

그는 오른손을 공중에 말린 후 그 손으로 낚싯줄을 잡으면서 고물의 나무판자에 기대 가능한 한 세게 그의 등으로 줄을 눌렀다. 그렇게 하면 배가 노인보다 더 많은 압력을 감당할 터였다.

나는 이제 요령을 익혀 가고 있어. 그는 생각했다. 이런 상황에서 낚싯줄 다루는 방법 말이야. 그는 물고기가 미끼를 먹은 이후 아무것도 먹지 못했다는 것을 생각해 냈다. 놈은 아주 덩치가 커서 먹이도 많이 먹을 텐데 쫄쫄 굶고 있는 것이다. 나는 다랑어 한 마리를 다 먹었지. 또 내일은 만새기를 먹을 거야. 그는 만새기를 〈도라도〉[22]라고 불렀다. 만새기를 씻을 때 조금 먹어 두어야 할지 몰라. 가다랭이보다 먹기가 더 어려울 거야. 하지만 세상에 쉬운 일이 어디 있나.

「물고기야, 기분은 좀 어떠냐?」 그가 커다란 목소리로 물었다. 「난 기분이 좋아. 왼손도 좋아졌고 하룻밤 하룻낮 먹을 것도 있어. 물고기야, 얼마든지 배를 끌어 보아라.」

---

22 *dorado*. 만새기를 뜻하는 스페인어. 〈황금〉이라는 뜻도 가지고 있으며 만새기가 황금색을 띠는 데서 왔다.

그는 실제로는 기분이 좋지 않았다. 등에 감은 줄에서 오는 고통이 이제는 아픔을 넘어서서 무감각이 되었다. 그는 그런 마비 상태가 잘 실감 나지 않았다. 하지만 나는 이보다 더 나쁜 것도 겪었어, 하고 그는 생각했다. 오른손은 약간 베인 것뿐이고 왼손은 쥐가 풀렸지. 양다리도 멀쩡해. 게다가 나는 식량 조달에서 저놈보다 유리한 입장이야.

9월에는 해가 떨어지면 금방 어두워지기 때문에 이제 주위는 깜깜해졌다. 그는 이물의 낡은 나무판자에 기대 누웠고 그 자세로 최대한 휴식을 취했다. 제일 먼저 나오는 별이 하늘에 떠올랐다. 그는 〈리겔〉[23]이라는 이름은 몰랐지만 그 별을 보았고 나머지 별들도 곧 나오리라는 것을 알았다. 그러면 먼 곳에 있는 친구들을 모두 보게 될 터였다.

「저 물고기도 나의 친구야.」 그가 큰 소리로 말했다. 「이런 물고기는 본 적도 들어 본 적도 없어. 하지만 나는 그를 죽여야 해. 우리가 별들을 죽이려 하지는 않아서 다행이군.」

사람이 매일 달을 죽이려 든다고 해봐. 그는 생각했다. 달은 도망가겠지. 또 인간이 매일 태양을 죽이려고 애써야 하는 입장이라고 생각해 봐. 그럼 세상이 어떻게 되겠나? 우린 아주 운 좋게 태어난 거라고.

노인은 아무것도 먹지 못한 채 배를 끌고 있는 커다란 물고기가 안되었다고 생각했다. 또 저놈의 신세를 그토록 불쌍하게 생각하면서도 놈을 죽여야 한다는 자신의 결단이 조금도 줄어들지 않았다는 것도 참 안되었다고 생각했다. 저

23 Rigel. 오리온좌의 일등성.

놈의 살코기로 몇 사람을 먹일 수 있을까? 하지만 그들이 과연 저 고기를 먹을 자격이 있나? 물론 없다. 그의 저 의젓한 태도와 위풍당당한 위엄을 생각하면 그의 살을 먹을 수 있는 자는 아무도 없다.

나는 이런 것들을 잘 이해하지 못해. 그는 생각했다. 하지만 우리가 해, 달, 별들을 죽이려 들지 않는다는 것은 좋은 일이야. 바다 위에 살면서 우리의 진정한 형제들을 죽이는 것만으로 충분해.

이제 배의 속도를 지연시키는 걸 좀 생각해 봐야겠는걸. 그는 생각했다. 위험하긴 하지만 장점도 있어. 내가 노를 묶어서 배를 지금보다 더 무겁게 해놓았는데도 저놈이 온힘을 다하여 배를 끌고 간다면 어떻게 되겠나? 자칫 줄을 너무 많이 잃어서 저놈을 놓칠 수도 있어. 반대로 내 배가 지금 가볍다는 것이 저놈과 나의 고통을 연장시키고 있지. 하지만 그게 나의 안전장치이기도 해. 저놈은 엄청난 속도로 움직이는데, 힘이 다 들어갔는지 아니면 아직 남아 있는지 알 수 없어. 어쨌든 배를 가볍게 하면 놈이 지칠 때까지 계속 지구전을 펼칠 수 있지. 무슨 일이 벌어지든, 나는 만새기의 내장을 따야겠어. 상하지 않도록. 또 힘을 쓰려면 만새기 고기를 먹어둬야 해.

이제 한 시간 정도 쉬었다가 저놈이 여전히 굳건하게 헤엄치는지 살핀 다음 고물로 돌아가 만새기 내장 제거 작업을 하면서 결정해야지. 그동안에 저놈의 움직임을 보면서 무슨 변화가 있는지 살펴야지. 노를 묶어 둔다는 것은 좋은 방안이야. 하지만 그렇게 할 수가 없어. 지금은 안전하게 게임을 펼쳐야 할 때야. 저놈은 아직도 힘이 남아 있어. 바늘이 저놈의 입 구석에 박혀 있고 또 놈이 입을 꼭 다물고 있는 것을 보았어. 바늘의 징벌은 아무것도 아니야. 허기(虛飢)의 징벌 그리고 자신이 알지 못하는 어떤 것과 대적하고 있다는 무지(無知)의 징벌이 정말로 중요한 거야. 그게 일을 다 해주는 거야. 이봐, 영감, 지금은 좀 쉬어. 저놈이 계속 기운을 쓰도록 내버려 두라고. 그러다가 자네의 다음 임무가 나타나면 즉시 대응하면 돼.

그는 얼핏 생각하기에 두 시간쯤 쉬었다. 달이 아직 떠오르지 않아 시간을 측정할 길이 없었다. 쉬는 척했을 뿐 실제로 쉰 것도 아니었다. 그는 양어깨로 물고기의 힘을 고스란히 버텨 냈다. 그는 이물의 뱃전에 왼손을 내려놓으며 물고기에 대한 저항을 점점 더 배에 맡기기로 했다.

줄을 배에다 고정시킬 수만 있다면 얼마나 간단하겠는가. 하지만 물고기가 가볍게 몸을 뒤척거리는 것만으로도 줄은 끊어질 수 있었다. 내 몸으로 줄의 무게를 감당해야 돼. 저놈이 세게 당길 경우 언제라도 줄을 풀어 줄 대비를 해야 돼.

「하지만, 영감, 자네는 잠을 한숨도 못 잤잖아.」 그가 큰 소리로 말했다. 「반나절, 하룻밤 그리고 또 다른 하루가 지나갔어. 자네는 통 잠을 못 잤다고. 물고기가 좀 조용하면 약간 잠을 자둘 방도를 궁리해 봐. 잠을 자지 않으면 머리가 흐릿해질 거라고.」

내 머리는 아주 맑아. 그는 생각했다. 너무 맑아. 내 형제들인 저 별처럼 맑아. 그렇지만 나는 잠을 자야 돼. 사람들은 잠을 자고 달과 해도 잠을 자고 심지어 바다도 어떤 날에는 잠을 자지. 해류가 없고 수면이 잠잠한 날 말이야.

아무튼 잠자는 걸 기억해 둬. 그는 생각했다. 억지로라도 자둬. 낚싯줄에 대해서는 간단하면서도 확실한 방법을 궁리해 둬. 자, 이제 돌아가서 만새기 내장을 빼내. 꼭 잠을 자야한다면 노를 대응 방안으로 쓰는 건 너무 위험해.

난 잠을 자지 않고 버틸 수 있어. 그는 스스로에게 말했다. 하지만 그것 또한 너무 위험했다.

그는 무릎을 꿇고 손바닥으로 뱃바닥을 짚으며 고물로 돌아갔다. 그는 물고기가 몸을 비틀 구실을 주지 않으려고 조심했다. 나는 어쩌면 절반쯤 잠들었는지도 모르겠는걸, 하고 그는 생각했다. 하지만 놈에게 쉴 시간을 주고 싶지 않아. 저 놈은 죽을 때까지 배를 끌어야 해.

고물로 되돌아온 그는 몸을 돌려서 왼손으로 양어깨를 두르고 있는 낚싯줄을 잡고서 오른손으로 칼집에서 칼을 꺼냈다. 이제 별빛이 밝았고 그는 만새기를 분명하게 볼 수 있었다. 그는 칼날로 만새기의 대가리를 찍어 고물에서 끌어냈다. 그는 만새기를 한쪽 발로 누르면서 똥창에서 아래턱 끝부분까지 죽 갈랐다. 이어 칼을 내려놓고 오른손으로 내장을 빼내고 기타 더러운 것을 깨끗이 제거한 다음 아가미도 뜯어 버렸다. 밥통이 무겁고 미끈미끈해서 그것을 갈라 보았더니 그 안에 날치 두 마리가 들어 있었다. 그것들은 싱싱하고 단단했다. 그는 날치 두 마리를 나란히 옆에 놓고 내장과

73

아가미는 고물 너머로 내던졌다. 그것들은 물속에서 인광을 남기며 가라앉았다. 별빛 속에서 만새기는 차갑고 보기 싫은 회백색이었다. 노인은 오른발로 만새기의 대가리를 누르며 한쪽 옆구리의 껍질을 벗겼다. 이어 고기를 엎어 놓고 반대쪽 옆구리도 벗겨 낸 후 머리에서 꼬리까지 반으로 갈랐다.

그는 고기의 뼈대를 뱃전으로 내버리면서 물속에 소용돌이가 있는지 살폈다. 하지만 뼈대가 조용히 가라앉는 빛만 보였다. 그러고 나서 그는 몸을 돌려 날치 두 마리를 만새기 고기 두 덩어리 사이에 넣어 두고 칼을 칼집에 넣고서 천천히 이물로 돌아갔다. 등에다 두른 낚싯줄의 무게 때문에 그의 허리는 굽어 있었다. 그는 살코기를 오른손에 들고 있었다.

이물에 돌아온 그는 만새기 고기 두 덩어리를 뱃전의 나무 판자에다 내려놓고 그 옆에 날치 두 마리도 내려놓았다. 그리고 그는 줄을 다른 쪽 어깨로 이동시켰고 왼손으로 그 줄을 잡으며 이물의 뱃전에 몸을 기댔다. 그런 다음 날치를 물에 씻으면서 손으로 물의 속도를 재어 보았다. 만새기 껍질을 벗기는 바람에 그의 손에서도 인광이 번쩍거렸다. 그는 손에 와 닿는 물의 유속(流速)을 가늠해 보았다. 흐름은 아까보다 약해졌다. 오른손을 배의 나무에 비벼 대자 작은 인광 입자들이 튀어나와 고물 쪽으로 천천히 흘러갔다.

「저놈은 피곤하거나 아니면 쉬고 있어.」 노인이 말했다. 「자, 이제 이 만새기를 좀 먹어 두고 잠깐 휴식을 취하거나 아니면 잠시 자도록 하자.」

점점 더 차가워지는 밤공기와 별빛 아래서 그는 만새기 고기 한 덩어리의 절반을 먹었고, 내장과 대가리를 잘라 낸 날 치 한 마리를 먹었다.

「만새기는 익혀서 먹으면 정말 맛이 좋은데.」 그가 말했다. 「그렇지만 날것으로 먹으면 영 맛이 없지. 앞으로는 소금과 라임을 준비하지 않고서는 배를 타지 않겠어.」

내가 머리가 있는 사람이었다면 이물의 뱃전에 바닷물을 뿌려 놓고 하루 종일 말려서 소금을 좀 얻었을 텐데. 그렇지만 해 질 녘이 다 되어서야 만새기를 잡았잖아. 그래도 그건 준비 부족이야. 하지만 결국 난 그걸 꼭꼭 씹어 먹었고 속이 메스껍지도 않아.

동쪽 하늘이 구름에 덮이기 시작했고 그가 아는 별들이 하나씩 하나씩 사라져 갔다. 그는 구름의 커다란 협곡으로 들어가는 것 같았다. 바람은 완전히 잦아들었다.

「사나흘 뒤면 날씨가 나빠지겠는걸.」 그가 말했다. 「하지만 오늘 밤과 내일은 아니야. 영감, 지금 잠을 좀 자둬. 물고기가 잠잠히 있을 때.」

그는 이물의 나무판자에 온 몸무게를 싣는 동시에 낚싯줄을 오른손으로 꼭 잡고서 그 손을 허벅지로 눌렀다. 그다음 그 줄을 어깨에서 약간 밑 쪽으로 내리고 왼손을 그 위에 얹어 힘을 주었다.

힘이 느껴지는 한 내 오른손이 그것을 들고 있을 수 있어. 그는 생각했다. 내가 자는 동안 오른손이 느슨해져서 줄이 풀린다면 왼손이 나를 깨울 거야. 그건 오른손에 부담을 주는 일이었다. 하지만 그는 그런 고통에 익숙했다. 20분 혹은

30분만 설핏 잔다 하더라도 도움이 되지. 그는 상체를 기울여 몸을 쪼그리면서 온 몸무게를 줄과 오른손에 싣고서 잠이 들었다.

그는 사자 꿈을 꾸지 않고 그 대신 8마일 내지 10마일 정도나 길게 뻗어 있는 돌고래 떼 꿈을 꾸었다. 마침 짝짓기 시기였고 돌고래들은 하늘 높이 날아올랐다가 그들이 도약할 때 만들어 놓은 물구멍으로 다시 들어갔다.

이어 그는 마을에 있는 자신의 오두막 침대에 누워 있는 꿈을 꾸었다. 북풍이 불고 있었고 아주 추웠다. 베개 대신에 오른팔을 베고 잠이 들었기 때문에 오른팔이 얼얼했다.

그다음에 그는 기다랗고 노란 해변 꿈을 꾸기 시작했고 이른 어둠 속에서 사자들 중 첫 번째 놈이 해변으로 내려오는 것을 보았다. 곧 다른 사자들도 내려왔다. 그는 난바다에서 불어오는 저녁 미풍 속에 정박 중인 배의 이물 뱃전에 턱을 기대고서 사자들이 더 내려오는지 살폈다. 그는 아주 기분이 좋았다.

달은 이미 오래전에 떠올랐고 그는 계속 잤다. 물고기는 꾸준히 배를 끌었고 배는 구름의 터널 속으로 들어갔다.

그는 오른손이 얼굴을 스치자 화들짝 놀라면서 잠에서 깨어났다. 오른손의 줄은 불타는 것처럼 뜨거웠다. 왼손에는 감각이 없었다. 하지만 그는 오른손으로 최대한 견제했다. 줄은 계속 풀려 나갔다. 마침내 그의 왼손이 줄을 발견했고 그는 온몸에 힘을 주면서 낚싯줄에 기댔다. 줄은 그의 등과 왼손을 불태웠고 특히 왼손은 물고기가 당기는 힘을 모두 부담해 크게 베였다. 그는 부드럽게 풀려 나가는 낚싯줄의 코일을 쳐다보았다. 바로 그때 물고기가 커다란 물기둥을 일으키며 공중으로 뛰어올랐고 곧 무겁게 떨어졌다. 물고기는 자꾸자꾸 뛰어올랐다. 줄이 아주 빠르게 풀려나가는 와중에도 배는 빠르게 움직였다. 노인은 낚싯줄을 거의 끊어지기 직전까지 잡아당겼다가 풀어 주는 동작을 몇 번이고 되풀이 했다. 그는 이물 쪽으로 허물어지듯 쓰러졌다. 잘라 놓은 만새기 고기가 얼굴에 짓이겨졌다. 몸을 움직일 수가 없었다.

이런 대결이 우리가 기다려 왔던 것이지. 노인은 생각했다. 좋아, 이제 누가 이기나 한판 붙어 보자고.

난 저놈에게 낚싯줄을 당길 때마다 고통을 안겨 줄 거야. 줄 한 뼘에 고통 한 줌이야. 아암, 그 대가를 치르게 할 거야.

그는 물고기의 도약을 볼 수 없었다. 단지 바닷물이 크게 갈라지는 소리와 그놈이 다시 물로 떨어지면서 내는 소리를 들을 수 있었을 뿐이다. 낚싯줄의 빠른 속도는 그의 양손을 아프게 했다. 이런 대결이 벌어지리라는 것을 이미 알고 있었던 그는 줄이 손의 굳은 살 부분을 지나가게 하면서 손바닥이나 손가락을 베지 않도록 조심했다.

그 애가 여기 있었더라면 코일을 물로 미리 적셔 놓았을 텐데, 하고 그는 생각했다. 그래, 그 애가 여기 있었더라면. 그 애가 여기 있었더라면.

계속 풀려 나가던 낚싯줄의 속도가 조금씩 느려졌다. 노인은 물고기에게 정말로 줄 한 뼘에 고통 한 줌을 안겨 주고 있었다. 그는 이제 뱃전의 나무판자에서 고개를 쳐들었다.

아까 그의 뺨이 눌러 댔던 만새기 고기가 여전히 얼굴에 붙어 있었다. 그는 무릎을 꿇었다가 천천히 일어섰다. 그는 점점 느리게 낚싯줄을 풀어 주었다. 그는 낚싯줄 코일을 확인할 수 있는 지점까지 갔다. 어두워서 코일을 직접 볼 수는 없었다. 아직 줄은 충분히 남아 있었고 물고기가 계속 잡아당길 속셈이라면 물속에서 저 새로운 낚싯줄의 마찰을 모두 견뎌 내야 할 것이다.

그래. 그는 생각했다. 저놈은 이제 십여 차례 뛰어올라 등의 부레에 공기를 가득 채웠어. 끌어올리지 못할 정도로 깊은 바다 밑바닥까지 가서 죽어 버리는 일은 없을 거야. 곧 배주위를 빙빙 돌기 시작하겠지. 그때 저놈에게 작업을 걸어야 해. 무엇 때문에 이런 갑작스러운 대결로 전환했을까? 저놈을 이렇게 필사적으로 만든 것은 허기로 인한 분노일까, 아니면 밤중에 어떤 것에 두려움을 느꼈기 때문일까? 어쩌면 저놈은 갑작스러운 공포를 느꼈을지 몰라. 지금까지는 아주 침착하고 강인했는데. 아주 겁이 없고 자신만만해 보였는데. 정말 이상하군.

「영감, 당신이나 겁 없고 자신만만하게 행동하는 게 좋겠어.」 그가 말했다. 「당신은 줄을 풀어 주기만 할 뿐 거두어들이지는 못하잖아. 저놈은 이제 곧 배 주위를 빙빙 돌면서 줄을 끊어 버리려고 최후의 반격을 해올 거야.」

노인은 왼손과 양어깨로 줄을 쥐고서 허리를 구부려 오른손으로 물을 퍼올려 얼굴에 눌어붙어 있던 찌그러진 만새기 고기 조각을 떼어 냈다. 노인은 그게 메스꺼움을 일으켜 토하게 만들고 그리하여 힘을 잃게 되면 어쩌나 걱정했다. 얼굴을 깨끗하게 한 후, 그는 오른손을 뱃전 위로 내밀어 소금물 속에 잠깐 담가 두었다. 그러는 동안 그는 일출의 첫 번째 햇살이 퍼져 나오는 것을 보았다. 이제 거의 동쪽으로 가고 있군. 그는 생각했다. 그건 물고기가 지쳐서 해류를 타고 가고 있다는 뜻이었다. 곧 놈은 배 주위를 빙빙 돌 것이다. 그러면 나의 진짜 작업이 시작되는 거지.

오른손이 물속에 충분히 오래 있었다고 판단한 그는 손을 꺼내어 쳐다보았다.

「나쁘지 않아.」 그는 말했다. 「고통은 인간에게 아무것도 아니야.」

그는 줄을 다시 조심스럽게 잡으면서 그것이 손을 새롭게 베어 먹지 않도록 조심했다. 그는 오른쪽 체중을 낚싯줄에 실으면서 왼손을 배의 다른 뱃전 위로 내밀어 물속에 집어넣었다.

「네가 쓸데없이 그런 엉뚱한 짓을 저지른 것은 아니었겠지.」 그가 자신의 왼손에게 말했다. 「하지만 너를 발견할 수 없는 순간이 있었어.」

왜 나는 능숙한 양손을 가지고 태어나지 못했을까? 어쩌면 왼손을 적절히 훈련시키지 못한 나의 잘못인지 몰라. 하지만 왼손도 충분히 배울 기회가 있었어. 아무튼 지난밤에는 그렇게 형편없이 못하지는 않았어. 딱 한 번 쥐가 났을 뿐이니까. 만약 또 쥐가 난다면 이번에는 낚싯줄로 네놈을 끊어버릴 거야.

그는 자신의 머릿속이 그리 맑지 못하다는 느낌이 들어 만새기 고기를 좀 더 씹어야겠다고 생각했다. 하지만 먹을 수 없어. 그는 혼자 중얼거렸다. 메스꺼움 때문에 힘을 잃어버리는 것보다는 머리가 약간 어지러운 게 나아. 저 고기에 내 얼굴을 처박고 난 뒤라 저걸 지금 먹더라도 토하고 말 거야. 썩기 직전까지 비상용으로 가지고 있어야지. 이제 영양분을 섭취하여 힘을 얻겠다는 건 너무 늦었어. 이 멍청한 친구. 한 마리 남은 날치를 먹으면 되잖아.

날치는 깨끗하고 먹기 좋은 상태로 거기 있었다. 그는 왼손으로 그것을 집어 뼈까지 꼭꼭 씹어 먹었고 마침내 꼬리까지 다 먹었다.

날치는 그 어떤 고기보다 영양분이 많아. 그는 생각했다. 내게 필요한 힘을 안겨 주지. 이제 내가 할 수 있는 걸 했어. 자, 이놈아 배 주위를 돌아라. 최후의 일전을 벌여 보자.

그가 바다로 나온 이래 세 번째로 해가 떴다. 그때 물고기가 배 주위를 돌기 시작했다.

낚싯줄의 기울기만으로는 물고기가 돌고 있다는 것을 알 수 없었다. 그러기에는 너무 이른 시점이었다. 그는 줄의 당김이 다소 느슨해지는 것을 느끼면서 그것을 오른손으로 부드럽게 잡아당겼다. 그것은 전과 마찬가지로 곧 팽팽해졌다. 파열점(破裂点)에 이르기 직전, 낚싯줄이 들어오기 시작했다. 그는 양어깨와 머리에서 줄을 내리며 부드럽지만 꾸준하게 줄을 거두어들였다. 그는 양손을 좌우로 흔들면서 줄을 당겼고 그렇게 해서 상체와 하체의 힘을 당기는 데 보탰다.

허리를 돌리며 줄을 잡아당기자, 다리와 어깨도 따라서 회전했다.

「아주 크게 도는데.」 그가 말했다. 「아무튼 돌고 있어.」

낚싯줄은 더 이상 들어오지 않았고 그는 계속 줄을 잡고 있으면서 햇빛 속에서 물방울이 줄 밖으로 튕겨 나오는 것을 보았다. 잠시 후 줄이 풀려 나갔고 노인은 무릎을 꿇으면서 아쉬운 듯이 낚싯줄을 검푸른 물속으로 풀어 주었다.

「저놈이 이제 크게 원을 그리고 있군.」 그가 말했다. 있는 힘을 다해서 줄을 잡고 있어야 해. 그런 식으로 낚싯줄에 압력을 가하자 물고기가 그리는 원이 매번 짧아졌다. 어쩌면 한 시간 안에 저놈을 볼 수도 있겠군. 이제 제압한 다음 죽여야지.

하지만 물고기는 천천히 돌고 있었고 노인은 온몸이 땀으로 젖었다. 두 시간 뒤에는 골수 깊숙이 피곤을 느꼈다. 하지만 원은 훨씬 작아졌고 낚싯줄의 기울기로 보아 물고기가 빙빙 돌며 수면 위로 올라오는 걸 알 수 있었다.

한 시간가량 노인은 눈앞에 검은 모기 같은 반점들이 날아다니는 것을 보았다. 땀이 그의 눈 속으로, 그리고 눈과 이마 위의 상처에 흘러들어 쓰라렸다. 그는 어른거리는 반점 따위는 두렵지 않았다. 이처럼 온몸의 힘을 다하여 줄을 잡아당기는 상황에서 그런 게 나타나는 건 아주 정상적인 일이었다. 하지만 두 번이나 현기증을 느끼며 쓰러질 뻔했는데 그게 걱정이 되었다.

「이런 대어를 앞에 놓고 힘이 빠져 죽을 수는 없어.」 그는 말했다. 「저놈이 저렇게 멋지게 반격해 오는데 이때 맥이 풀리다니. 하느님 제가 견딜 수 있도록 도와주소서. 주기도문을 백 번 외우고 성모송을 백 번 외우겠습니다. 하지만 지금 외우지는 못해요.」

외웠다고 쳐. 그는 생각했다. 나중에 외우지 뭐.

바로 그때 그는 양손으로 쥐고 있던 낚싯줄에 엄청난 요동을 느꼈다. 그것은 날카롭고 단단하고 묵직했다.

창 같은 주둥이로 철사 목줄을 치고 있군. 그는 생각했다. 그런 일은 벌어지게 되어 있었다. 저놈이라면 당연히 그렇게 나오겠지. 저러다 안 되면 뛰어오를 텐데……. 나로서는 저놈이 지금은 그냥 빙빙 도는 게 더 좋은데. 점프는 공기를 들이마시기 위해서도 필요한 것이었다. 하지만 뛰어오를 때마다 입안에 들어박힌 바늘의 상처가 넓어져서 놈이 바늘을 벗겨낼 수도 있었다.

「물고기야, 뛰어오르지 마.」 그가 말했다. 「뛰어오르지 말라고.」

물고기는 철사 목줄을 여러 번 더 쳤고 놈이 대가리를 흔들어 댈 때마다 노인은 줄을 약간 풀어 주었다.

저놈의 고통을 지금 수준으로 유지해야 돼. 그는 생각했다. 내 고통은 문제가 안 돼. 내 고통은 통제할 수 있어. 하지만 저놈은 고통이 지금보다 더 심해지면 발광할지 몰라. 그러면 느닷없이 뛰어오를 수도 있고 바늘이 벗겨질 수도 있어. 그렇게 되면 끝장이야.

잠시 뒤 물고기는 철사 목줄 때리기를 멈추고 천천히 돌기 시작했다. 노인은 이제 꾸준히 줄을 거두어들였다. 하지만 다시 어지러워졌다. 그는 왼손으로 바닷물을 떠서 머리에 뿌렸다. 그는 바닷물을 좀 더 머리에 뿌리고서 목 뒷부분을 손으로 문질렀다.

「쥐는 안 나는구나.」 그가 말했다. 「저놈은 곧 뛰어오를 거야. 난 버틸 수 있어. 너도 버텨야 해. 쥐 얘기는 아예 꺼내지도 마.」

그는 이물에 기대어 무릎을 꿇었고 잠시 동안 등 뒤로 줄을 풀었다. 저놈이 큰 원을 돌러 나간 지금 좀 쉬어야겠어. 놈이 가까이 다가오면 일어서서 작업을 걸어야지.

이물에서 쉬며 고기를 제멋대로 내버려 두고 줄도 거두어들이지 말았으면 하는 마음이 간절했다. 하지만 그건 안 될 일이었다. 줄의 느낌으로 보아 놈은 이제 방향을 틀어 배를 향해 다가오고 있었다. 노인은 벌떡 일어나 허리를 크게 돌려 상체와 하체를 회전시키면서 물고기가 가져간 낚싯줄을 다시 회수했다.

그 어떤 때보다 더 피곤하구나. 그는 생각했다. 이제 무역풍이 불고 있어. 저놈을 거두어들이는 데에는 도움이 되겠는데. 정말 고마운 바람이야.

「저놈이 다음 번 돌 때에는 쉬어야지.」 그가 말했다. 「기분이 한결 좋아졌어. 앞으로 두세 번 더 원을 그린 다음엔, 놈을 잡고 말 거야.」

그의 밀짚모자는 뒤로 넘어가 머리 밑동에 걸려 있었다. 그는 이물 깊숙이 주저앉아 낚싯줄의 당김을 점검하면서 물고기가 방향을 트는 것을 느꼈다.

물고기야, 계속 돌아. 그는 생각했다. 네가 방향을 틀 때 잡아들일 거야.

바닷물이 상당히 높아졌다. 하지만 그것은 좋은 날씨의 산들바람 때문이었고 그가 집으로 돌아가려면 그 바람이 필요했다.

「남서쪽으로 항해할 거야.」 그가 말했다. 「어부는 바다에서 길을 잃지 않지. 게다가 이건 아주 기다란 섬[24]이 아닌가.」

세 번째 방향 전환에서 그는 고기를 처음으로 볼 수 있었다.

그는 처음에 그놈을 검은 그림자로 보았다. 배 밑을 지나가는 데 너무 오랜 시간이 걸려서 그 길이를 믿을 수가 없었다.

「이런.」 그가 말했다. 「저처럼 클 수는 없어.」

하지만 고기는 그처럼 컸다. 이번 일주(一周)의 끝에 고기는 배에서 겨우 30야드 떨어진 지점까지 왔고 노인은 물 밖에 나온 놈의 꼬리를 보았다. 꼬리는 커다란 낫의 날보다 더 컸고 검푸른 바닷물 위에서 연보라색이었다. 그것은 약간 뒤로 기울어 있었는데 물고기가 수면 바로 밑을 헤엄치는 동안 노인은 그 엄청난 덩치와 등의 보랏빛 빗금을 볼 수 있었다. 등지느러미는 내리고 커다란 가슴지느러미는 활짝 펴고 있었다.

이번 일주에서 노인은 물고기의 눈과 근처에서 헤엄치는 회색 빨판상어 두 마리를 볼 수 있었다. 때때로 상어는 물고기 옆에 달라붙었다. 그러다가는 급속히 떨어졌다. 상어들은

24 쿠바 섬.

물고기의 그림자 속에서 손쉽게 헤엄치고 있었다. 상어의 길이는 각각 3피트가 넘었고 아주 빠르게 헤엄칠 때에는 몸을 뱀장어처럼 바싹 말아 붙였다.

노인은 땀을 흘리고 있었는데 그건 햇빛 때문만은 아니었다. 고기는 이제 평온하고 잔잔하게 방향 전환을 하고 있었다. 노인은 계속 줄을 거둬들이면서 앞으로 두 번만 더 회전하면 작살을 물고기의 몸에 박아 넣을 기회가 있겠다고 생각했다.

하지만 아주 바싹, 바싹, 바싹 붙어야 해. 그는 생각했다. 머리를 노려서는 안 돼. 심장을 찔러야 해.

「영감, 침착하고 강력하게 처리해야 돼.」 그가 말했다.

다음번 회전에 물고기의 등이 밖으로 나왔으나 배에서 너무 멀리 떨어져 있었다. 그 다음번 회전에서도 고기는 여전히 멀리 떨어져 있었으나 몸이 물 밖으로 많이 나왔고 노인은 낚싯줄을 좀 더 거두어들이면 고기를 뱃전에 바싹 붙일 수 있다고 확신했다.

그는 오래전에 작살을 장치해 두었다. 가벼운 밧줄 코일은 둥근 양동이 안에 들어 있었고 코일의 끝은 이물의 말뚝에 단단히 고정되어 있었다.

물고기는 이제 침착하고 아름다운 모습으로 회전을 하면서 가까이 다가왔다. 오로지 커다란 꼬리만이 움직이고 있었다. 노인은 고기를 뱃전에 바싹 붙이기 위해 있는 힘을 다해 줄을 잡아당겼다. 잠시 고기는 옆구리 쪽으로 약간 방향을 틀었다. 그러고는 몸을 곧바로 세우더니 다시 일주를 시작했다.

「저놈을 배 쪽으로 이동시켰어.」 노인이 말했다. 「이제 거의 다 된 거야.」

그는 다시 어지러움을 느꼈다. 하지만 있는 힘을 다해 줄을 잡아당기면서 고기에게 압박을 가했다. 저놈을 배 쪽으로 이동시켰어. 이번에는 잡을 것 같아. 두 손아, 확실히 잡아당겨라. 양다리야, 굳건히 버텨라. 머리야, 나를 위해 버텨주어라. 나를 위해 견뎌 줘. 넌 가버리는 법이 없잖아. 이번에는 저놈을 당겨서 물 위로 올릴 거야.

노인이 온 힘을 쏟아부었지만, 놈은 뱃전 가까이 오기 전부터 줄을 당기기 시작했다. 물고기는 잠시 뒤로 물러서더니 몸을 바로 세우고 헤엄쳐서 사라졌다.

「물고기야.」 노인이 말했다. 「넌 어차피 죽게 되어 있어. 나도 함께 죽일 생각이냐?」

물고기야, 그래 봐야 결국 성공하지 못할 거야. 노인은 생각했다. 그는 입안이 너무 말라서 말을 할 수가 없었고 이제 물 쪽으로 손을 내뻗을 수도 없었다. 이번에는 뱃전에 바싹 붙여야지. 앞으로 회전이 여러 번 거듭된다면 난 맥을 못 추겠는데. 아니야, 영감, 할 수 있어. 저놈이 몇 번을 회전해도 해낼 수 있어.

그 다음번 회전에서 노인은 고기를 거의 잡을 뻔했다. 하지만 놈은 또다시 몸을 곧추세우고 멀리 헤엄쳐 갔다.

물고기야, 넌 나를 죽이고 있어. 노인은 생각했다. 하지만 넌 그럴 권리가 있어. 난 너처럼 크고, 아름답고, 침착하고,

고상한 놈을 평생 본 적이 없어. 형제여, 어서 와서 나를 죽여라. 나는 누가 누구를 죽이든 신경 쓰지 않겠다.

이봐 영감, 이제 당신의 머리가 혼미해지고 있어. 그는 생각했다. 정신 똑바로 차려야 해. 정신을 단단히 차리고 사람답게 고통을 견디는 방법을 알아야 해. 혹은 물고기답게, 하고 그는 생각했다.

「머리야, 맑아져라.」 그가 거의 들리지 않는 목소리로 말했다. 「맑아져라.」

그 후 두 번이나 더 되풀이된 회전에서 전과 똑같은 결과가 발생했다.

난 모르겠어. 노인은 생각했다. 그는 물고기가 회전할 때마다 기절 직전의 상태가 되었다. 모르겠어. 하지만 한 번만 더 시도해 볼 거야.

그는 한 번 더 시도했고 그러면서 기절할 듯한 느낌을 받았다. 물고기는 또다시 몸을 곧추세우고 멀리 헤엄쳐 갔다. 커다란 꼬리가 공중에서 흔들거렸다.

좋아. 또 한 번 시도하는 거야. 노인은 중얼거렸다. 하지만 그의 양손은 이제 무감각했고 눈도 순간적으로만 잘 보일 뿐이었다.

또다시 시도했으나 결과는 같았다. 시작하기도 전에 기절할 것 같았다. 그래도 한 번 더 시도할 거야.

그는 엄청난 고통을 감내한 채 남아 있는 힘과 오래전에 사라진 자부심을 다 짜내면서 그 힘으로 물고기의 고뇌에 맞섰다. 그러자 고기가 노인의 옆으로 몸을 돌리더니 그 옆에서 천천히 헤엄쳤다. 고기의 날카로운 주둥이는 뱃전의 나무를 거의 때릴 지경이었다. 이어 고기는 넓고, 깊고, 기다란 은빛 몸으로 뱃전을 지나갔는데 등의 자주색 빗금이 보였다. 물속에서 고기의 길이는 무한정 긴 것처럼 보였다.

고기의 옆구리는 이제 거의 노인의 가슴 높이에 와 있었다. 노인은 낚싯줄을 내려놓고 그 줄을 발로 밟으면서 작살을 높이 치켜올렸다가 있는 힘을 다하여 커다란 가슴지느러미 바로 뒤의 옆구리에 작살을 박아 넣었다. 노인은 작살의 쇠날이 물고기의 살 속에 들어박히는 것을 느꼈다. 그는 작살에 기대 다시 한 번 온몸의 힘을 실어 쇠 날을 박아 넣었다.

고기는 이제 죽음을 예견한 듯 아연 살아나면서 공중으로 높이 뛰어올랐다. 그 엄청난 길이, 넓이, 그놈의 엄청난 힘과 아름다움이 여실하게 노출됐다. 놈은 배에 서 있는 노인의 머리 위 상공에 매달려 있는 것 같았다. 이어 쾅광 하는 소리와 함께 물속으로 떨어져 바닷물을 노인의 전신과 배의 온 바닥에 뿌려 댔다.

노인은 어지럽고 메스꺼웠고 앞을 잘 볼 수가 없었다. 그러나 그는 작살 줄을 계속 놓아 주면서 맨손 사이로 풀려나가게 했다. 앞을 잘 볼 수 있게 되었을 때, 그는 고기가 은빛 배를 위로 드러내 놓고 벌렁 드러누운 것을 보았다. 작살의 자루는 고기의 어깨에서 직각을 이루며 튀어나왔고 바다는 고기의 심장에서 흘러나온 피로 검붉었다. 처음에 그것은 1마일 이상의 깊이로 검푸른 바다에서 헤엄치는 고기 떼처럼 보였다가, 이어 구름처럼 퍼져 나갔다. 물고기는 은빛이었고 잠잠했으며 파도에 따라 부드럽게 흔들렸다.

노인은 순간순간 앞이 보일 때마다 조심스럽게 살펴보았다. 그는 작살 줄을 이물의 말뚝에 두 번 돌려 감고서 양 손등에 머리를 내려놓았다.

「머리를 맑게 유지해야 돼.」 그가 이물의 나무판자에다 대고 말했다. 「나는 피곤한 늙은이야. 하지만 내 형제인 이 물고기를 죽였어. 이제 나머지 잡일을 해야 돼.」

올가미와 밧줄로 저놈을 뱃전에다 묶어야 해. 그는 생각했다. 설혹 내가 그 애와 함께 있어서 배를 물에 잠궈 가며 저놈을 배 위에 싣고 또 물을 퍼낸다 하더라도, 이 배는 저놈의 무게를 감당하지 못해. 모든 것을 준비하고 저놈을 가까이 끌어와 뱃전에다 묶고서 돛을 올린 다음 집으로 돌아가야겠어.

그는 고기를 뱃전에 가까이 끌어당겼다. 아가미에 낚싯줄을 넣어서 입으로 나오게 한 다음 머리를 이물의 뱃전에 단단히 고정시킬 작정이었다. 난 저놈을 보고 싶고, 만지고 싶고, 느끼고 싶어. 저놈은 내 재산이야. 하지만 그 때문에 저놈의 몸을 만져 보자는 건 아니야. 내가 작살 자루를 두 번째로 저놈의 가슴에 박아 넣었을 때, 난 그 가슴을 느꼈어. 그 가슴을 한번 만져 보자는 거지. 자, 이제 저놈을 끌어당겨 머리를 고정시키고 다음에 꼬리 부분에도 올가미를 대고 마지막으로 가운데에다 밧줄을 둘러 완전히 고정시켜야지.

「일을 해, 영감.」 그가 말했다. 그는 물을 아주 조금 마셨다. 「이제 싸움이 끝났으니까 해야 할 잡일이 많아.」

그는 하늘을 올려다보다가 물고기를 쳐다보았다. 그는 태양을 조심스럽게 살폈다. 아직 정오가 되지는 않은 것 같은 데. 무역풍이 천천히 일고 있었다. 고기를 감은 밧줄들은 이 제 아무것도 아니야. 집에 돌아가면 그 애와 나는 밧줄을 다 시 꼬아서 이을 수 있을 거야.

「자, 오너라, 고기야.」 하지만 고기는 오지 않았다. 고기는 수면 위에 떠서 파도를 따라 너울거렸다. 그래서 노인이 배 를 고기 쪽으로 붙였다.

배를 고기와 평행으로 놓고 고기의 머리를 이물에 고정시 켰을 때 그는 그 덩치를 믿을 수가 없었다. 그는 작살의 밧줄 을 말뚝에서 풀어 고기의 아가미에 집어넣고 턱에서 빼내 날 카로운 주둥이에다 대고 돌린 다음, 다시 다른 쪽 아가미로 줄을 넣었다 빼서 매듭으로 묶은 후 그것을 이물의 말뚝에다 고정시켰다. 그러고는 밧줄을 칼로 끊고 고물로 가서 올가미 형태를 만든 다음 고기의 꼬리 부분을 뱃전에 묶었다. 고기 의 자주색과 은색이 섞여 있던 몸이 이제 완전히 은빛으로 변해 있었다. 등의 빗금들만 꼬리 부분처럼 연한 보라색이었 다. 빗금은 다섯 손가락을 활짝 편 어른의 손보다 더 넓었고 눈은 잠망경의 거울이나 축제 행렬의 성자처럼 초연했다.

「그건 이놈을 죽일 수 있는 유일한 방법이었어.」 노인이 말했다. 그는 물을 조금 마신 후 기분이 한결 좋아졌고 기절 할 것 같지 않았으며 머리가 맑아졌다. 무게가 1천5백 파운 드[25]는 나가겠는걸. 노인은 생각했다. 어쩌면 더 나갈지도 모 르지. 내장을 빼내 그 무게의 3분의 2만 남는다고 해도 1파

25 약 680킬로그램.

운드에 30센트면 돈이 얼마야?

「계산하려면 연필이 있어야겠는데.」 그가 말했다. 「내 머리는 그걸 계산할 정도로 맑지 못해. 하지만 위대한 디마지오도 오늘의 나를 아주 자랑스럽게 여길 거야. 난 골좌는 걸리지 않았지만 손과 등이 너무 아파.」 골좌라는 건 도대체 어떤 병이지, 하고 그는 생각했다. 혹시 우리도 그걸 앓고 있는데 모르고 있는 게 아닐까.

그는 이물과 고물 그리고 중간의 뱃전에 물고기를 단단히 묶었다. 고기는 너무 커서 노인의 조각배보다 더 큰 배를 옆에 이어 붙인 것 같았다. 그는 낚싯줄을 한 자락 잘라서 고기의 아래턱을 날카로운 부리에 묶었다. 그렇게 해서 입이 닫힌 상태로 있으면 배가 더 잘 나아갈 것이다. 이어 그는 돛대를 달았고 갈고리로 쓰는 기둥과 활대를 설치하고 기운 돛을 활짝 폈다. 배는 움직이기 시작했다. 그는 배가 남서쪽으로 나아가는 동안 고물에 절반쯤 드러누워 있었다.

그는 남서쪽이 어느 방향인지 알기 위해 나침반이 필요하지 않았다. 무역풍의 풍향과 돛이 펴진 상태만 살피면 되었다. 꿰낚시[26]를 조그마한 줄에 달아 물고기를 잡아 올려 고기도 먹고 수분도 섭취해야겠는걸. 하지만 그는 꿰낚시를 찾을 수 없었고 정어리도 썩어 있었다. 그래서 그는 갈고리로 노란 모자반속 해초를 걸어 올린 후 그것을 흔들어 거기 붙어 있던 자그마한 새우들이 뱃바닥에 떨어지게 했다. 새우는

---

26 물고기를 유인하기 위하여 낚싯줄에 달아 회전시키는 순가락 모양의 쇠붙이.

여남은 마리가 되었고 바닥에서 모래벼룩처럼 팔짝팔짝 뛰면서 바르작거렸다. 노인은 엄지와 검지로 새우의 대가리를 잘라 내고 껍질과 꼬리가 붙어 있는 채로 그것을 먹었다. 아주 자그마했지만 노인은 그것에 영양분이 풍부하다는 것을 알았다. 맛도 좋았다.

노인은 물병 속에 물이 두 모금 정도 남아 있다는 것을 알았다. 그는 새우를 먹고 난 뒤 그중 반 모금을 마셨다. 무거운 짐을 옆에 비끄러맸음에도 배는 잘 나아갔고 그는 겨드랑이에 긴 키 손잡이로 배의 방향을 잡았다. 그는 고기의 등을 볼 수 있었다. 이것이 현실이고 꿈이 아니라는 것을 알기 위해서는 양손과 고물에 기댄 등을 느껴 보기만 하면 됐다. 물고기와의 싸움이 거의 종반에 이르렀던 어느 한순간 그는 기분이 너무 나빠서 이것이 꿈이 아닐까 하고 생각했다. 고기가 물 밖으로 나와서 공중에 매달린 것처럼 정지해 있다가 다시 물속으로 떨어지는 광경을 보고서 이것은 아주 이상한 일이고 그래서 믿을 수가 없다는 생각을 했다. 당시 그는 앞을 제대로 보지 못했고 순간순간 볼 수 있었을 뿐이다. 하지만 지금은 평소처럼 앞이 잘 보였다.

이제는 물고기가 분명 저기에 있고 또 그의 손과 등도 꿈이 아니라는 것을 알았다. 손은 곧 나을 거야. 그는 생각했다. 깨끗하게 피를 흘린 다음에 바닷물에 담그면 나을 거야. 걸프 만의 검푸른 바닷물은 최고의 치료제지. 이제 머리만 맑게 유지하면 돼. 양손은 제 할 일을 잘 해냈어. 우린 잘 항해해 집으로 돌아가기만 하면 돼. 저놈의 입은 꼭 닫혀 있고 꼬리가 위아래로 오르락내리락하니 우리는 형제처럼 항해하는 거야. 이어 노인의 머리가 약간 흐릿해지기 시작했다. 저 물고기가 나를 끌고 가는 거야, 아니면 내가 저놈을 끌고 가는 거야? 내가 저놈을 배 뒤에 단 채 끌고 간다면, 이런 질문은 부질없는 것이지. 또 저놈이 모든 위엄을 빼앗긴 채 배 안에 실려 간다면, 그때에도 이런 질문은 부질없을 거야. 하지만 그들은 나란히 묶인 채 함께 항해하고 있었다. 그렇게 하고 싶다면 저놈이 나를 끌고 가도 상관없지. 나는 낚시 기술 때문에 저놈보다 좀 더 나을 뿐이고 또 저놈은 내게 피해를 입힐 의사가 없었어.

그들은 잘 항해했고 노인은 양손을 짠물에 담그고서 머리를 맑게 유지하려고 애썼다. 하늘에는 뭉게구름이 가득했고 그 위에는 새털구름이 넓게 퍼져 있어서 노인은 밤새 산들바람이 불어오리라는 것을 알았다. 그는 이것이 꿈인지 생시인지 확인하기 위해 계속 물고기를 쳐다보았다. 그리고 한 시간쯤 지나 최초의 상어가 그를 공격했다.

상어는 우연히 온 것이 아니었다. 물고기의 검은 피가 1마일 깊이의 바다로 가라앉자 그 냄새를 맡고서 심해에서 올라온 것이었다. 그놈은 아주 겁 없이 빠르게 올라왔고 푸른 바다의 수면을 깨트리며 햇빛 속으로 뛰어올랐다. 그러고는 물속으로 들어가 냄새를 맡으면서 노인과 물고기가 가는 방향으로 헤엄쳐 왔다.

때때로 상어는 그 냄새를 잃었다. 하지만 곧 다시 찾았다. 혹은 그 흔적을 발견했다. 그리하여 배 쪽으로 아주 빠르게 헤엄쳐 왔다. 매우 덩치가 큰 청상아리였고 바다에서 가장 빠르게 헤엄칠 수 있는 몸을 갖고 있었다. 아가리를 제외하고 그놈의 모든 부분이 아름다웠다. 등은 말린처럼 푸른색이었고 배는 은색이었으며 표면은 부드럽고 미끌미끌했다. 몸집은 커다란 아가리를 제외하면 말린과 비슷했다. 그놈은 거대한 아가리를 꼭 다문 채 수면 바로 밑에서 재빨리 헤엄쳐 왔다. 높다란 등지느러미가 조그마한 동요도 없이 물살을 갈랐다. 꼭 다문 아가리의 이중 입술 안에는 여덟 줄의 이빨이 안쪽으로 기울어져 있었다. 그것은 대부분의 상어들에게서 볼 수 있는 통상적인 피라미드형 이빨이 아니었다. 그 이빨은 동물의 발톱처럼 오므라들었고 그러면 사람의 손가락과 비슷했다. 이빨은 거의 노인의 손가락만큼 길었고 양쪽 가장자리는 면도날처럼 예리했다. 청상아리는 바다의 모든 물고기를 잡아먹었고, 너무나 빠르고 힘이 세고 또 무장이 잘 되어 있어서 바다에서는 무적이었다. 상어는 신선한 냄새를 맡고서 푸른 등지느러미로 물살을 가르며 재빨리 다가왔다.

그 상어를 본 노인은 놈이 전혀 겁이 없고 제멋대로라는 것을 알아보았다. 그는 상어를 주시하면서 작살을 꺼내 밧줄을 단단히 고정시켰다. 고기를 묶는 데 작살의 밧줄을 사용해서 남아 있는 밧줄이 너무나 짧았다.

노인의 머리는 이제 맑아졌고 또 고기를 지키겠다는 결심은 단단했으나 희망은 별로 없었다. 너무 좋은 일은 오래가지 못하는구나. 노인은 생각했다. 그는 상어가 다가오는 것을 보면서 뱃전에 묶어 둔 커다란 고기를 한 번 쳐다보았다. 너무 좋은 일은 꿈하고 비슷한 거지. 노인은 생각했다. 상어가 나를 공격하는 걸 막지는 못해도 내가 저 상어를 잡을 수는 있을 거야. 덴투소[27]로군. 이놈아, 오늘은 네가 골로 가는 날이야.

상어는 고물 쪽으로 가까이 다가와 묶어 둔 고기를 공격했다. 노인은 상어의 벌어진 아가리와 그 기이한 눈을 보았고, 꼬리 윗부분의 살점을 뿌지직 파고드는 날카로운 이빨소리를 들었다. 상어의 대가리는 이미 물 밖으로 나왔고 등도 나오는 중이었다. 노인은 상어의 이빨이 물고기의 껍질과 살을 뜯어 내는 소리를 들으면서 작살을 놈의 대가리에 박아 넣었다. 노인이 공격한 지점은, 상어의 두 눈을 잇는 선과, 코에서 눈으로 이어지는 선이 교차하는 지점이었다. 물론 그런 선이 실제로 있는 것은 아니다. 상어의 푸른 머리, 커다란 눈, 모든 것을 삼켜 버리는 위협적인 아가리가 있을 뿐이다. 하지만 그 교차 지점이 상어의 뇌가 있는 곳이고 노인은 바로 그곳을 강타했다. 그는 피가 묻은 무감각한 양손으로 온 힘을 다해 작살을 찔러 넣음으로써 상어의 뇌를 박살 내버렸다. 그는 아무런 희망 없이 찔렀으나 결연한 의지와 완벽한 적개심이 강타를 만들어 냈다.

상어는 몸이 뒤집혔고 노인은 놈의 눈이 흐려지는 것을 보았다. 상어가 다시 한 번 몸을 뒤집자 작살 밧줄의 두 고리가 그 몸을 둘러쌌다. 노인은 상어가 죽었다는 것을 알았지만

27 dentuso. 청상아리를 뜻하는 스페인어.

상어는 그 사실을 받아들이려 하지 않았다. 벌렁 드러누운 상어는 꼬리를 탁탁 치고 아가리를 쩝쩝거리면서 쾌속 보트처럼 물 위를 헤치고 나아갔다. 상어 꼬리가 지나간 수면은 희어졌고 그의 몸뚱이가 4분의 3가량 수면으로 나오자 그 몸을 감고 있던 밧줄이 팽팽해지고 부르르 떨리더니 곧 끊어졌다. 상어는 수면에 조용히 떠 있었고 노인은 그놈을 쳐다보았다. 곧 상어는 천천히 가라앉았다.

「살점을 40파운드나 떼어 갔군.」 노인은 큰 소리로 말했다. 저놈은 내 작살과 밧줄도 가져갔어. 이제 내 고기는 피를 흘리고 있으니 곧 다른 놈들이 나타나겠지.

물고기의 몸이 훼손되었기 때문에 노인은 더 이상 고기를 보고 싶지 않았다. 고기가 공격당했을 때, 마치 자신이 공격당한 느낌이었다.

하지만 내 고기를 공격한 상어를 죽였지. 그놈은 내가 지금껏 본 중에서 가장 큰 덴투소였어. 내가 전에 본 덴투소들도 상당히 컸는데, 저놈은 정말 크군.

너무 좋은 일은 오래가지 못하는구나, 하고 노인은 생각했다. 차라리 이게 꿈이었더라면. 저 고기를 낚지 않고 차라리 신문지를 깐 침대 위에 그냥 누워 있었더라면.

「하지만 인간은 패배하기 위해 태어난 것이 아니야.」 그가 말했다. 「인간은 파괴될 수는 있지만 패배하지는 않는 거야.」 저 말린을 죽인 것이 정말 미안하군. 그는 생각했다. 이제 어려운 때가 닥쳐오는데 난 작살마저 없어. 덴투소는 잔인하고 노련하고 강인하고 게다가 똑똑하기까지 하지. 하지만 나는 그놈보다 더 똑똑했어. 어쩌면 더 똑똑한 게 아닐지도 몰라. 단지 내가 더 잘 무장하고 있었을 뿐이지.

「영감, 생각하지 마.」 그가 큰 소리로 말했다. 「이 길로 계속 항해하고 일이 닥치면 그때 대응하면 되는 거야.」

하지만 난 생각을 해야 돼, 하고 그는 생각했다. 내게 남은 건 그것뿐이기 때문이지. 그거하고 야구. 위대한 디마지오가 내가 상어의 뇌를 강타하는 걸 보았다면 어떻게 생각했을까? 물론 대단한 건 아니었지. 누구나 그렇게 할 수 있으니까. 넌 이 피 묻고 무감각한 내 양손이 골좌처럼 어려운 장애라고 생각해? 모르겠는걸. 난 발꿈치에 아무런 문제가 없었어. 물속에서 수영하다가 가오리를 밟는 바람에, 그놈이 내 아랫다리를 쳐서 한동안 마비되어 고통이 엄청났던 것을 빼고는.

「영감, 좀 즐거운 것을 생각해 봐.」 그가 말했다. 「이제 점점 집이 가까워지고 있어. 살점 40파운드를 잃었지만, 그만큼 가볍게 항해하게 되었잖아.」

그는 해류의 안쪽으로 들어섰을 때 어떤 일이 벌어질 수 있는지 잘 알았다. 하지만 이제 미리 대비할 수 있는 것은 없었다.

「아니야, 있어.」 그는 큰 소리로 말했다. 「칼을 노 끝에 묶어서 사용하면 돼.」

그래서 노인은 키 손잡이를 겨드랑이에 끼고 돛자락은 발로 밟으면서 칼을 노 끝에 묶었다.

「자, 이제…….」 그가 말했다. 「난 여전히 늙은이야. 하지만 비무장은 아니야.」

산들바람이 새롭게 불어왔고 배는 앞으로 쭉쭉 나아갔다. 그는 고기의 앞부분만을 쳐다보았고 그러자 희망이 약간 되살아났다.

희망을 버린다는 건 어리석은 일이야. 그는 생각했다. 희망이 없다는 건 죄악이야. 죄악에 대해서는 생각하지 마, 하고 그는 생각했다. 지금 죄악 말고도 골치 아픈 문제들이 많아. 게다가 나는 죄악이 뭔지 잘 알지도 못해.

난 그걸 잘 모르고, 또 그걸 믿는지 어떤지도 불확실해. 어쩌면 물고기를 죽이는 건 죄악일지도 모르지. 생계를 유지하고 다른 사람들에게 먹을 것을 주기 위해서 그렇게 했더라도 그건 죄악일 수 있어. 그렇다면 모든 게 죄악이야. 죄악에 대해서는 생각하지 마. 그런 걸 생각하기에는 너무 늦었어. 세상에는 돈 받고 그런 죄악을 저지르는 자들도 있어. 그런 자들이나 죄악에 대해 생각하라고 해. 물고기가 물고기로 태어난 것처럼 넌 어부로 태어났을 뿐이야. 위대한 디마지오의 아버지가 어부였던 것처럼 산 페드로[28]도 어부였어.

하지만 그는 자신이 관여한 모든 일에 대해서 생각하는 걸 좋아했다. 조각배에는 읽을 것이 없고 또 라디오도 없었기 때문에 그는 많이 생각했고 또 죄악에 대해서 계속 생각했다. 생계를 꾸리거나 살코기를 팔기 위해서만 고기를 죽이는 건 아니야. 네가 어부고 또 어부라는 자부심 때문에 고기를 죽이기도 해. 너는 저 고기가 살아있을 때도 그를 사랑했고

28 예수의 제자인 베드로 성인을 말하는 것.

그 후에도 사랑했어. 네가 그를 사랑한다면, 그를 죽이는 건 죄악이 아니야. 아니, 더 큰 죄악이 되는 건가?

「영감, 자넨 너무 생각이 많군.」 그는 큰 소리로 말했다.

하지만 넌 덴투소를 죽이는 건 즐겼잖아. 그는 생각했다. 그놈도 당신처럼 살아 있는 물고기를 먹고 살지. 그놈은 쓰레기를 먹는 놈이 아니고 또 일부 상어들처럼 움직이는 식귀(食鬼)도 아니야. 그놈은 아름답고 고상하고 도무지 겁이 없는 놈이지.

「난 자기방어를 위해 그놈을 죽였어.」 노인이 큰 목소리로 말했다. 「아주 멋지게 놈을 죽였지.」

게다가 어떻게 보면 모든 것이 모든 것을 죽이고 있다고. 낚시는 나를 살리지만 그만큼 나를 죽이기도 해. 하지만 소년은 나를 살리지, 하고 그는 생각했다. 스스로를 너무 기만하지는 말아야겠군.

그는 뱃전에 기대 아까 상어가 뜯어 먹은 부위의 살코기를 한 점 뜯어냈다. 그는 그것을 씹으며 그 질과 맛을 살폈다. 쇠고기처럼 단단하고 즙이 많았다. 하지만 붉은 색깔은 아니었다. 전혀 질기지도 않았다. 노인은 그 고기가 시장에서 최고가를 받으리라는 걸 알았다. 하지만 그 고기의 냄새를 바다에 퍼지지 않게 할 방도가 없었으므로, 노인은 아주 어려운 때가 닥쳐오고 있다는 것 또한 알았다.

산들바람은 꾸준히 불어왔다. 그 바람이 북동쪽으로 약간 물러서는 걸 보고서 노인은 바람이 잦아들지는 않겠구나 하고 생각했다. 노인은 앞을 멀리 내다보았다. 다른 배의 돛이

나 선체나 연기는 보이지 않았다. 이물에서 좌우로 날아다니는 날치와 노란 모자반속 해초 덩어리들만 보였다. 심지어 새 한 마리도 볼 수 없었다.

그는 두 시간 동안 항해했다. 고물에 앉아 쉬면서 때때로 말린의 살점을 떼어 내 씹어 먹었다. 그렇게 휴식을 취하며 원기를 회복하려고 애쓰는 동안 그는 두 마리 상어 중 첫 번째 것을 보았다.

「아이.」 그가 크게 소리쳤다. 이 말에는 마땅한 번역어가 없다. 그것은 못이 손을 뚫고 나무판자에 들어가 박힐 때 사람이 무의식적으로 내는 그런 소리였다.

「갈라노[29]로군.」 그가 크게 말했다. 그는 이제 두 번째 지느러미가 첫 번째 것 뒤에서 다가오는 것을 보았고, 그 갈색의 삼각형 지느러미와 꼬리의 큰 움직임으로 보아 삽 모양 코를 가진 상어임을 알아보았다. 그놈들은 냄새를 맡고는 흥분했고 엄청난 허기 때문에 멍청해져서 냄새를 잃었다가 다시 흥분하여 냄새를 찾았다. 아무튼 그놈들은 계속 접근해 왔다.

노인은 돛을 고정시키고 키 손잡이를 꼭 끼워 놓았다. 그러고 나서 그는 끝 부분에 칼을 부착한 노를 집어 들었다. 양손이 아팠기 때문에 그는 가능한 한 가볍게 잡으려고 애썼다. 그리고 손을 풀어 주기 위해 노를 쥔 채 손을 감았다 폈다 했다. 노인은 고통을 참으며 양손을 꽉 쥐고서 위축되지

29 *galano*. 쿠바에서 여러 종류의 상어를 일컫는 말. 여기서 노인은 코가 납작한 삽처럼 생긴 가래상어 종류를 그렇게 부르고 있다.

않으려 애썼다. 그는 상어들이 다가오는 것을 노려보았다. 그는 상어들의 넓고, 평평하고, 삽처럼 생긴 머리와 끝 부분이 하얀 가슴지느러미를 볼 수 있었다. 나쁜 냄새를 풍기는 지저분한 상어들이었다. 생물을 죽이는가 하면 쓰레기를 뒤져 먹는 놈들이었고 배가 고프면 배의 노와 키마저 뜯어 먹었다. 거북이 수면에서 잠들었을 때 다리나 발을 뜯어 먹는 것도 이 상어였다. 이놈들은 배가 고프면 물속에서 사람을 공격하기도 했다. 사람에게서는 물고기의 피 냄새와 비린내가 나지 않는데도 뜯어 먹겠다고 달려들었다.

「아이.」 노인이 말했다. 「갈라노. 이 징그러운 갈라노 상어야.」

그들이 다가왔다. 하지만 청상아리처럼 오지는 않았다. 한 마리는 방향을 틀어서 시야에서 사라지더니 배 밑으로 들어갔다. 그놈이 수중에서 물고기를 씹으며 살을 뜯자 노인은 배가 흔들거리는 것을 느꼈다. 다른 놈은 찢어진 노란 눈으로 노인을 쳐다보더니 아가리를 절반쯤 벌린 채 고기가 전에 뜯긴 부분을 공격하기 위해 재빨리 다가왔다. 갈색 대가리의 윗부분에 그 선이 뚜렷하게 보였다. 그곳은 상어의 뇌가 척추와 연결되는 지점이었다. 노인은 노 끝에 달린 칼로 바로 그 지점을 찔렀고 다시 칼을 회수하여 상어의 고양이 같은 노란 눈을 또다시 찔렀다. 상어는 고기를 놓아주며 물속으로 가라앉았는데, 죽어 가면서도 이미 뜯어낸 살코기를 삼켰다.

조각배는 다른 상어가 배 밑에서 물고기를 뜯어 먹는 바람에 요동치고 있었다. 노인은 돛을 펴서 배를 옆으로 빙 돌게 했고 그러자 놈이 물 밑에서 밖으로 나왔다. 노인은 상어를 보자 허리를 숙이며 놈의 옆구리를 강하게 찔렀다. 그러나 상어의 껍질과 살이 너무 단단해 칼이 들어가지 않았다. 그렇게 찌르자니 손은 물론이고 어깨까지 아파 왔다. 상어는 대가리를 내민 채 빠르게 다가왔고, 코가 물 밖으로 나와 고기에 다가가는 순간, 노인이 평평한 대가리의 중심부를 강타했다. 그는 칼을 회수하여 금방 친 곳을 또다시 강타했다. 상어는 아가리를 고기에 댄 채 여전히 매달려 있었고 노인은 놈의 왼쪽 눈을 찔렀다. 상어는 여전히 거기에 매달려 있었다.

「이래도 안 떨어져?」 노인은 칼날을 척추와 뇌의 연결 부위에 강하게 찔렀다. 이제 놈을 강타하는 것은 쉬운 일이었다. 그는 연골이 떨어져 나가는 것을 느꼈다. 노인은 노를 다시 회수하여 칼날을 상어의 아가리 속에 넣고서 아가리를 벌렸다. 그러고는 칼날을 마구 비틀며 아가리 내부를 난자했다. 상어는 서서히 물속으로 가라앉기 시작했다. 「잘 가라, 갈라노. 1마일 밑으로 가라앉아. 거기 가서 죽은 네 친구를 만나도록 해. 아니면 그놈이 에미일지도 모르겠군.」

노인은 칼날을 깨끗이 닦고 노를 내려놓았다. 이어 돛을 다시 올려 활짝 펴고서 배를 제 방향으로 올려놓았다.

「상어 두 마리가 물고기의 4분의 1을 가져갔군. 그것도 가장 좋은 부분으로.」 그가 큰 소리로 말했다. 「이게 꿈이었더라면. 차라리 저 고기를 잡지 말았더라면. 물고기야, 정말 미안하다. 모든 게 엉망이 되어 버렸어.」그는 말을 멈추었다. 그는 이제 고기를 보고 싶지 않았다. 피를 많이 흘린 데다 바닷물에 씻긴 고기는 거울의 뒷면 같은 은색이었다. 그래도 빗금은 여전히 보였다.

「물고기야, 난 그렇게 멀리 나가지 말았어야 했어.」그가 말했다. 「너를 위해서나 나를 위해서나 말이야. 미안하구나, 물고기야.」

이제 칼을 노에 연결시킨 부분을 살펴 봐. 연결 부분이 찢어지지 않았는지. 그런 다음 네 손을 정비해. 상어가 더 나타날 테니.

「칼을 갈 숫돌이 있었더라면.」노인이 노 끝의 연결부를 살펴보고 나서 말했다. 「숫돌을 가져와야 했어.」그것 말고도 많은 것을 가져와야 했어, 하고 노인은 생각했다. 하지만 영감, 당신은 가져오지 않았지. 지금은 당신한테 없는 것을 생각할 시간이 아니야. 당신이 가진 것으로 할 수 있는 걸 생각해 봐.

「넌 나한테 많은 훈계를 해주는군.」그가 큰 소리로 말했다. 「하지만 난 그런 훈수가 지겨워.」

그는 키 손잡이를 겨드랑이에 끼고 양손을 바닷물에 담갔다. 배는 앞으로 계속 나아갔다.

「배 밑에 있던 상어가 얼마나 뜯어 갔는지 모르겠는데.」그가 말했다. 「하지만 배가 무척 가벼워졌어.」그는 훼손당한 고기의 배[腹] 부분은 생각하기 싫었다. 상어가 쿵 하는 소리를 낼 때마다 고기의 살점이 뜯겨 나갔을 테고, 이제 고기는 모든 상어를 끌어들이는 지름길 혹은 바다의 고속 도로 같이 되어 버렸다.

저 정도 고기라면 한 사람이 겨울 내내 먹을 수 있는 양일 거야, 하고 그는 생각했다. 그건 생각하지 마. 푹 쉬면서 양손을 정비하고 물고기의 남아 있는 부분이라도 지키려고 애써 봐. 물속에 고기의 피 냄새가 가득 퍼져 있으니 내 손에서 나는 피 냄새는 아무것도 아니지. 게다가 피도 얼마 나오지 않아. 그렇게 많이 베인 것도 아니야. 피가 약간 흐르면 왼손에 쥐가 나지 않는 효과도 있을 거야.

이젠 뭘 생각할 수 있지? 그는 생각했다. 아무것도 없어. 아무것도 생각하지 말고 다음 공격을 기다려야 해. 이게 꿈이었다면 정말로 좋겠는데. 그는 생각했다. 하지만 누가 알아? 결말이 좋을지.

다음에 나타난 상어는 가래상어였다. 그놈은 여물통에 달려드는 돼지처럼 왔다. 사람의 머리통을 삼킬 정도로 커다란 입을 지닌 돼지, 바로 그것이었다. 노인은 놈이 고기를 공격하는 것을 내버려 두었다가 곧바로 대가리를 노 끝에 부착한 칼로 찔렀다. 상어가 몸을 돌리며 뒤로 물러나자 칼날이 부러졌다.

노인은 이제 배에 앉아서 키를 잡았다. 그는 커다란 상어가 서서히 가라앉는 것을 쳐다보지도 않았다. 상어는 처음에는 실물 크기였으나 물속으로 떨어지면서 점점 작아졌다. 그 광경은 언제나 노인을 매혹시켰다. 하지만 그는 이제 그것을 쳐다보지도 않았다.

「이제 갈고리가 남았어.」 그가 말했다. 「하지만 그건 별로 쓸모가 없어. 그 외에는 두 개의 노와 키 손잡이와 짧은 몽둥이가 있어.」

이제 저놈들을 물리치기 어렵겠는데. 그가 생각했다. 난 너무 늙어서 몽둥이로 상어를 때려죽일 수는 없어. 노와 몽둥이와 키 손잡이를 갖고서 할 수 있는 데까지 해보아야지.

그는 양손을 바닷물 속에 넣고서 적셨다. 늦은 오후였고 주위에는 바다와 하늘밖에 없었다. 하늘에는 아까보다 바람이 많았고 그는 곧 육지가 보일 거라고 생각했다.

「영감, 자넨 지쳤군.」 그가 말했다. 「속속들이 지쳤어.」

상어들은 석양 직전까지는 그를 공격해 오지 않았다.

노인은 석양 무렵 상어가 수면에 만들어 내는 넓은 물길을 따라 갈색 지느러미들이 다가오는 것을 보았다. 상어들은 냄새를 찾아서 이리저리 방황하지도 않았다. 놈들은 나란히 헤엄치면서 곧바로 배를 향해 다가왔다.

그는 키 손잡이를 고정시키고 돛줄을 잡아매고 고물 밑의 몽둥이로 손을 뻗쳤다. 그것은 부러진 노의 손잡이 부분이었는데 앞뒤를 잘라 내어 약 2.5피트 길이의 몽둥이로 만든 것이었다. 손잡이 부분 때문에 한 손으로만 사용할 수 있었다. 그는 오른손으로 몽둥이를 잡고서 손을 쥐었다 폈다 하면서 상어들이 다가오는 것을 주시했다. 두 마리 모두 갈라노였다.

첫 번째 놈이 고기에 달려들게 내버려 두었다가 코 부분이나 정수리를 내리쳐야지, 하고 그는 생각했다.

두 마리의 상어가 가까이 다가왔다. 노인은 배에 더 가까이 있는 상어가 아가리를 쩍 벌리며 고기의 은빛 옆구리에 이빨을 박아 넣는 것을 보았다. 노인은 몽둥이를 높이 쳐들어 상어의 넓은 대가리의 꼭대기 부분을 둔탁하고 묵직하게 내리쳤다. 몽둥이가 대가리에 닿는 순간 노인은 고무처럼 미끄러운 견고함을 느꼈다. 하지만 딱딱한 뼈도 함께 느껴졌다. 상어가 고기에서 떨어지는 순간 노인은 상어의 코 부분을 또다시 강하게 내리쳤다.

다른 상어는 고기 곁을 들락날락하더니 이제 아가리를 짝 벌리고 다시 접근해 왔다. 노인은 상어의 아가리 한쪽 끝에 붙은 하얀 살코기를 볼 수 있었다. 상어는 고기에게 달려들어 아가리를 들이대며 꽉 물었다. 노인은 그 상어 쪽으로 몸을 돌리면서 대가리를 내리쳤고 상어는 노인을 쳐다보면서 고기의 살점을 뜯어냈다. 상어가 살점을 삼키기 위해 잠시 물러나는 동안 노인이 그놈을 다시 내리쳤으나 이번에는 고무처럼 미끄러운 옆구리를 쳤을 뿐이다.

「자, 와라, 갈라노.」 노인이 말했다. 「어서 덤벼라.」

상어는 재빨리 돌아왔고 노인은 상어가 물고기를 물어뜯을 때 몽둥이를 높이 쳐들었다가 힘차게 내려졌다. 이번에는 상어 뇌의 밑동에 있는 뼈를 강타했고 놈이 고기의 살점을 뜯어내고서 뒤로 물러나는 동안 또다시 그 지점을 강타했다.

노인은 상어가 다시 덤벼들지 않는지 주시했으나 나타나지 않았다. 이어 그는 상어 한 마리가 수면에서 빙빙 돌며 헤엄치는 것을 보았다. 다른 상어의 지느러미는 보지 못했다.

죽이지는 못할 것 같은데, 하고 그는 생각했다. 한창때였다면 죽였겠지. 어쨌든 저놈들을 심하게 때려 주었고 둘 다 기가 죽었을 거야. 양손으로 야구 방망이를 휘두를 수 있었다면 첫 번째 놈은 틀림없이 죽였을 텐데. 지금이라도 말이야.

그는 말린을 보고 싶지 않았다. 고기의 절반이 이미 날아갔다는 것을 알았다. 그가 상어들과 싸우는 동안 해는 이미 수평선 아래로 떨어졌다.

「곧 어두워지겠는걸.」 그가 말했다. 「그럼 아바나 항구의 불빛을 볼 수 있을 거야. 만약 내가 동쪽으로 너무 치우쳤다면 새로운 해변들 중 한 곳의 불빛이 보이겠지.」

이제 너무 먼 곳에 있지는 않아, 하고 그는 생각했다. 사람들이 너무 내 걱정을 하지 않았으면 좋겠는데. 소년이 좀 걱정되는군. 하지만 그 애는 나를 믿고 있을 거야. 나이 든 어부들은 상당수가 걱정을 하겠지. 다른 사람들도 많이 걱정해 줄 거야. 난 좋은 마을에 살고 있어.

그는 이제 고기를 상대로 말을 걸 수가 없었다. 너무 많이 파괴되었기 때문이다. 그때 뭔가 그의 머릿속에 떠올랐다.

「절반 남은 고기야.」 그가 말했다. 「너도 과거엔 온전한 물고기였지. 바다에 너무 멀리 나가서 미안하구나. 내가 우리 둘을 망쳤어. 하지만 너와 나는 많은 상어들을 죽이고 또 다른 상어들에게 부상을 입혔어. 물고기야, 너는 얼마나 죽였냐? 창 같은 부리를 장식으로 달고 다니지는 않았겠지?」

그는 그 물고기를 생각했고 만약 저 물고기가 자유롭게 헤엄쳤다면 상어에게 어떻게 했을지 상상했다. 저 창 같은 부리를 떼어 내 상어들과 싸우는 데 써먹었으면 좋았을 텐데.

하지만 배에는 그 긴 부리를 떼어 낼 도끼도 칼도 없었다.

도끼나 칼이 있었더라면 저 창을 떼어 내 노 끝에다 붙여 멋진 무기를 만들었을 텐데. 그러면 우리는 함께 싸우는 것이 되겠지. 이제 저놈들이 밤중에 공격해 오면, 영감, 당신은 어떻게 할 거야? 뭘 할 수 있어?

「그들과 싸울 거야.」 그가 말했다. 「나는 죽을 때까지 싸울 거야.」

이제 주위는 어두워졌고 항구의 불빛이나 전등의 불빛은 보이지 않았다. 오직 바람이 돛을 꾸준히 끌고 가는 것만 느껴졌다. 그는 자신이 이미 죽은 사람이 되어 버린 게 아닌가 하는 느낌이 들었다. 그는 양손을 마주 잡고 손바닥을 비벼 보았다. 양손은 죽지 않았고 손을 잡았다 폈다 하는 것만으로도 삶의 고통이 느껴졌다. 그는 고물에 등을 기대며 자신이 죽지 않았다는 것을 알았다. 그의 양어깨가 그것을 말해 주었다.

물고기를 잡는다면 기도문을 많이 외우겠다고 약속했지. 하지만 지금은 너무 피곤해서 할 수가 없어. 포대를 가져다가 어깨에 두르는 게 좋겠는데.

그는 고물에 누워 배의 방향을 조종하면서 밤하늘에 불빛이 나타나는지 주시했다. 아직도 고기의 절반이 남아 있잖아. 저 절반을 항구로 가져갈 수 있을지 몰라. 운이 좋다면 말이야. 아니야. 바다에서 너무 멀리 나갈 때부터 이미 그 운을 잡쳤어.

「바보 같은 소리 하지 마.」 그가 큰 소리로 말했다. 「정신 똑바로 차리고 키를 조종해. 아직도 상당한 운이 남아 있을지 몰라. 행운을 파는 데가 있다면 그걸 좀 사고 싶군.」 그가 말했다.

뭘 주고 그걸 사지? 그가 자신에게 물었다. 잃어버린 작살, 부러진 칼, 상처뿐인 양손, 이런 걸로 행운을 살 수 있을까?

「그럴지도 몰라.」 그가 말했다. 「넌 바다에서 84일을 허송세월하면서 그걸 사들이려 했잖아. 행운이 거의 네 손에 잡힐 뻔했단 말이야.」

쓸데없는 생각은 하지 말아야지. 그는 생각했다. 행운은 다양한 형태로 등장하는데 누가 그걸 알아볼 수 있겠는가? 어떤 형태가 되었든 그걸 좀 잡고 싶고, 그들이 요구하는 가격을 지불하고 싶군. 전등의 불빛이라도 볼 수 있었으면. 바라는 게 너무 많군. 하지만 그게 지금 내가 바라는 거야. 그는 키를 조종하는 데 더 편안한 자세를 잡으려고 애썼다. 그리고 고통 덕분에 자신이 죽지 않았다는 것을 알았다.

그는 밤 10시쯤 도시의 등불들이 내비치는 반사광을 볼 수 있었다. 그 불빛들은 달이 떠오르기 전에는 하늘의 빛처럼 보였다. 곧 그 불빛을 바다 너머로 꾸준히 볼 수 있게 되었다. 산들바람이 세게 불어 물결이 높았다. 그는 그 불빛 안쪽으로 키를 조종했고 이제 해류의 가장자리에 도달했다고 생각했다.

이제 끝났구나. 그는 생각했다. 상어들이 곧 다시 공격해 오겠지. 하지만 어둠 속에서 무기도 없는데 무엇을 할 수 있을까?

몸은 뻣뻣했고 상처들과 뭉친 근육은 밤이 되어 추워지면서 더욱 아팠다. 앞으로 다시는 싸우는 일이 없었으면 좋겠어, 하고 그는 생각했다. 정말로 다시는 싸우는 일이 없었으면.

자정이 되어 그는 다시 싸웠고 이번에는 그 싸움이 아무 소용없다는 것을 알았다. 그들은 떼로 몰려왔고 노인은 상어 지느러미가 물 위에 만들어 내는 선(線)들과 그들이 고기에게 달려들면서 내는 인광을 볼 수 있었다. 그는 상어들의 대가리를 몽둥이로 내리쳤고 아가리가 살코기를 씹는 소리, 배 밑으로 들어간 상어가 배를 흔드는 소리를 들었다. 그는 듣고 느끼는 대로 필사적으로 몽둥이를 내리쳤다. 그러다 무언가가 몽둥이를 꽉 무는 것이 느껴졌고 몽둥이는 사라졌다.

그는 키에서 키 손잡이를 꺼내 그것을 양손으로 잡고서 상어들을 치고 또 쳤다. 하지만 상어들은 이제 이물로 몰려들어 한 놈씩 번갈아 혹은 한꺼번에 달려들어 고기의 살점을 뜯어 갔다. 놈들이 또다시 공격하려고 방향을 틀었을 때 그 뜯겨 나간 살점들이 물속에서 희미하게 빛났다.

마침내 상어 한 마리가 물고기의 머리 부분을 공격했다. 노인은 이제 싸움이 끝났다는 것을 알았다. 상어의 아가리는 잘 뜯어지지 않는 머리의 단단한 부분을 파고들었다. 노인은 키 손잡이로 상어의 대가리를 세 번 내리쳤다. 그는 키 손잡이가 부러지는 소리를 들었고, 부러져서 뾰족해진 부분으로 상어의 대가리를 계속 찔러 댔다. 마침내 상어는 물고기를 놓아주고 뒤로 물러났다. 그것이 마지막 상어였다. 이제 더 뜯어 먹을 것이 없었다.

노인은 이제 숨을 제대로 쉴 수가 없었고 입안에서는 이상한 맛이 느껴졌다. 구리 냄새가 나는 달콤한 맛이었다. 그는 순간 그것이 무서웠다. 하지만 입안에 오래 남아 있지는 않았다.

그는 바다에 침을 뱉으며 말했다. 「이것도 먹어라, 갈라노 상어들아. 그리고 네놈들이 사람을 죽인 꿈을 꾸어라.」

그는 자신이 이제 회복 불능일 정도로 패배했다는 것을 알았다. 그는 고물로 돌아갔다. 깨진 키 손잡이가 키의 구멍에 그런 대로 들어맞아 배를 조종할 수가 있었다. 그는 포대를 양어깨에 두르고 항로를 바로잡았다. 배는 이제 가볍게 나아갔고 그는 아무런 생각도 느낌도 없었다. 그는 이제 모든 것을 다 치렀고 항로를 바로잡아 가능한 한 빠르고 현명하게 고향 마을의 항구로 돌아가려고 애썼다. 한밤중에 상어들이 식탁에서 떨어진 빵 부스러기를 주우려는 듯이 고기의 뼈대를 공격해 왔다. 노인은 그것을 신경 쓰지 않았고 키의 조종 이외에는 무관심했다. 그는 배가 가볍게 잘 달리는지만 신경 썼다. 이제 배 옆에 붙어 있는 고기의 뼈대는 전혀 무게감이 없었다.

배 상태는 좋아. 그는 생각했다. 상태가 좋을 뿐만 아니라 키 손잡이를 제외하고는 피해 본 것도 없어. 그건 간단히 교체할 수 있어.

그는 이제 배가 해류 안으로 들어선 것을 느꼈고 해안가에 들어선 마을의 불빛들을 볼 수 있었다. 그는 항구에 거의 다 왔다는 것을 알았다. 이제 집으로 돌아가는 일은 그리 어렵지 않았다.

아무튼 바람은 우리의 친구야. 그는 생각했다. 이어 때때로 그러하지, 라는 말을 덧붙였다. 우리의 우군과 적군이 함께 있는 저 위대한 바다도 우리의 친구야. 그리고 침대도, 하고 그는 생각했다. 침대도 나의 친구지. 침대는 아주 멋진 물건이야. 패배당했을 때는 더욱 그렇지. 그게 이렇게 편안한 것인지 예전에는 몰랐어. 그런데 무엇이 자네를 패배시켰나? 그는 생각했다.

「아무것도 날 패배시키지 못했어.」 그가 큰 소리로 말했다. 「단지 너무 멀리 나갔을 뿐이야.」

자그마한 항구에 들어섰을 때 테라스 식당의 불빛은 꺼져 있었다. 그는 모든 사람이 잠자리에 들었다는 것을 알았다. 미풍은 강해져 이제는 제법 세게 불었다. 항구는 아주 조용했고 그는 바위들 밑의 작은 널판으로 다가갔다. 그를 도와줄 사람은 아무도 없었다. 그는 혼자 힘으로 되는 데까지 배를 접근시켜야 했다. 그는 배에서 내려 배를 바위에 고정시켰다.

그는 돛을 내리고 둘둘 감은 다음 묶었다. 이어 돛대를 어깨에 메고 올라가기 시작했다. 바로 그때 그는 자신이 얼마나 피곤한지 깨달았다. 그는 잠시 멈춰 서서 뒤를 돌아보았다. 가로등의 반사광으로 배의 고물 뒤에 세워진 물고기의 커다란 꼬리를 볼 수 있었다. 등뼈의 하얀 선, 검은 덩어리 같은 머리, 튀어나온 부리 그리고 그 사이의 공백도 보았다.

그는 다시 걸어 올라가기 시작했고 꼭대기 부분에서 넘어져 돛대를 어깨에 두른 채 잠시 엎드려 있었다. 그는 일어나려 애썼다. 하지만 너무 힘이 들었다. 그는 돛대를 어깨에 멘채 거기 앉아서 도로를 내려다보았다. 도로 한쪽 끝에서 차가 달려가고 있었다. 노인은 그것을 바라보다가 이어 길을 멍하니 내려다보았다.

마침내 그는 돛대를 내려놓고 일어섰다. 그리고 돛대를 집어 들어 어깨에 메고 길을 걸어 올라갔다. 그는 오두막에 도착하기까지 다섯 번을 앉아서 쉬어야 했다.

오두막 안에 들어간 그는 돛대를 벽에다 기대 세웠다. 어둠 속에서 물병을 찾아내 한 모금 마셨다. 그러고는 침대에 누웠다. 그는 먼저 담요를 어깨에 둘렀고 다음에 등과 다리를 덮었다. 그는 신문지 위에서 양팔을 곧게 뻗고 손바닥은 위로 한 채 엎드려 잠을 잤다.

아침에 소년이 방 안을 들여다보았을 때 그는 잠을 자고 있었다. 바람이 거세게 불고 있었기 때문에 돛배들은 바다에 나갈 수가 없었고 그래서 소년은 늦잠을 잔 후, 매일 아침 그렇게 했듯이 노인의 오두막을 둘러보러 온 것이다. 소년은 그가 숨 쉬는 것을 보았고 노인의 양손을 보자 울기 시작했다. 그는 커피를 가지러 조용히 밖으로 나왔고 길 아래로 내려가는 동안 계속 울었다.

많은 어부들이 배 주위에 모여 서서 배 옆에 묶여 있는 것을 쳐다보았다. 한 어부가 바지를 걷어 올리고 물에 들어가 줄자로 그 뼈대의 길이를 재고 있었다.

소년은 그리로 내려가지 않았다. 그는 이미 내려갔다 왔고 한 어부가 그를 대신하여 배를 돌봐 주고 있었다.

「노인은 어때?」 한 어부가 소리쳤다.

「주무시고 계세요.」 소년이 말했다. 소년은 울고 있는 모습을 보이는 것을 개의치 않았다. 「아무도 할아버지를 방해하면 안 돼요.」

「코에서 꼬리까지 18피트[30]야.」 물고기를 줄자로 잰 어부가 말했다.

「그럴 거예요.」 소년이 말했다.

그는 테라스 식당으로 들어가 커피 한 캔을 요청했다.

「뜨겁게 해서 우유와 설탕을 많이 넣어 주세요.」

「더 필요한 건 없고?」

「없어요. 이따가 할아버지가 뭘 드실 수 있는지 보고서 말씀드릴게요.」

「정말 대단한 물고기야.」 식당 주인이 말했다. 「저런 물고기는 본 적이 없어. 네가 어제 잡아 온 고기도 아주 좋은 고기였지.」

「내 건 아무것도 아니에요.」 소년은 그렇게 말하고 다시 울기 시작했다.

「뭐 마실 건 필요 없니?」 식당 주인이 물었다.

「아니요.」 소년이 말했다. 「사람들에게 산티아고 할아버지를 방해하지 말라고 해주세요. 곧 돌아올게요.」

「영감님에게 정말 고생하셨다고 말씀드려 줘.」

「고맙습니다.」 소년이 말했다.

30 5미터 50센티미터.

114

소년은 뜨거운 커피 캔을 노인의 오두막에 가져갔고 그가 깨어날 때까지 앉아서 기다렸다. 한번은 그가 깨어날 것처럼 보였다. 하지만 곧 깊은 잠에 다시 빠져들었고 소년은 길 건너에 가서 나무를 구해와 커피를 다시 데웠다.

마침내 노인이 깨어났다.

「일어나지 마세요.」 소년이 말했다. 「이걸 드세요.」 그는 커피를 물컵에 조금 따랐다.

노인은 그것을 받아 마셨다.

「놈들이 나를 패배시켰어, 마놀린.」 그가 말했다. 「정말 엄청나게 말이야.」

「하지만 저 잡아 오신 물고기가 할아버지를 패배시킨 건 아니겠죠.」

「아니지. 패배당한 건 나중 일이지.」

「페드리코가 배와 장비를 돌보고 있어요. 물고기의 머리는 어떻게 하실 거예요?」

「페드리코에게 잘라 내서 고기 덫에 쓰라고 해.」

「그럼 창처럼 생긴 부리는요?」

「가지고 싶으면 가져.」

「가지고 싶어요.」 소년이 말했다. 「이제 우리는 다른 것들에 대해서 계획을 세워야 해요.」

「사람들이 나를 찾는 수색 작업을 벌였니?」

「물론이죠. 해안 경비대와 비행기가 동원되었어요.」

「바다는 너무 크고 배는 너무 작아서 발견하기가 어렵지.」 노인이 말했다. 노인은 바다나 자기 자신을 상대로 말하지 않고 누군가에게 말을 하는 것이 정말로 유쾌한 일이라고 생각했다. 「네가 보고 싶었다.」 그가 말했다. 「넌 뭘 잡았니?」

「첫째 날에 한 마리, 둘째 날에도 한 마리, 셋째 날에는 두 마리 잡았어요.」

「잘했군.」

「이제 우리 같이 고기잡이를 나가요.」

「아니야. 나는 운이 없는 사람이야. 더 이상 운이 없어.」

「운이 뭐 그리 중요해요?」 소년이 말했다. 「제가 운을 불러오면 되잖아요.」

「네 가족은 뭐라고 할까?」

「신경 안 써요. 전 어제 두 마리를 잡았어요. 하지만 이젠 함께 잡도록 해요. 아직 낚시에 대해 배울 것이 많아요.」

「아주 좋은 살상용 창을 구해서 늘 배에다 구비해 두어야 해. 낡은 포드의 용수철 조각을 갈아서 날카로운 창끝을 만들 수 있어. 구아나바코아[31]에 가면 그걸 갈아 올 수 있지. 날카롭게 벼리되 너무 가늘지 않아야 해. 그래야 안 부러지니까. 내 칼은 부러졌어.」

「새 칼을 준비하고 용수철을 갈아 올게요. 거센 바람이 앞으로 며칠 동안이나 더 불까요?」

「한 사흘. 그보다 더 불 수도 있고.」

「모든 것을 준비해 둘게요.」 소년이 말했다. 「할아버지는 손을 잘 치료해 두세요.」

「난 손을 어떻게 치료해야 하는지 알아. 밤중에 바다에서

31 아바나 근처에 있는 마을.

116

이상한 것을 뱉었는데 내 가슴의 뭔가가 깨어진 느낌이야.」

「그것도 치료하세요.」 소년이 말했다. 「할아버지, 이제 누우세요. 깨끗한 셔츠를 가져다 드릴게요. 그리고 먹을 것도요.」

「내가 바다에 나가 있던 동안의 신문도 좀 가져와 다오.」 노인이 말했다.

「빨리 회복하세요. 할아버지에게 배울 것이 너무 많고, 또 할아버지는 제게 모든 것을 가르쳐 줄 수 있어요. 얼마나 고생하셨어요.」

「많이 했지.」 노인이 말했다.

「음식과 신문을 가져올게요.」 소년이 말했다. 「잘 쉬세요, 할아버지. 약국에서 손에 쓸 약을 좀 가져올게요.」

「페드리코에게 머리를 주겠다는 말을 꼭 해줘.」

「그럼요. 꼭 전할게요.」

소년은 문 밖으로 나가 산호 자갈이 깔린 길을 내려가면서 다시 울었다.

그날 오후 테라스 식당에는 한 무리의 관광객이 찾아들었다. 그들은 물에 떠 있는 빈 맥주 깡통과 창꼬치 뼈다귀를 내려다보았는데 그중 한 여인이 아주 크고 기다랗고 하얀 등뼈를 보았다. 그 끝에 있는 커다란 꼬리는 조류에 따라 올라왔다 내려갔다 하면서 흔들리고 있었다. 마침 동풍이 항구 입구 바깥의 물살 높은 바다 위에 불어오고 있었다.

「저건 뭐죠?」 그녀가 커다란 물고기의 기다란 등뼈를 가리키며 웨이터에게 물었다. 그 뼈대는 이제 조류를 따라 바다로 쓸려 나갈 쓰레기에 지나지 않았다.

「티부론[32]입니다.」 웨이터가 말했다. 「상어지요.」 그는 물고기가 그렇게 된 원인을 설명해 주려는 참이었다.

「상어가 저처럼 멋지고 아름다운 꼬리를 갖고 있는지 몰랐는데.」

「나도 몰랐어.」 그녀의 남자 친구가 말했다.

길 위에 있는 노인의 오두막에서, 노인은 다시 잠들어 있었다. 그는 여전히 엎드린 채 자고 있었고 소년이 그 옆에 앉아 그를 보살피고 있었다. 노인은 사자 꿈을 꾸고 있었다.

---

32 *tiburón*. 스페인어로 〈상어〉를 뜻함.

킬리만자로의 눈

킬리만자로는 높이 19,170피트[1]의 눈 덮인 산이고 아프리카에서 가장 높은 산으로 알려져 있다. 이 산의 서쪽 정상은 마사이어로 〈은가예 은가이〉라고 하는데 〈신의 집〉이라는 뜻이다. 서쪽 정상 가까운 곳에 바싹 마르고 얼어붙은 표범의 시체가 있다. 표범이 그렇게 높은 곳에서 무엇을 찾고 있었는지 아무도 설명하지 못한다.

「멋진 건 말이야, 고통이 없다는 거야.」 그가 말했다. 「그래서 그게 또 시작이라는 걸 알게 돼.」

「그래요?」

「응. 하지만 냄새에 대해서는 미안하게 생각해. 당신을 좀 성가시게 할 거야.」

「제발! 제발, 그런 말은 하지 말아요.」

「저놈들을 좀 보라고.」 그가 말했다. 「저놈들은 그저 살펴보려고 나타난 걸까, 아니면 무언가 냄새를 맡아서 온 것일까?」

1 현재 밝혀진 바로는 19,341피트, 해발 5,895미터이다.

그 남자가 누워 있는 야전 침대는 미모사 나무의 널따란 그늘에 놓여 있었다. 그가 그늘 너머 햇빛이 쨍쨍 내리쬐는 들판을 내다보자 거기에는 커다란 새 세 마리가 기분 나쁘게 앉아 있었다. 하늘에는 여남은 마리의 새들이 날아가면서 아주 빠르게 움직이는 그림자를 만들어 냈다.

「저놈들은 트럭이 고장 난 그날부터 저기에 있었어.」 그가 말했다. 「새들이 저렇게 땅에 내려앉은 건 오늘이 처음이야. 나는 저 새들을 내 소설에 등장시킬 경우에 대비해 처음엔 날아가는 모습을 유심히 살폈지. 그런데 지금은 좀 묘한 기분이군.」

「그러지 않았더라면 더 좋았겠어요.」 그녀가 말했다.

「난 단지 말을 꺼내고 있을 뿐이야.」 그가 말했다. 「말을 하고 있으면 한결 편안한 느낌이야. 하지만 당신에게 방해가 되고 싶지는 않아.」

「전혀 방해는 되지 않아요.」 그녀가 말했다. 「단지 너무 긴장해서 뭐든지 잘 해내지 못할 뿐이에요. 비행기가 도착할 때까지 우리는 이 위기를 수월하게 넘겨야 해요.」

「혹은 비행기가 오지 않을 때까지.」

「내가 해줄 수 있는 것을 말해 주세요. 뭔가 내가 할 수 있는 게 있을 거예요.」

「다리를 절단해 버린다면 고통을 멈출 수 있지 않을까. 물론 효과는 의심스럽지만 말이야. 또는 당신이 총으로 나를 끝장내 줄 수도 있지. 당신은 이제 총을 잘 쏘니까. 내가 당신에게 사격하는 법을 가르쳐 주었잖아.」

「제발 그런 식으로 말하지 말아요. 책 읽어 드려요?」

「무슨 책?」

「책가방 속에 들어 있는 것들 중에서, 우리가 읽지 않은 거라면 뭐든지.」

「귀에 들어오지 않을 거야.」 그가 말했다. 「말하는 게 제일 쉬워. 말다툼을 하면 시간이 잘 지나가지.」

「난 말다툼은 하지 않아요. 그걸 바란 적도 결코 없어요. 더 이상 언쟁하지 말아요. 우리가 아무리 신경질적이 된다고 할지라도. 어쩌면 그들이 오늘 또 다른 트럭을 가지고 돌아올지 몰라요. 비행기가 올 수도 있고.」

「움직이고 싶지 않아.」 남자가 말했다. 「이제 움직이는 건 별 의미가 없어. 당신을 좀 편안하게 만들어 준다는 것 이외에.」

「그건 비겁해요.」

「남자가 편안하게 죽도록 내버려 둘 수 없어? 남자 욕도 안 하면서? 나를 비방해 봐야 무슨 소용이 있어?」

「당신은 죽지 않아요.」

「바보 같은 소리. 난 지금 죽어 가고 있어. 저 빌어먹을 새들한테 물어봐.」 그는 커다랗고 지저분한 새들이 앉아 있는 곳을 보았다. 새들은 민대가리를 둥글게 구부려 깃털 속에 파묻고 있었다. 네 번째 새가 땅에 내려앉아 앉아 있는 새들 쪽으로 종종걸음을 치며 뒤뚱뒤뚱 다가왔다.

「저 새들은 어느 캠프에서나 볼 수 있는 것들이에요. 단지 전에는 주목하지 않았을 뿐이죠. 포기하지 않는 한 당신은 죽지 않아요.」

「그런 말은 어디서 읽었지? 당신은 원래 멍청한 사람인데 말이야.」

「아마 다른 사람 얘기겠죠.」

「이런.」 그가 말했다. 「남 얘기 하는 건 내 전문인데.」

그는 침대에 누워 잠시 조용히 있으면서 백열하는 들판을 가로질러 숲의 가장자리를 내다보았다. 노란 벌판을 배경으로 톰슨가젤 몇 마리가 작고 하얗게 보였다. 그리고 더 멀리에는 얼룩말 떼가 초록 숲을 배경으로 하얗게 무리를 이루었다. 그들이 있는 곳은 뒤에 언덕이 있고, 물이 풍부하고, 커다란 나무들 밑에 설치된 시원한 캠프였다. 근처에는 물이 거의 말라 버린 웅덩이가 있어서 아침이면 사막꿩들이 날아왔다.

「책 읽어 드려요?」 그녀가 물었다. 그녀는 야전 침대 옆에 놓아 둔 캔버스 천 의자에 앉아 있었다. 「산들바람이 불어오네요.」

「됐어.」

「어쩌면 트럭이 올 거예요.」

「그런 거 전혀 신경 안 써.」

「난 신경 써요.」

「당신은 내가 신경 안 쓰는 많은 것들을 신경 쓰는군.」

「그렇게 많지는 않아요, 해리.」

「술에 대해 신경 쓰는 건 어때?」

「그건 당신한테 해로워요. 블랙의 건강 보감에는 알코올 종류는 일절 피하라고 되어 있어요. 당신은 술 마시면 안 돼요.」

「몰로!」 그가 소리쳤다.

「예, 브와나.[2]」

「위스키소다를 가져와.」

「예, 브와나.」

「술 마시면 안 돼요.」 그녀가 말했다. 「내가 말한 포기란 게 바로 그런 거예요. 술은 당신한테 해롭다고 되어 있어요. 당신한테 좋지 않다고요.」

「아니야.」 그가 말했다. 「나한테 좋아.」

그래, 이제 모든 것이 끝났군. 그는 생각했다. 그에게는 이제 그것을 끝내 줄 기회가 결코 없을 것이었다. 그건 결국 이런 식으로 술 한 잔에 대한 언쟁으로 끝나고 말 터였다. 그의 오른쪽 다리에 살점이 썩어 떨어져 나가는 괴저(壞疽)가 시작된 이래 그는 고통을 느끼지 못했고, 고통이 사라지면서 공포도 사라졌다. 그가 지금 느끼는 것은 극도의 피로감과 결국 이렇게 끝나고 마는구나 하는 분노였다. 이 병으로 인해 결국 그것이 닥쳐오고 있었다. 그는 별로 호기심을 느끼지 못했다. 하지만 그것은 여러 해 동안 그를 사로잡아 왔다. 이제 그것 자체에는 아무런 의미도 없었다. 나른함만으로도 그것이 손쉽게 닥칠 수 있다니 이상한 일이었다.

이제 그는 나중에 잘 알게 되면 쓰려고 남겨 놓았던 것을 절대로 쓰지 못할 것이다. 또, 그걸 써보려고 애쓰다가 실패하는 일도 없을 터였다. 어쩌면 영원히 쓰지 못할 것이다. 그 때문에 쓰기를 뒤로 미루고 시작을 늦추었던 것이다. 아무튼

2 *bwana.* 〈주인님〉을 뜻하는 스와힐리어.

이제는 그걸 확실하게 알지 못하게 되었다.

「우리는 여기 오지 않았어야 했어요.」여자가 말했다. 그녀는 물컵을 들고 입술을 깨물며 그를 바라보았다. 「파리였다면 그런 병에 걸리지도 않았을 거예요. 당신은 파리를 좋아한다고 늘 말했잖아요. 우리는 파리에 머물거나 다른 곳으로 갈 수도 있었어요. 나는 어디라도 갔을 거예요. 당신이 원하는 곳이라면 어디든. 당신이 사냥을 원하면 사냥하러 갔을 거예요. 우리는 헝가리로도 사냥하러 갈 수 있었고 그랬더라면 오히려 편안했을 거예요.」

「당신의 그 빌어먹을 돈 덕분에.」그가 말했다.

「그렇게 말하는 건 불공평해요.」그녀가 말했다. 「그건 내 돈이면서 당신 돈이기도 해요. 나는 모든 것을 버렸고 당신이 원하는 곳이라면 어디든 가고 또 당신이 바라는 것은 뭐든지 다 했을 거예요. 하지만 여긴 오지 않았더라면 좋았을 걸 그랬어요.」

「여기가 좋다고 했잖아.」

「당신이 건강할 때는 그랬지요. 하지만 이제는 싫어요. 왜 당신의 다리에 그런 병이 생겼는지 모르겠어요. 우리가 뭘 잘못했기에 그런 일이 벌어진 거죠?」

「처음 그곳을 긁혔을 때 요오드팅크를 바르지 않았기 때문인 것 같아. 나는 감염되지 않을 거라 생각했기 때문에 별로 신경 쓰지 않았지. 나중에 증세가 심해졌을 때, 다른 소독제가 떨어져서 약한 탄소 용액을 쓴 게 잘못되었어. 그게 모세 혈관을 마비시켰고 그래서 괴저가 시작됐지.」그가 그녀를 쳐다보았다. 「뭐 다른 이유가 있어?」

「그런 뜻이 아니에요.」

「만약 우리가 그 엉성한 키쿠유[3] 운전사 대신에 노련한 기계공을 고용했더라면 그는 엔진 오일을 점검했을 테고 트럭의 베어링을 태워 먹는 일도 없었겠지.」

「그런 뜻이 아니에요.」

「만약 당신이 당신의 가족들을 떠나지 않았더라면, 저 빌어먹을 올드 웨스트버리, 사라토가, 팜 비치 사람들이 나를 그들의……」

「왜 그러는 거예요, 난 당신을 사랑했어요. 그렇게 말하는 건 온당치 않아요. 지금도 당신을 사랑해요. 늘 당신을 사랑할 거고요. 당신은 나를 사랑하지 않나요?」

「그래.」 남자가 말했다. 「사랑하지 않아. 사랑한 적도 없어.」

「해리, 무슨 말을 하는 거예요? 머리가 어떻게 된 거 아니에요?」

「아니. 난 어떻게 될 머리가 없어.」

「그거 마시지 말아요.」 그녀가 말했다. 「여보, 제발 그거 마시지 말아요. 우리는 할 수 있는 건 모두 해야 돼요.」

「당신이나 해.」 그가 말했다. 「난 피곤해.」

그는 이제 마음속으로 카라가치 철도역을 보았다. 그는 짐 보따리를 옆에 놓고 서 있었고 심플론 오리엔트 특급 열차의 헤드라이트가 어둠을 밝히며 들어왔다. 그는 퇴각 이후

3 Kiknyu. 케냐 지방의 부족 이름.

에 트라키아를 떠나는 중이었다. 그것은 나중에 쓰려고 그가 남겨 놓았던 소재 중 하나였다. 그날 아침 식사 때 창밖을 내다보면서 불가리아의 산에 쌓인 눈을 가리키며 난센의 비서는 노인에게 저게 눈이냐고 물었다. 노인은 그것을 보더니 아니야, 눈이 아니야, 하고 말했다. 눈이 오기에는 너무 일러. 비서는 여자아이들에게 같은 질문을 했고 다들 눈이 아니라고 대답했다. 눈이 아니에요, 우리가 잘못 본 거예요. 하지만 그건 눈이었고 난센은 주민 교환을 추진하면서 그들을 산속으로 보냈다. 그들은 그해 겨울 눈을 밟고 걸어가다가 모두 죽었다.

그보다 위쪽 가우에르탈에서 크리스마스 주간 내내 내린 것도 눈이었다. 그해 그들은 벌목꾼의 집에서 지냈다. 커다랗고 네모난 옹기 난로가 방 안의 절반을 채웠고, 그들은 너도밤나무 잎사귀로 채운 매트리스 위에서 잠을 잤다. 탈주병이 눈밭을 걸어서 퉁퉁 부어오른 발로 그들에게 왔다. 그는 경찰이 바로 뒤에서 쫓아오고 있다고 말했다. 그들은 그에게 모직 양말을 주었고 눈발이 그의 발자취를 덮어 감출 때까지 헌병들을 붙잡고 이야기를 했다.

슈룬츠에서, 크리스마스 날에, 눈은 너무 희어서 주막에서 밖을 내다보면 눈이 시려 올 정도였다. 또 모든 사람이 교회에서 돌아오는 광경도 볼 수 있었다. 사람들은 가파른 소나무 언덕이 있는 강둑을 따라 썰매로 반들반들해지고 오줌으로 노래진 눈길을 걸어 올라왔다. 스키는 어깨에 메고 있었다. 그들이 산장 위쪽의 얼어붙은 눈길을 내려올 때, 눈은 과

자에 묻은 설탕처럼 부드럽고 분말처럼 가벼웠다. 그는 그들이 새처럼 아래쪽으로 활강할 때, 속도가 만들어 내는 소리 없는 질주음(疾走音)을 기억했다.

그들은 그 당시 눈보라 때문에 산장에 일주일 동안 갇혀 있었는데, 등불 옆에서 연기 자욱한 가운데 카드놀이를 했다. 렌트 씨가 돈을 점점 잃으면서 판돈은 더욱 높아져 갔다. 마침내 그는 돈을 모두 잃었다. 스키 학교의 돈, 그 시즌의 이익 그리고 그의 자본금 등 모든 것을. 그는 렌트 씨의 기다란 코와, 카드를 집어 들고 패를 떼면서 〈*Sans voir*(보지 마시오)〉라고 말하던 그 음성을 기억했다. 그 당시에는 언제나 노름판이 벌어졌다. 눈이 안 왔다고 노름, 눈이 너무 많이 왔다고 노름, 매일 노름이었다. 그는 도박을 하면서 보낸 자신의 과거를 생각했다.

하지만 그는 그것에 대해서, 또 그 춥고 밝은 크리스마스 날에 대해서는 한 줄도 쓰지 않았다. 그날 들판 너머에는 조종사 바커가 공중 폭격을 퍼붓기 위해 넘어간 산들이 보였다. 바커는 그 산을 넘어 후방으로 날아가 오스트리아 장교의 휴가 열차를 폭격하고 기총 소사를 했는데, 장교들은 흩어져서 미친 듯이 달아났다. 바커는 그 후 식당에 들어와 그 폭격에 대해서 이야기하기 시작했다. 식당은 쥐죽은 듯 잠잠해졌다. 그때 누군가 일어나 말했다. 「이 빌어먹을 살인자 녀석.」

그가 나중에 함께 스키를 탔던 사람들은 그가 죽였던 같은 오스트리아 사람들이었다. 아니, 같은 사람들은 아니었다. 그가 그해 내내 함께 스키를 탔던 한스는 카이저-예거

부대에서 복무했고, 그들이 제재소 위의 작은 계곡에 함께 산토끼 사냥을 갔을 때, 그들은 파수비오 전투와, 페르티카와 아살로네 공격에 대해서 대화를 나누었다. 그는 그것에 대한 이야기 또한 단 한 줄도 쓰지 못했다. 몬테 코르노, 시에테 콤뭄, 아르시에도에 대한 얘기도 전혀 쓰지 못했다.

포랄베르크와 아를베르크에서 그는 얼마나 많은 겨울을 보냈던가? 네 번이었다. 선물을 사기 위해 블루덴츠로 걸어 들어갔을 때 여우를 팔러 온 남자도 기억났다. 좋은 키르슈[4]에서 나던 훌륭한 버찌 씨앗 맛. 스키장 꼭대기에서 분말 같은 눈밭 위를 스키 타고 내려올 때의 속도감, 마지막 직선 코스를 급속 활강 하면서 〈하이! 호! 롤리는 말했네!〉 하고 노래 불렀지. 그렇게 일직선으로 떨어져서 세 번 회전으로 과수원을 통과하고 고랑을 건너서 산장 뒤의 얼어붙은 도로에 안착했지. 조임쇠를 풀고 스키를 벗어 산장의 나무 벽에 기대어 놓았지. 램프의 불빛이 창문에서 흘러나왔고 창문 안은 연기가 자욱한 가운데, 새 와인의 냄새가 따뜻하게 진동했고, 사람들은 아코디언을 연주하고 있었지.

「우리가 파리에 갔을 때 어디에 머물렀지?」 그는 다시 아프리카로 생각을 돌려, 그의 옆에서 캔버스 천 의자에 앉아 있는 여자에게 물었다.

「크리용에서 묵었죠. 당신도 알잖아요.」

「왜 내가 그걸 알아야 하지?」

4 *kirsch*. 버찌로 만드는 브랜디.

「우리가 늘 묵던 곳이니까요.」

「아니야. 늘 거기 묵었던 건 아니야.」

「거기하고 생제르맹에 있는 파빌리옹 앙리 카트르였어요. 당신은 그곳을 사랑한다고 말하기도 했어요.」

「사랑은 똥 더미야.」 해리가 말했다. 「난 그 더미 위에 올라서서 울부짖는 수탉이야.」

「만약 누군가를 따라가야 한다면……」 그녀가 말했다. 「뒤에 남겨 둔 모든 것을 죽여 버려야 하나요? 그 모든 걸 포기해야 되나요? 당신의 말과 당신의 아내를 죽여야 하고, 당신의 안장과 당신의 〈갑옷armor〉을 불태워야 한다는 거예요?」

「그렇지.」 그가 말했다. 「당신의 그 빌어먹을 돈이 나의 갑옷이었지. 암, 나의 스위프트며 나의 〈아머〉였어.」[5]

「제발.」

「알았어. 그만하지. 당신을 기분 나쁘게 하고 싶지는 않아.」

「이미 약간 늦었어요.」

「알았어. 그럼 당신을 계속 괴롭히지. 그게 더 재미있어. 내가 당신과 함께 하기를 즐기는 것을, 이제는 못 하게 됐어.」

「아니, 그건 사실이 아니에요. 당신은 그것 말고 많은 것들을 하기 좋아했고, 당신이 해주기 바라는 모든 것을 나는 했어요.」

「이봐, 제발 허풍은 그만 떨어.」

그는 그녀를 쳐다보았다. 그녀는 울고 있었다.

「이봐.」 그가 말했다. 「이렇게 하는 게 난들 재미있을 것

5 스위프트와 아머는 미국의 유명한 부자들이다.

같아? 나도 내가 왜 이러는지 몰라. 자기가 살아남으려고 남을 죽이려 드는 것도 실은 힘들어. 우리가 대화를 시작할 때만 해도 나는 괜찮았어. 난 이 대화를 시작할 생각이 없었어. 그러다가 나는 완전 돌아 버렸고 당신에게 아주 잔인하게 대하게 된 거야. 여보, 내 말에 신경 쓰지 마. 난 당신을 정말로 사랑한다고. 내가 당신을 사랑하는 줄 알잖아. 난 당신을 사랑한 것처럼 다른 사람을 사랑해 본 적이 없어.」

그는 일용할 양식을 벌어들이는 수단인, 저 익숙한 거짓말 모드로 빠져들었다.

「당신은 내게 잘해 줘요.」

「이 쌍년.」 그가 말했다. 「넌 돈 많은 쌍년이야. 시적인 표현이지 않아? 내 머리엔 지금 시정(詩情)이 흘러넘쳐. 쓰레기와 시정. 쓰레기 같은 시정.」

「그만해요. 해리, 왜 갑자기 악마로 돌변한 거죠?」

「난 뒤에 아무것도 남기고 싶지 않아.」 남자가 말했다. 「뒤에 아무것도 남기고 싶지 않다고.」

이제 저녁이 되었고 그는 잠이 들었다. 해는 언덕 뒤로 넘어갔고 들판 전역에 그림자가 졌으며 작은 동물들은 캠프 근처에서 먹이를 먹고 있었다. 동물들은 머리를 재빨리 떨어트리고 꼬리를 훼훼 저었다. 그는 그 동물들이 이제 관목 숲에서 멀찍이 떨어져 있는 것을 보았다. 새들은 더 이상 땅에서 기다리지 않았다. 그것들은 나무 높은 곳으로 올라가 묵직하게 홰를 틀고 있었다. 새들이 더 많이 몰려와 있었다. 그의 몸종 노릇을 하는 소년이 침대 옆에 앉아 있었다.

「멤사히브[6]는 사냥하러 가셨어요.」 소년이 말했다. 「브와나, 뭐 필요하신 거 있나요?」

「없어.」

그녀는 고기를 얻기 위해 사냥하러 나갔다. 그녀는 그가 사냥을 구경하는 것을 좋아한다는 걸 알았지만 일부러 멀리까지 나갔다. 그가 내다보는 이 조그마한 들판을 소란스럽게 하고 싶지 않았던 것이다. 그녀는 언제나 생각이 깊지. 그는 생각했다. 그녀가 알고 있는 것, 그녀가 읽은 것, 혹은 그녀가 들은 것 등에 대하여.

그가 그녀에게 접근했을 때 그는 이미 끝장나 버린 남자였는데, 그건 그녀의 잘못이 아니었다. 남자가 빈말을 지껄여 대고 편안하기 위해 습관적으로 거짓말을 지껄인다는 것을 여자가 어떻게 알겠는가? 마음에도 없는 말을 지껄이기 시작한 후, 그의 거짓말은 진실을 말했을 때보다 여자들에게 더 효과가 있었다.

실은 거짓말을 한다기보다 말해 줄 진실이 없다는 것이 더 사실에 가까웠다. 그는 이미 좋은 시절을 보냈고 그의 인생은 끝장나 있었다. 그렇지만 그는 돈이 많은 다른 사람들과 그 박살 난 인생을 계속 살아 나갔다. 그만그만한 장소들의 가장 좋은 사람들 혹은 새로운 다른 장소들의 가장 좋은 사람들이 그의 생활 파트너였다.

생각을 딱 끊어 버리면 그 생활은 아주 멋지다. 뱃속을 단

---

6 *memsahib*. 〈여자 주인〉을 뜻하는 스와힐리어.

133

단하게 무장하고 있으면 그런 식으로 살아도 산산조각이 나지는 않는다. 대부분의 남자들은 결국 그렇게 되버리지만 말이다. 그는 예전에 자신이 했던 일에 대하여 신경 쓰지 않는 듯한 자세를 보인다. 이제 그것을 더 이상 할 수 없다고 말하면서. 하지만 혼자 있을 때, 이 사람들, 아주 부자인 이 사람들에 대해서 쓰겠다고 중얼거린다. 그것을 떠나서 그것에 대해서 쓰겠다고 중얼거린다. 그렇게 되면 자신이 쓰고 있는 것을 잘 아는 사람이 뭔가 물건이 될 만한 것을 하나 쓰게 되는 것이다. 하지만 그는 결코 그것을 하지 않을 것이다. 글을 안 쓰고, 편안하게 지내고, 그가 경멸하는 그런 상태를 계속 유지하는 바람에, 그의 능력은 무뎌지고 의지는 박약해져서 마침내 전혀 일을 하지 않게 된다. 그가 지금 알고 있는 사람들은 그가 일을 하지 않을 때 훨씬 더 편안하게 느낀다. 아프리카는 그가 인생의 좋은 시절을 보낼 때 가장 행복했던 곳이다. 그래서 그는 다시 시작하기 위해 이곳에 왔다. 그들은 최소한의 편의 시설만으로 이 사파리를 시작했다. 어려움은 없었지만 사치도 없었다. 그는 이런 식으로 다시 훈련 기간으로 되돌아갈 수 있으리라 생각했다. 투사가 산속으로 들어가 연습하고 훈련함으로써 체내의 지방을 태워 버리듯이, 그런 식으로 자신의 영혼에 묻어 있는 지방을 떼어 낼 수 있으리라 생각했다.

그녀는 그것을 좋아했다. 그녀는 그것을 사랑한다고 말했다. 그녀는 흥분시키는 것, 장면의 변화가 있는 것, 새로운 사람들이 등장하고 즐거운 일이 벌어지는 곳이면 뭐든지 좋아했다. 그는 다시 일을 하고 싶다는 의지가 되돌아오는 듯한 환상을 느꼈다. 이제 이렇게 끝날 거라면(그는 그렇게 끝날 것임을 알았다), 자기 등이 부러졌다고 자기 꼬리를 물어 버리는 뱀같이 되지는 말아야 했다. 이건 그 여자의 잘못이 아니었다. 그 여자가 아니었더라면 다른 여자가 이렇게 되었을 것이다. 그는 거짓말로 먹고살았으니 그걸로 죽는 것이 마땅했다. 그는 언덕 너머에서 나는 총성을 들었다.

그녀는 총을 잘 쏘지. 이 부유한 쌍년, 이 친절한 보호자, 그의 재능의 파괴자. 무슨 헛소리야? 스스로 재능을 파괴했을 뿐이다. 그를 잘 거두어 준다고 해서 왜 그녀를 비난한단 말인가? 그는 재능을 사용하지 않음으로써, 그 자신과 그의 소신을 배신함으로써, 술을 너무 많이 퍼마심으로써(그게 날카로운 통찰력의 가장자리를 무디게 했다), 그리고 게으름으로, 나태함으로, 속물근성으로, 오만과 편견으로, 그리고 허튼수작으로 그의 재능을 파괴했다. 도대체 이게 뭔가? 헌책들의 목록인가? 그의 재능이라는 건 대체 뭔가? 아무튼 그건 재능이었다. 하지만 그는 그것을 사용하지 않고 거래했다. 그 재능은 그가 실제로 해놓은 것이 아니라, 그가 앞으로 할 수도 있는 어떤 것을 가리켰다. 그리고 그는 펜이나 연필이 아니라 다른 어떤 것으로 생계를 이어 가기로 했다. 그건 참 이상한 일이었다. 그가 다른 여자와 사랑에 빠지면 그 여자는 언제나 지금 사귀는 여자보다 돈이 더 많았다. 하지만 그는 이 여자한테 그랬듯이 더 이상 새 여자를 사랑하지 않았고 습관적으로 거짓말을 했다. 그런데 이 여자는 그가 알았던 여자들 중에서 제일 돈이 많았다. 이 세상의 돈은 다 가지고 있는 듯했다. 남편과 자식들이 있었으며, 애인들을 사귀었으나 그들로는 성에 차지 않았다. 이 여자는 작가로서, 남자로서, 동반자로서, 멋진 소유물로서 그를 굉장히 사랑했다. 그건 정말 이상한 일이었다. 그가 이 여자를 전혀 사랑하지 않고 거짓말을 할 때, 그는 여자에게 훨씬 더 돈값을 해주었다. 그가 진실을 말하면서 여자를 사랑할 때보다 말이다.

우리는 결국 우리가 하는 일을 잘하는 그런 소질을 갖고 태어난 거야, 하고 그는 생각했다. 생계비를 벌어들이는 수단, 그게 곧 재능인 거야. 그는 이런저런 형태로 평생 동안 그의 활력을 팔아먹었다. 애정이 너무 깊숙이 개입되지 않을 때, 오히려 그는 여자의 돈값을 훨씬 잘해 주었다. 그는 이런 사실을 발견했지만 그것을 결코 쓰지는 않을 것이다. 비록 쓸 만한 가치가 있어도, 그걸 결코 쓰지 않으리라.

이제 그녀가 시야에 들어왔다. 그녀는 개활지를 가로질러 캠프로 걸어왔다. 그녀는 승마 바지를 입었고 소총을 들었다. 두 소년은 톰슨가젤을 등에 멘 채 그녀의 뒤에서 따라왔다. 여전히 보기 좋은 얼굴이야, 하고 그는 생각했다. 몸매 또한 멋졌다. 그녀는 침실 기술이 뛰어났고 그것을 즐겼다. 예쁘지는 않았지만, 그는 그녀의 얼굴을 좋아했다. 그녀는 책을 많이 읽었고 승마와 사냥을 좋아했고 술도 많이 마셨다. 그녀가 비교적 젊은 여인이었을 때 남편이 죽었다. 그녀는 두 아들(이들은 이제 장성하여 어머니가 필요하지 않았고 어머니가 옆에 있으면 당황했다)에 전념했고, 말[馬]들,

책들 그리고 술병들에 몰두했다. 그녀는 저녁 식사 전에 책을 읽는 것을 좋아했고 독서를 하면서 스카치소다를 마셨다. 저녁을 먹을 무렵이면 꽤 취해 있었고, 식사에서 와인을 한 병 곁들이고 나면 그 후에는 너무 취해 잠을 자야 했다.

그건 애인들이 생기기 전의 일이었다. 애인들이 생기고 나서는 술을 그리 많이 마시지 않았다. 술 취한 김에 잠들어야 할 필요가 없어졌기 때문이다. 하지만 애인들은 그녀를 따분하게 했다. 그녀는 전에 그녀를 따분하게 하는 일이 없는 남자와 결혼했었으나 애인들은 그녀를 엄청 따분하게 했다.

그러다 두 명의 아이 중 하나가 비행기 사고로 사망했다. 그 사고가 벌어진 후에 그녀는 애인을 원하지 않게 되었다. 술도 더 이상 마취제가 되지 못했으므로 그녀는 또 다른 삶을 시작해야 했다. 갑자기 그녀는 혼자 있는 것이 두려워졌다. 그녀는 자신이 존경하는 남자가 자신과 함께 있어 주기를 바랐다.

그것은 아주 간단하게 시작되었다. 그녀는 그가 쓴 글을 좋아했고 그가 살아온 인생을 선망했다. 그녀는 그가 원하는 것을 그대로 행동으로 옮겼다고 생각했다. 그녀가 그를 얻게 된 절차와 그녀가 마침내 그를 사랑하게 된 방식은 그녀가 새로운 삶을 구축하는 정규 진도의 필수적인 부분들이었다. 그리고 그는 자신의 옛 생활에서 남아 있던 박살 난 인생을 가지고 그녀와 거래했다.

그는 그것을 안전과 안락함을 위해 맞바꿨다. 그건 부인할 수 없었다. 그것이 아니라면 무슨 거래가 가능했겠는가?

그 외에 다른 것이 있는지 그는 알지 못했다. 그녀는 그가 원하는 것이라면 뭐든지 사주려 했다. 그는 그것을 알았다. 그녀는 아주 좋은 여자였다. 그는 다른 여자보다는 그녀와 침실에 들기를 바랐다. 그녀가 돈이 많고, 그를 아주 즐겁게 해주고 또 그것을 좋아했으며, 결코 볼썽사나운 광경을 연출하지 않았기 때문이다. 그런데 그녀가 구축한 이 삶도 이제 끝장이 나려 한다. 그가 2주 전 가시에 무릎을 찔렸을 때 요오드팅크를 바르지 않았기 때문이다. 당시 그들은 서 있는 물소 떼를 찍으려던 참이었다. 물소들은 머리를 쳐들고 콧구멍을 벌름거리며 주위를 쳐다보았고 귀는 넓게 벌려서 무슨 소리라도 나면 재빨리 숲 속으로 달려갈 기세였다. 물소 떼는 사진을 찍기도 전에 달아나 버렸다.

이제 그녀가 텐트로 다가왔다.

그는 그녀를 쳐다보기 위해 야전 침대에서 고개를 돌렸다.

「헬로.」 그가 말했다.

「톰슨가젤을 한 마리 쏘았어요.」 그녀가 그에게 말했다. 「이걸로 당신 먹기 좋은 죽을 만들 거예요. 클림[7]과 으깬 감자를 넣어서 만들라고 하겠어요. 기분은 좀 어때요?」

「많이 나아졌어.」

「정말 잘됐네요. 당신의 기분이 좋아지리라고 생각했어요. 사냥 나갈 때 당신은 잠들어 있더라고요.」

「푹 잤지. 멀리까지 걸어갔어?」

「아니요. 언덕 바로 너머까지만 갔어요. 톰슨가젤을 멋지

7 Klim. 제2차 세계 대전 시기에 개발된 분유의 일종.

게 맞혔어요.」

「당신은 총을 잘 쏘지.」

「난 사냥이 좋아요. 아프리카가 정말 마음에 들어요. 당신만 건강하다면 지금껏 겪어 본 것 중에서 가장 재미있는 곳이에요. 내가 당신과 함께 사냥하는 것을 얼마나 재미있어하는지 당신은 잘 모를 거예요. 나는 이 나라를 사랑해요.」

「나도 마찬가지야.」

「여보, 당신 기분이 나아졌다니까 정말 좋아요. 당신이 기분 나빠서 부루퉁해 있을 때에는 정말 못 견디겠더라고요. 앞으로 내게 그런 식으로 말하지 말아요. 약속하죠?」

「아니.」 그가 말했다. 「난 내가 말한 걸 기억하지 못해.」

「나를 망가뜨리려고 그러는 건 아니죠? 난 당신을 사랑하는 중년 부인이고 당신이 바라는 건 뭐든지 해줄 여자예요. 나는 이미 두세 번 망가졌어요. 당신이 나를 또다시 망가뜨리는 일은 없겠죠, 그렇죠?」

「침실에서 두세 번쯤 망가뜨리고 싶은데.」 그가 말했다.

「그래요. 그건 좋은 거예요. 우리는 그런 식으로 망가져야 해요. 비행기가 내일 여기 도착할 거예요.」

「그걸 어떻게 알아?」

「확신해요. 오게 되어 있어요. 아이들이 모닥불을 피우기 위해 나무와 풀을 다 준비해 두었어요. 내가 오늘 직접 가서 눈으로 확인했어요. 비행기가 내릴 공간은 충분하고 임시 활주로 양쪽 끝에다 신호용 모닥불을 피울 준비도 다 되어 있어요.」

「아니, 무슨 근거로 비행기가 내일 올 거라고 생각해?」

「올 거라고 확신해요. 올 시간이 이미 지났어요. 비행기 타고 도시에 들어가면 당신의 다리를 고치고 그 후에 좋은 쪽으로 망가지기로 해요. 끔찍한 언쟁은 하지 않고 말이에요.」

「술 한잔 하는 게 어때? 해가 넘어갔잖아.」

「꼭 해야겠어요?」

「한잔하고 싶어.」

「그럼 함께 한잔해요. 몰로, 위스키소다 두 잔 가지고 와!」 그녀가 소리쳤다.

「당신은 모기 장화를 신는 게 좋겠어.」 그가 그녀에게 말했다.

「목욕하고 나서요……」

어두워지는 동안 그들은 술을 마셨다. 어두워지기 직전에는 더 이상 사냥할 만한 빛이 남아 있지 않았다. 하이에나 한 마리가 언덕을 돌아가는 길에 개활지를 가로질렀다.

「저놈은 매일 밤 공터를 건너가는군.」 남자가 말했다. 「두 주 동안 매일 밤이야.」

「저놈이 밤에 소리를 내는 그놈이에요. 난 신경 쓰지 않아요. 하이에나는 지저분한 동물이죠.」

술을 마시면서 그는 같은 자세로 계속 누워 있어 불편한 것 이외에는 별다른 통증을 느끼지 않았다. 아이들이 모닥불을 피웠고 그 그림자가 텐트들 위에 어른거렸다. 그는 즐겁게 체념하는 이 생활 방식에 본의 아니게 동의하는 느낌이 들었다. 그녀는 그에게 아주 잘해 주었다. 그는 오늘 오후 그녀에게 지나치게 잔인하고 부당하게 굴었다. 그녀는 좋은 여자, 정말 끝내주는 여자였다. 바로 그 순간 그는 자신이 지금 죽어 가고 있다는 생각이 들었다.

그 생각은 급속하게 다가왔다. 하지만 떨어져 내리는 물이나 휭하니 불어오는 바람의 급속함은 아니었다. 갑작스럽게 나쁜 냄새를 풍기는 공허함의 돌진이었다. 기이한 것은 하이에나가 그런 돌진의 가장자리를 가볍게 지나쳐 간다는 것이었다.

「무슨 일이에요, 해리?」 그녀가 그에게 물었다.

「아무것도 아니야.」 그가 말했다. 「당신은 저리로 옮겨 가는 게 좋겠어. 바람 부는 쪽으로.」

「몰로가 상처의 붕대를 갈아 주었나요?」

「응. 지금 붕산을 바르려고.」

「기분은 어떠세요?」

「약간 어지러워.」

「난 목욕을 할 거예요.」 그녀가 말했다. 「금방 나올게요. 당신과 식사를 하고 난 다음 야전 침대를 안으로 들여놓을게요.」

그래, 언쟁을 멈춘 건 잘한 일이야. 그는 혼자 중얼거렸다. 그는 이 여자와는 그렇게 많이 싸우지 않았다. 하지만 예전에 그가 사랑했던 여자들과는 엄청나게 싸워 댔다. 그래서 그 싸움이 끝나 갈 즈음이면 그들은 공유했던 것을 마침내 망가뜨리고 말았다. 그는 너무 많이 사랑했고, 너무 많이 요구했다. 그래서 그들이 공유한 것을 다 헤어뜨리고 말았다.

그는 파리에서 싸움을 벌이고 나서 집을 나갔을 당시 콘스탄티노플에서 혼자 보낸 시간을 생각했다. 그는 그곳에 있는 내내 오입질을 하면서 보냈고, 그것이 끝나자 외로움을 완전히 죽이지 못했다는 것을 깨달았다. 오히려 외로움은 더 깊어졌다. 그는 첫 번째 여자, 그를 떠나간 여자에게 편지를 썼다. 정말 외로움을 죽이지 못했노라는 내용이었다. 한번은 레장스 밖에서 그녀와 비슷한 여자를 보고 그녀라고 생각한 적도 있다고 썼다. 그 순간 그는 속이 메스꺼워지면서 기절할 뻔했다. 그는 그녀와 비슷하게 생긴 어떤 여자를 따라서 불르바드를 걸어간 적도 있었다. 그 여자가 그녀가 아니면 어쩌나 하는 두려움, 그 추적이 그에게 준 짜릿한 느낌을 잃어버릴지도 모른다는 공포감, 그가 동침한 여자들이 오히려 그녀 생각을 더 나게 했다는 얘기, 그녀에 대한 사랑을 치유할 수 없기 때문에 그녀가 그에게 한 짓은 아무 문제도 안 된다는 얘기 등을 편지에다 썼다. 그는 이 편지를 술 한 방울 안 마신 채 클럽에서 썼고, 그것을 뉴욕에 부치면서 파리의 사무실 주소로 회신해 달라고 그녀에게 요청했다. 그게 안전할 것 같았다. 그날 밤 그녀 생각이 너무 나서 그는 속이 텅 비었고 심지어 메스꺼움마저 느꼈다. 그는 택심스를 지나 어슬렁거리다가 한 여자를 픽업하여 그녀를 저녁 식사에 데려갔다. 그는 식사 후 그녀를 무도장에 데려갔는데 그녀가 춤을 잘 못 추자, 그녀를 버리고 섹시한 아르메니아 날라리 년을 잡았다. 날라리가 자기 배를 그에게 바싹 붙이고 히프를 돌려 대는 바람에 그의 배에 불이 날 지경이었다. 그는 한바

탕 소동 끝에 영국인 포병 중위로부터 그녀를 빼앗았다. 포병은 그를 밖으로 불러냈고 그들은 어두운 거리의 포석 위에서 싸웠다. 그가 포병의 턱을 세게 두 방 쳤는데도 나가떨어지지 않자 본격적인 싸움이 붙었다는 생각이 들었다. 포병은 그의 배를 친 후 눈 가장자리를 때렸다. 그는 몸을 돌리며 왼손 혹을 먹었고 포병은 그의 앞으로 쓰러지면서 그의 상의를 거세게 잡았다. 그 바람에 한쪽 소매가 떨어져 나갔다. 그는 포병의 귀 뒷부분을 두 번 먹었고 이어 오른손으로 강타했다. 포병은 나가떨어지면서 머리를 먼저 땅에 박았다. 헌병이 다가오는 소리를 들었기 때문에 그는 여자를 데리고 달아났다. 그들은 택시를 잡아타고 보스포루스 강을 따라 리밀리 히사까지 갔다. 거기서 방향을 돌려 다시 시원한 밤 속으로 되돌아와 침실에 들었다. 그녀는 겉모양처럼 지나치게 익어 있었지만 부드럽고, 장미 잎사귀 같고, 시럽 같은 부드러운 배와 커다란 유방을 뽐냈으며 엉덩이 아래에 굳이 베개를 고이지 않아도 되었다. 그다음 날 동틀 무렵 그녀가 부은 얼굴로 깨어나기 전에 그는 그녀를 떠나 페라 팰리스로 갔다. 눈은 시퍼렇게 멍이 들었고, 상의는 한쪽 소매가 없어 손에 들고 있었다.

같은 날 밤 그는 아나톨리아로 떠났다. 그 여행 도중에 그는 아편을 채취하기 위해 키우는 양귀비밭을 가로질러 하루 종일 차를 몰고 갔다. 양귀비 냄새에 취해 모든 거리 감각이 엉망이 되어 버렸다. 새로 도착한 콘스탄티노플의 장교들은 공격을 했는데, 그들은 아무것도 몰랐고, 포병은 엉뚱하게도 부대를 향해 발포했으며, 영국인 관측 장교는 아이처럼 소리를 질렀다.

그건 그가 하얀 발레 스커트에 방울 술 달린 구두를 신은 채 죽어 버린 남자들을 처음 보기 이전의 일이었다. 투르크인들은 떼를 지어 꾸준히 몰려왔다. 그는 스커트를 입은 남자들이 달리는 것을 보았고, 장교들이 그들에게 총을 쏘는 것을 보았다. 마침내 장교들도 달아나기 시작했다. 그와 영국인 관측 장교는 폐가 아프고 입에서 동전 냄새가 날 때까지 헉헉거리며 달렸다. 그들은 바위 뒤에서 걸음을 멈추고 뒤돌아보았는데 투르크인들은 여전히 떼를 지어 꾸준히 몰려오고 있었다. 나중에 그는 결코 생각하고 싶지 않은 것들을 보았고 또 그보다 더 뒤에는 더 잔악한 것들을 보았다. 그래서 그는 당시 파리로 되돌아갔을 때 그것에 대해서 말하지 않으려 했고 거기에 대한 얘기가 나오는 것도 견디질 못했다. 그는 길거리를 지나가다가, 술잔 받침을 자기 앞에 가득 쌓아 둔, 카페에 앉아 있는 미국 시인을 보았다.[8] 그의 감자 같은 얼굴에는 우둔한 표정이 어려 있었다. 그는 트리스탄 차라라는 이름을 가진 루마니아인과 다다 운동에 대해서 대화를 나누고 있었다. 차라는 언제나 외알 안경을 쓰고 있고 늘 머리가 아프다고 하는 남자였다. 그는 다시 사랑하게 된, 지금은 아내가 된 여자가 기다리는 아파트로 돌아갔다. 싸움도 미친 짓도 다 끝나서 이제 집으로 돌아온 것이 기뻤다.

8 파리의 바에서는 술을 시키면 나중에 바텐더가 술잔 받침을 세어서 요금을 청구한다. 받침을 가득 쌓아 둔 것은 술을 많이 마셨다는 뜻이다.

사무실에서는 그에게 온 우편물을 그 아파트로 보내 주었다. 그래서 그가 뉴욕으로 보냈던 편지의 회신이 어느 날 아침 쟁반 위에 놓여 그에게 전달되었다. 그 필적을 보자 그는 온몸이 차가워졌고 그 편지를 다른 편지 밑에 감추려 했다. 하지만 그의 아내가 물었다. 「여보, 그 편지 누구한테서 온 거예요?」 그리하여 결혼 생활은 제대로 시작되기도 전에 끝장나 버렸다.

그는 그 여자들과 보낸 좋은 시간, 그들과 벌인 싸움을 기억했다. 그들은 언제나 멋진 곳을 골라서 싸움을 벌였다. 그는 왜 기분이 가장 좋을 때면 반드시 싸움을 벌였던가? 그는 그것에 대해서 쓰지 않았다. 처음에는 아무에게도 상처를 주고 싶지 않아서였다. 그다음에는 그것 말고도 충분히 쓸 게 있을 것 같았기 때문이다. 하지만 결국에는 그것에 대해서 쓰고 말리라고 언제나 생각했다. 쓸 것이 너무나 많았다. 그는 단지 사건들의 변화만 본 것은 아니라, 세상이 바뀌는 것을 보았다. 그는 많은 사건들을 목격했고 또 사람들을 관찰했지만, 거기에 좀 더 미묘한 변화가 있다는 것을 깨달았다. 그는 세월이 달라지면 사람들도 달라진다는 것을 기억했다. 그는 그 변화 속에 있었고 그것을 목격했으며, 그것에 대해 쓰는 것이 그의 의무였다. 하지만 이제 그는 결코 쓰지 못할 것이다.

「기분이 어때요?」 그녀가 물었다. 그녀는 막 목욕을 마치고 텐트에서 나왔다.

「좋아.」

「지금 식사할래요?」 그는 그녀 뒤에서 몰로가 접이식 테이블을 들고 있는 것을 보았다. 다른 아이는 접시를 들고 있었다.

「난 글을 쓰고 싶어.」 그가 말했다.

「힘을 내려면 수프를 좀 들어야 해요.」

「난 오늘 밤에 죽을 거야.」 그가 말했다. 「힘을 낼 필요가 없어.」

「멜로드라마처럼 말하지 말아요, 해리, 제발.」

「당신은 냄새도 못 맡나? 다리가 다 썩어서 허벅지까지 괴저가 올라왔다고. 이런 판에 수프 따위는 먹어서 뭘 해? 몰로, 위스키소다 가져와.」

「제발 수프를 드세요.」 그녀가 부드럽게 말했다.

「좋아.」

수프는 너무 뜨거웠다. 그는 수프를 컵에 담아 식기를 기다렸다가 먹었는데 목구멍에 막히지 않고 술술 넘어갔다.

「당신은 좋은 여자야.」 그가 말했다. 「나한테는 신경 쓰지 마.」

그녀는 『스퍼』나 『타운 앤드 컨트리』 같은 잡지의 표지 인물처럼 친근하면서도 호감을 주는 얼굴로 그를 쳐다보았다. 단지 그녀의 얼굴은 술과 섹스 때문에 좀 삭았다는 것만 달랐다. 하지만 『타운 앤드 컨트리』는 멋진 유방, 튼실한 허벅지, 허리의 잘록한 부분을 요염하게 쓰다듬는 손 따위는 보여 주지 않았다. 그는 그녀의 익숙하면서도 유쾌한 미소를 보면서 죽음이 다시 다가오고 있는 것을 느꼈다. 이번에는 급속히 다가오지 않았다. 촛불을 일렁이게 만들고 불꽃의 키를 좀 더 높여 주는 미풍의 움직임이었다.

「애들이 내 모기 망을 나중에 밖으로 내와서 나무에다 걸고 모닥불을 피울 수 있을 거야. 난 오늘 밤 텐트에 들어가지 않을 거야. 움직일 필요가 없어. 아주 청명한 밤이야. 비도 안 올 것 같아.」

그래, 넌 이렇게 죽는구나. 네가 듣지 못하는 속삭임 속에서. 그래, 이제 더 이상 싸움은 없을 거야. 그는 그걸 약속할 수 있었다. 그가 결코 성공해 보지 못한 한 가지 실험을 이제 망치고 싶지 않았다. 어쩌면 망칠지도 몰랐다. 그는 뭐든지 손댄 것마다 다 망쳐 놓았으니까. 하지만 망치지 않을 수도 있었다.

「받아쓰기를 할 수 있소?」

「배운 적 없어요.」 그녀가 그에게 말했다.

「괜찮아.」

물론 시간이 없었다. 하지만 망원경을 들이대듯이, 각도만 제대로 잡는다면 그의 인생을 단 하나의 단락으로 요약할 수 있겠다는 느낌이 들었다.

호수 위 언덕에는 모르타르로 틈새를 하얗게 칠한 통나무 집이 한 채 있었다. 문 옆 기둥에는 초인종이 있었는데 식사 때면 그걸 눌러 사람들을 불렀다. 집 뒤는 들판이었고 그 들판 뒤에는 숲이 있었다. 집에서부터 부두까지 롬바르디아 포플러 나무가 일렬로 늘어섰다. 다른 포플러 나무들은 부두의

돌출부를 따라 늘어서 있다. 숲의 가장자리를 따라 언덕으로 올라가는 길이 하나 있었다. 그는 그 길을 따라가면서 블랙베리를 따 먹었다. 그런데 그 통나무집은 불타 버렸고, 벽난로 위에 있던 사슴 발로 만든 총걸이에 걸린 총들도 모두 불탔다. 그 후에 탄창에 든 탄환이 녹아 버린 총신과 역시 불타 버린 개머리판이 잿더미 위에 놓여 있었다. 그것은 커다란 세탁용 무쇠 솥에 들어가는 잿물을 만드는 잿더미였다. 할아버지에게 그 못 쓰게 된 총들을 가지고 놀아도 되느냐고 물으면 안 된다고 했다. 그것들은 아직도 할아버지의 총이었고 할아버지는 결코 다른 총을 사들이지 않았다. 그는 더 이상 사냥도 하지 않았다. 이제 그 집은 똑같은 자리에 목조 가옥으로 다시 지어졌고 하얗게 페인트칠이 되었다. 그 집의 현관에서는 포플러 나무들과 그 너머의 호수가 보였다. 하지만 더 이상 총은 없었다. 벽난로 위의 사슴 발 총걸이에 걸려 있던 총들의 총열은 잿더미 위에 놓였고 아무도 그것을 만지지 않았다.

종전 후 우리는 슈바르츠발트[9]에서 송어 냇물을 임차했는데 거기까지 두 갈래 길이 있었다. 하나는 트리베르크에서 계곡으로 내려가 하얀 도로에 면한 나무 그늘 속에서 그 계곡 도로를 우회하여 이면 도로로 올라가는 것이다. 그 도로는 커다란 슈바르츠발트 주택들이 있는 많은 작은 농장들을 지나 언덕으로 올라가다가 마침내 그 냇물을 가로지른다. 바로 거기서 우리의 낚시가 시작되었다.

9 독일 남서부의 산림 지대. 독일어로 〈검은 숲〉이라는 의미이다.

다른 길은 숲의 가장자리까지 가파르게 올라가다가 언덕의 꼭대기를 가로질러 소나무 숲을 통과한다. 거기서 초원의 가장자리까지 가서 초원을 내려가면 다리가 나온다. 냇가를 따라 자작나무들이 서 있다. 냇물은 크지 않고 폭이 좁았으며 물이 깨끗하고 물살은 빨랐다. 냇물이 자작나무의 뿌리를 건드리는 곳에는 물웅덩이가 있었다. 트리베르크의 호텔 주인은 호시절을 보냈다. 아주 유쾌했고 우리는 모두 훌륭한 친구였다. 그다음 해에 인플레이션이 왔고, 그가 전해에 벌었던 돈은 호텔의 필요 물품들을 사들일 정도가 되지 못했다. 호텔 주인은 목매달아 자살했다.

그것은 구술(口述)할 수 있다. 하지만 콩트르스카르프 광장의 광경은 구술하지 못한다. 그곳에서는 꽃장수들이 거리에서 꽃에 물을 들였고, 버스가 출발하는 곳에는 염료가 온 사방에 퍼져 있었다. 그곳에서 노인들과 여자들은 와인과 싸구려 마크[10]를 마시고 언제나 취해 있었다. 아이들은 추위 때문에 코에서 콧물이 줄줄 흘렀다. 카페 데자마퇴르에는 더러운 땀 냄새, 가난의 냄새, 술주정뱅이의 고함 소리가 가득했다. 그 위층인 발 뮈제트는 창녀 집이었다. 창녀 집의 문지기 여자는 공화국 근위대의 기병을 그녀의 특별관람석에서 접대한 적이 있었는데, 그는 말갈기 장식의 투구를 의자 위에 내려놓고 연극을 관람했다. 홀 건너편에 세 들어 사는 여자의 남편은 자전거 선수였다. 그녀는 그날 아침 크레메리에서 「로토」 스포츠 신문을 펼치고서, 남편이 최초로 참가한

10 *marc*. 포도 찌꺼기로 만든 브랜디.

149

큰 대회인 파리-투르에서 3등을 한 것을 보고서 기뻐했다. 그녀는 얼굴을 붉히고 웃음을 터트리면서 2층으로 올라가 소리쳤다. 노란 스포츠 신문을 여전히 손에 든 채. 발 뮈제트 는 여자 포주가 경영했는데 남편은 택시 운전사였다. 그, 즉 해리가 이른 아침 비행기를 타러 가야 하자, 그 남편이 그의 문을 두드려 그를 깨웠다. 그들은 바의 싱크대에서 화이트 와인을 한 잔씩 마시고 출발했다. 그는 당시에 그 지역의 이 웃들을 잘 알았는데 그들이 하나같이 가난했기 때문이다.

콩트르스카르프 광장에는 두 종류의 사람이 살았다. 하나 는 술주정뱅이이고 다른 하나는 운동광이었다. 술주정뱅이 는 그런 식으로 그들의 가난을 죽였다. 운동광은 가난을 운 동으로 풀었다. 그들은 코뮌 지지자들의 후예였고 자신들의 정치적 입장이 무엇인지 어렵지 않게 파악했다.[11] 코뮌 이후 베르사유 군대가 시내로 들어왔을 때 누가 그들의 아버지, 친척, 형제, 친구들을 쏘았는지 잘 알았다. 베르사유 군대는 손에 굳은살이 박인 자들, 모자를 쓴 자들, 노동자의 표시가 나는 자들은 무조건 잡아서 처형했다. 그러한 가난 속에서, 그리고 부셰리 슈발린[12]과 와인 협동조합 매점이 있는 거리 의 맞은편 동네에서, 그는 그가 앞으로 쓰게 될 모든 것의 시 작이 되는 작품을 썼다. 파리에서 그가 그처럼 사랑하는 동 네는 없었다. 완만하게 물결치는 나무들, 하얀 벽토를 발랐

11 파리 코뮌은 1871년 3월에서 5월까지 존재했던 파리의 혁명적 노동자 정권으로, 5월 28일 베르사유 정부군에 의해 진압되었다.
12 말고기를 파는 가게.

지만 아랫부분은 갈색 칠을 한 오래된 집들, 그 둥근 광장에 서 있던 초록색 버스, 포도 위에 떨어져 있던 자주색 꽃 염료, 강으로 가파르게 하강하는 카르디날 르무안 거리의 언덕 그리고 그 건너편의 복잡하고 비좁은 무프타르 거리의 세계. 팡테옹에 이르는 거리와 그가 언제나 자전거를 탔던 다른 거리, 그것은 전 구역에서 유일한 아스팔트 길이었다. 바퀴는 미끄러지듯 굴러갔고 연변에는 높고 비좁은 집들과 시인 폴 베를렌[13]이 죽은 호텔도 있었다. 그들이 살았던 아파트에는 방이 두 개뿐이었다. 그는 그 호텔의 맨 꼭대기에 방 하나를 갖고 있었는데 월세가 60프랑이었다. 그는 그곳에서 글을 썼고, 그곳에서 지붕들과 굴뚝들 그리고 파리의 모든 언덕들을 볼 수 있었다.

아파트에서는 숲과 석탄 장수의 가게만 보였다. 가게에서는 와인도 팔았는데 싸구려 와인이었다. 부셰리 슈발린 밖에는 황금색 말의 머리가 걸려 있었다. 열린 창문에는 내걸린 말 뼈대들이 노랗고 빨갛게 보였다. 초록색 칠을 한 협동조합 매점에서 그들은 와인을 샀다. 나쁘지 않은 와인이면서 값도 쌌다. 나머지는 벽토를 칠한 벽들과 이웃의 창문들이었다. 밤이 되어 누군가가 거리에 드러누워 신음을 하면서 툴툴거리면(그것은 전형적인 프랑스인의 술 취한 태도였지만 그런 술꾼은 존재하지 않는다고 널리 선전되었다) 동네의 이웃들은 창문을 열고서 수군거렸다.

「경찰은 어디 있는 거야? 영 생각지도 않은 곳에서 저런

---

13 Paul Verlaine(1844~1896). 프랑스의 상징파 시인.

술꾼이 나타난단 말이야. 저자는 여자 문지기와 같이 잔 사람이잖아. 어서 가서 경찰을 불러와.」 누군가가 창문에서 물을 한 양동이 쏟아 부으면 그 신음 소리는 그쳤다. 「저건 뭐야? 물. 아, 정말 똑똑한 처사로군.」 그리고 창문들이 닫히면 가정부인 마리는 하루 여덟 시간 노동에 대해 불평했다. 「남편이 6시까지 일하면 집으로 돌아오는 퇴근길에 조금만 취해 그리 낭비를 많이 하지 않아요. 만약 그가 5시까지 일한다면 매일 밤 취해서 돈이 없게 돼요. 근무 시간 단축으로 가장 고생하는 것은 노동자의 아내라니까.」

「수프 좀 더 드시겠어요?」 여자가 그에게 물었다.

「고맙지만 괜찮아. 정말 맛이 좋군.」

「좀 더 먹어 봐요.」

「위스키소다를 마시고 싶군.」

「그건 당신한테 안 좋아요.」

「그래, 안 좋아. 나한테 해롭지. 콜 포터[14]가 그런 내용의 가사와 곡을 썼지. 〈당신이 나 때문에 화를 내리라는 느낌.〉」

「난 당신이 술 마시는 거 좋아해요.」

「그래, 단지 내게 해로울 뿐이지.」

그녀가 가버리면, 그는 생각했다. 내가 원하는 건 모두 가져야지. 내가 원하는 거 모두가 아니라, 여기 있는 거 모두. 하지만 그는 피곤했다. 너무 피곤했다. 그는 잠시 잠을 잘 생각

---

14 Cole Albert Porter(1891~1964). 미국 브로드웨이 뮤지컬의 작곡가 겸 작사가.

이었다. 그는 조용히 누웠고 죽음은 거기 없었다. 다른 동네에 다른 사람을 잡으러 갔나 보다. 그것은 늘 쌍으로 다니지. 자전거를 타고서 포장도로 위를 아주 조용하게 굴러가지.

아니, 그는 파리에 대해서 쓴 적이 없다. 그가 잘 알고 사랑하는 파리에 대해서. 하지만 그가 결코 쓰지 못할 나머지 것들은 어떻게 되는 건가?

목장, 은회색의 사초 더미, 관개 수로의 빠르게 흘러가는 맑은 물, 알팔파의 짙은 녹색은 왜 쓰지 않았는가? 산길은 위로 올라가 언덕 속으로 들어갔고 여름의 소 떼는 사슴처럼 수줍음이 많았다. 가을에 소 떼를 언덕 아래로 데려올 때 소들은 꾸준히 울음소리를 냈고 먼지를 일으키며 천천히 걸었다. 그리고 산들 뒤에는 저녁 빛을 받은 산봉우리가 아주 선명하고 날카롭게 솟아 있었다. 달빛 속에서 산길을 따라 걸어 내려올 때, 달빛은 계곡 전역을 밝혔다. 그는 앞이 보이지 않아 말 꼬리를 잡고서 어두운 숲을 내려오던 것을 기억했다. 그는 그 모든 것을 이야기로 써낼 생각이었다.

당시 칠푼이 심부름 소년은 농장에 혼자 남겨졌고 아무도 건초를 가져가지 못하게 하라는 지시를 받았다. 그런데 과거에 소년이 포크네 농장에서 일할 때 그를 마구 두드려 팼던 늙은 놈이 건초를 좀 가져가려고 들렀다. 소년은 거절했고 노인은 또다시 매질을 하겠다고 위협했다. 소년은 주방에서 소총을 가져와 헛간으로 들어가려는 노인을 쏘았다. 사람들이 농장에 돌아왔을 때 그는 죽은 지 일주일이나 되어 가축 우리에 얼어 있었고 개들이 그 시체의 일부를 먹어 버린 후였다. 그들은 남은 시체를 담요로 싸서 썰매 위에 올려놓고 밧줄로 묶었다. 칠푼이 소년은 썰매를 잡아당기는 일을 도와주었다. 사람 둘이 스키를 타고서 그 썰매를 길 위로 끌었고 60마일을 걸어 내려가서 마을로 들어가 소년을 신고했다. 그는 자신이 체포되리라는 생각을 전혀 하지 못했다. 자신이 의무를 다했다고 생각했고 같이 간 사람들을 친구로 여겼으며 상을 받으리라 예상했다. 그가 죽은 노인을 끌고 가는 데 도움을 준 것은 모든 사람에게 그 노인이 나쁜 사람이고 자기 것이 아닌 건초를 훔치려 했다는 것을 알리기 위해서였다. 경관이 소년의 손목에 수갑을 채우자 그는 너무나 의아한 표정이었다. 그러고서 그는 울기 시작했다. 그건 그가 나중에 쓰려고 남겨 두었던 이야기였다. 그는 그 지방에 대하여 좋은 단편소설을 스무 편은 쓸 수 있었는데 하나도 쓰지 못했다. 왜?

「당신이 사람들한테 그 이유를 말해.」 그가 말했다.
「무슨 이유를요, 여보?」
「아니, 아무것도 아니야.」
  그와 함께한 다음부터 그녀는 별로 술을 많이 마시지 않았다. 하지만 살아난다 해도 그는 그녀에 대해서는 쓰지 않을 것이다. 그는 이제 그것을 확실히 알았다. 그들 얘기는 절대 안 쓸 것이다. 부자들은 둔감한 데다 술을 너무 많이 마시거나 아니면 백개먼 게임을 너무 많이 했다. 그들은 둔감한 데다 같은 것을 반복하는 경향이 있었다. 그는 불쌍한 줄리언을 기억했다. 줄리언은 부자에 대하여 낭만적인 경외감을 갖고 있었고 한때 〈아주 큰 부자는 당신과 나와는 다른 사람들이다〉라는 문장으로 시작하는 단편소설을 쓰려 한 적이 있었다. 누군가가 줄리언에게 〈그래요, 그들은 돈을 많이 가지고 있지요〉 하고 말했다. 하지만 그건 줄리언에게 그리 재미있는 말이 아니었다. 그는 그들이 아주 특별하고 화려한 족속이라고 생각했다. 하지만 그렇지 않다는 것을 발견했고, 그것은 줄리언을 망친 다른 많은 것들 못지않게 그를 망쳐 버렸다.

그는 망가진 사람들을 그동안 죽 경멸해 왔다. 그걸 잘 이해하기 때문에 그걸 좋아할 수가 없었다. 나는 그 어떤 것도 물리칠 수 있어, 하고 그는 생각했다. 내가 신경 쓰지 않는다면 그 어떤 것도 나를 해치지 못해.

좋아. 그는 이제 죽음을 신경 쓰지 않기로 했다. 그가 늘 두려워해 왔던 것은 고통이었다. 그는 누구 못지않게 고통을 견딜 수 있었지만 그것은 너무 오래 진행되었고 마침내 그를 해어뜨렸다. 그리고 여기서 그는 그 자신에게 무서울 정도로 상처를 입히는 어떤 것을 알게 되었다. 그것이 그를 파괴할 것이라고 느낀 바로 그 순간, 통증은 멈추었다.

오래전 일이 떠올랐다. 폭파 장교인 윌리엄슨은 그날 밤 철조망을 통과하다가 독일 순찰대의 한 병사가 던진 막대기 폭탄에 맞았다. 그는 비명을 지르면서 사람들한테 죽여 달라고 애걸했다. 그는 뚱뚱한 남자였지만 아주 용감했고 훌륭한 장교였지만 허황한 과시욕이 있었다. 그날 밤 그는 와이어에 걸렸는데 조명등이 켜지면서 폭탄이 날아왔고 그의 내장이 철조망으로 쏟아져 들러붙었다. 사람들이 그를 구출했을 때 그는 아직 살아 있었지만, 철조망에서 떼어 내기 위해 쏟아진 내장을 일부 잘라 내야 했다. 해리, 나를 쏘아 줘. 제발 좀 쏘아 주게. 두 사람은 한때 언쟁을 한 적이 있다. 우리 주님은 우리가 감당하지 못하는 부담은 내려보내지 않는 얘기에 대한 것이었다. 어떤 사람의 이론에 따르면, 일정 시간이 지나가면 통증은 자동적으로 그 사람을 기절시킨다고 한다. 하지만 그는 그날 밤의 윌리엄슨을 똑똑히 기억했다. 그가 언젠가 사용하기 위해 가지고 있던 모르핀을 모두 주어도 윌리엄슨은 기절하지 않았다. 게다가 그것들은 즉각 효력을 발휘하지도 않았다.

지금 그가 겪고 있는 통증은 한결 수월한 것이었다. 진행되면서 지금보다 더 나빠지지 않는다면, 걱정할 것이 없었다. 단지 그는 좀 더 나은 사람과 함께 있고 싶었다.
그는 함께 있고 싶은 사람들에 대해서 잠시 생각했다.
아니야, 하고 그는 생각했다. 하는 것이 무엇이든지, 너무 오래 하거나 너무 늦게 하면, 옆에 사람들이 있어 주리라고 기대하면 안 돼. 사람들은 모두 가버렸어. 파티는 끝났고 너는 안주인과 함께 남아 있는 거야.
다른 것들도 그렇지만 죽는 것도 나에겐 따분한 일일 것 같아, 그는 생각했다.

「따분한 일이야.」그가 커다란 목소리로 말했다.

「뭐가요, 여보?」

「뭐든지 너무 오래 하는 거 말이야.」

그는 그와 모닥불 사이에 있는 그녀의 얼굴을 쳐다보았다. 그녀는 의자 등받이에 몸을 기대고 있었다. 불빛이 그녀의 호감 가는 얼굴에 드리웠고 그는 그녀가 졸려한다는 것을 알았다. 그는 하이에나가 모닥불의 불빛 범위 밖에서 시끄러운 소리를 내는 것을 들었다.

「글을 쓰고 있었어.」그가 말했다. 「하지만 곧 피곤해졌지.」

「잠들 수 있을 것 같아요?」

「그럼. 왜 안으로 안 들어가?」

「여기서 당신과 함께 앉아 있고 싶어요.」

「뭔가 이상한 거 안 느껴져?」그가 그녀에게 물었다.

「아니요. 약간 졸릴 뿐이에요.」

「뭔가 이상해.」그가 말했다.

그는 방금 죽음이 다시 다가왔다는 것을 느꼈다.

「내가 평생 잃어 본 적이 없는 것은 호기심이야.」그가 그녀에게 말했다.

「당신은 아무것도 잃지 않았어요. 당신은 내가 알고 있는 가장 온전한 남자예요.」

「젠장.」그가 말했다. 「여자는 정말 아는 게 없구먼. 그게 무슨 소리야? 당신의 직감인가?」

바로 그때 죽음이 다가와 야전 침대의 발치에 그 머리를 내려놓았기 때문에 그는 그 입김을 느낄 수 있었다.

「큰 낫과 두개골에 대해서는 믿지 마.」그가 그녀에게 말했다. 「그것은 자전거에 올라탄 두 명의 경찰관일 수도 있고, 아니면 새일 수도 있어. 아니면 하이에나처럼 넓적한 주둥이를 가지고 있을 수도 있지.」

그것은 이제 그의 위로 올라왔으나 더 이상 형체를 갖고 있지 않았다. 단지 공간을 차지할 뿐이었다.

「그것더러 사라지라고 하세요.」

그것은 사라지지 않고 좀 더 가까이 다가왔다.

「아주 냄새가 지독하군.」그가 그것에게 말했다. 「이 냄새 나는 놈.」

그것은 더욱 가까이 올라왔고 이제 그는 그것에게 말을 할 수가 없었다. 그가 말을 하지 못한다는 것을 알자 그것은 더 가까이 다가왔다. 그는 말을 하지 못하더라도 그것을 보내려고 애썼다. 하지만 그것은 그의 가슴 위로 올라왔다. 가슴에 그 무게가 느껴졌다. 그것이 거기에 웅크리고 있는 동안 그는 움직이지도, 말을 할 수도 없었다. 단지 여자가 말하는 것을 들었을 뿐이다. 「브와나는 이제 잠들었어. 야전 침대를 부드럽게 들어서 텐트 안으로 들이도록 해.」

그는 여자에게 말해서 그것을 사라지게 할 수가 없었다. 그것은 이제 전보다 더 무겁게 웅크렸고 그는 숨을 쉴 수가 없었다. 그런데 아이들이 야전 침대를 드는 동안 갑자기 괜찮아졌다. 그 무게가 그의 가슴에서 사라졌다.

다시 아침이었고 아침이 된 지 한참 지났을 때 그는 비행기 소리를 들었다. 그것은 아주 작게 보였는데 넓은 원을 그리고 있었다. 아이들이 밖으로 달려 나가 석유를 사용하여 모닥불을 피우고 그 위에 풀을 얹었다. 그리하여 평평한 땅 양쪽에 커다란 모닥불이 두 개 생겼고, 아침 미풍이 그 불을 캠프 쪽으로 흔들어 댔다. 비행기는 낮은 상공에서 두 번을 맴돌더니 활강하여 기수를 낮추고서 부드럽게 착륙했다. 그에게 다가오는 사람은 느슨한 바지, 평직 상의, 갈색 펠트 모자를 착용한 오랜 친구 콤턴이었다.

「무슨 일인가, 오랜 친구?」 콤턴이 말했다.

「다리에 문제가 생겼어.」 그가 말했다. 「아침 식사를 좀 하겠나?」

「고맙네. 하지만 차나 한잔 하겠네. 내가 몰고 온 비행기는 푸스 모스[15]야. 멤사히브는 함께 모시고 가지 못하겠네. 한 사람 탈 공간밖에 없어. 자네의 트럭은 오고 있는 중이야.」

헬렌은 콤턴을 옆에 불러 세우고 그에게 뭔가를 말했다. 콤턴은 아까보다 더 쾌활한 모습으로 다가왔다.

「자네를 지금 당장 후송해야겠네.」 그가 말했다. 「멤사히브는 다시 데리러 오겠네. 연료를 충전하려면 아루샤[16]에서 중간 기착 해야 할 것 같아. 자, 빨리 가는 게 좋겠네.」

「차는 어떻게 하고?」

「별로 생각 없네.」

15 Puss Moth. 유럽산 나방의 일종으로 여기서는 〈작은 비행기〉라는 뜻.
16 Arusha. 킬리만자로 산에서 남서쪽 80킬로미터 지점에 위치한 도시.

아이들이 야전 침대를 든 후 초록색 텐트를 돌아서 바위를 따라 내려가 평지로 나섰고, 이어 밝게 피어오르는 모닥불을 지나갔다. 풀은 모두 타버렸고, 바람이 모닥불을 자그마한 비행기 쪽으로 너울거리게 했다. 그를 비행기 안에 집어넣는 것은 어려운 일이었다. 들어가서 가죽 의자에 등을 기대었고 병든 다리는 콤턴이 앉은 의자 옆으로 뻗었다. 콤턴은 시동을 걸고 안으로 들어왔다. 그는 헬렌과 아이들에게 손을 흔들었다. 엔진 돌아가는 소리가 익숙한 굉음으로 커졌고 그들은 기체를 옆으로 빙 돌렸다. 콤턴은 흑멧돼지 구멍을 살폈고 두 모닥불 사이의 평탄한 길을 덜컹덜컹 굴러가다가 공중으로 솟아올랐다. 그는 아래쪽에 있는 사람들이 서서 손을 흔드는 것을 보았다. 언덕 옆의 캠프는 이제 납작하게 보였고 평지는 더욱 옆으로 퍼져 보였다. 관목 숲이 더욱 평평하게 보였다. 사냥 소로(小路)가 메마른 물웅덩이까지 부드럽게 이어졌고 그가 전에 알지 못했던 새로운 물웅덩이도 보였다. 얼룩말은 이제 둥그런 등이 자그마하게 보였고 머리 부분이 큰 점처럼 보이는 누는 들판에서 기다란 손가락처럼 보였는데 그들 위로 그림자가 드리우자 흩어졌다. 그들은 아주 작게 보였고 뛰어가는 움직임은 없었다. 들판은 시야가 허락하는 범위 내에서 이제 회색과 노란색으로 변했다. 앞에는 오랜 친구 콤턴의 평직 뒷등과 갈색 펠트 모자가 보였다. 이제 그들은 첫 번째 언덕을 넘어갔는데 누들이 그 언덕을 오르고 있었다. 이어 초록색으로 솟아오른 깊은 숲과 단단한 대나무 등성이가 있는 산들을 넘어갔고, 정상과 움푹 들어간 부분에 자리 잡은 깊은 숲이 나타났다. 그것을 넘어가자 언덕들이 아래쪽으로 내려가면서 또 다른 들판이 나타났다. 자주색 섞인 갈색 들판은 열기 때문에 울퉁불퉁해 보였다. 콤턴은 해리의 기분이 어떤지 알아보기 위해 뒤를 돌아보았다. 또 다른 산들이 앞에 어둡게 나타났다.

그들은 아루샤로 가지 않고 왼쪽으로 방향을 틀었다. 그는 기름이 충분한가 보다 하고 추측했다. 아래쪽을 내다보면서 그는 땅 위에서 움직이는 핑크색 구름을 보았다. 그리고 공중에서 어디선가 느닷없이 불어온 첫 눈보라처럼 메뚜기 떼가 나타났다. 그는 그것이 남쪽에서 올라오는 것임을 알았다. 메뚜기 떼는 상공으로 올라가기 시작했고 동쪽으로 가는 듯했다. 곧 주위가 어두워졌고 그들은 비바람에 갇혔다. 비가 너무 세차게 내려 그들은 폭포를 통과하여 날아가는 것 같았다. 그들이 비의 장막을 벗어나자 콤턴이 빙그레 웃으면서 앞을 가리켰다. 해리는 세상처럼 넓고, 크고, 높고, 햇빛 속에 아주 하얗게 빛나는 킬리만자로의 네모난 꼭대기를 볼 수 있었다. 그는 그 정상이 그가 가는 곳임을 알았다.

바로 그때 하이에나가 밤의 어둠 속에서 흐느낌 소리를 멈추었고 기이하면서도 사람 같은, 거의 울먹이는 소리를 냈다. 여자는 잠결에 그 소리를 들었고 불안하게 몸을 뒤척였다. 그러나 깨어나지는 않았다. 꿈속에서 그녀는 롱아일랜드의 집에 있었고 그녀의 딸이 사교계에 데뷔하기 전날 밤이었다. 어쩐 일인지 그 딸의 아버지가 거기 있었고 그는 아주 무레하게 굴었다. 하이에나의 소음이 너무 커 그녀는 곧 잠에서 깼고 잠시 동안 자신이 어디에 있는지 알지 못했다. 그녀는 겁이 났다. 그녀는 손전등을 들고서 해리가 잠든 뒤에 텐트 안으로 들인 야전 침대를 비추었다. 그녀는 모기장 아래에 누워 있는 그의 몸을 볼 수 있었다. 그는 한쪽 다리를 침대 밖으로 내놓은 채 침대 가장자리에 늘어져 있었다. 붕대가 모두 내려와 있어서 그녀는 그것을 똑바로 쳐다볼 수가 없었다.

「몰로.」 그녀가 소리쳤다. 「몰로! 몰로!」

이어 그녀는 외쳤다. 「해리, 해리!」 그녀의 목소리가 높아졌다. 「해리! 제발, 오, 해리!」

아무런 대답이 없었고 그녀는 그의 숨소리를 들을 수 없었다.

텐트 바깥에서는 하이에나가 그녀를 깨운 기이한 소리를 계속 내고 있었다. 하지만 그녀는 가슴이 두근거려서 그 소리를 듣지 못했다.

프랜시스 매코머의 짧고 행복한 생애

이제 점심시간이었고 그들은 아무 일도 벌어지지 않은 척하면서 식사용 텐트의 이중 녹색 날개[1] 밑에 모두 앉아 있었다.

「라임 주스를 들겠소, 아니면 레몬스퀴시를?」 매코머가 물었다.

「김렛[2]으로 하겠습니다.」

「나도 김렛으로 하겠어요. 뭔가 마셔야 할 것 같아요.」 매코머의 아내가 말했다.

「그걸로 하는 게 좋겠군.」 매코머가 동의했다. 「저 애한테 김렛 세 개를 만들라고 말해 주시오.」

식사 담당 소년은 이미 김렛을 만들기 시작했다. 그 아이는 냉동용 캔버스 가방들에서 병들을 꺼내 들었다. 그 가방들은 텐트를 가리는 나무들 사이로 불어오는 바람 속에서 축축하게 젖어 있었다.

「쟤들에게 얼마를 주면 좋겠소?」 매코머가 물었다.

1 천막 입구의 가림 천.
2 gimlet. 진과 라임 주스를 섞은 칵테일.

「1퀴드³면 충분합니다.」월슨이 그에게 말했다. 「애들 버릇을 나쁘게 들이면 안 되니까.」

「그럼 애들 대장이 나눠 줍니까?」

「그렇죠.」

프랜시스 매코머는 30분 전에 요리사, 심부름 소년들, 동물 가죽 벗기는 사람, 짐꾼 등의 팔과 어깨에 실려 의기양양하게 캠프의 가장자리에서 텐트로 돌아왔다. 엽총 도우미는 그 행사에 끼지 않았다. 원주민 아이들이 그를 텐트 문 앞에 내려놓자, 그는 아이들과 일일이 악수를 하여 그들의 축하를 받았다. 그러고 나서 텐트 안으로 들어가 침대 가장자리에 앉았는데 곧 아내가 들어왔다. 그녀는 그에게 아무런 말도 하지 않았다. 그는 곧바로 텐트 밖으로 나왔다. 텐트 밖에 있는 휴대용 세숫대야에서 얼굴과 손을 씻고 그다음에는 식사용 텐트 쪽으로 걸어가 편안한 캔버스 천 의자에 앉아 시원한 바람과 그늘을 즐길 생각이었다.

「당신은 사자를 잡았어요.」로버트 월슨이 그에게 말했다. 「그것도 아주 멋진 놈으로 말입니다.」

매코머 부인은 재빨리 월슨을 쳐다보았다. 그녀는 뛰어난 미모와 사회적 지위를 갖춘 매우 아름답고 유복한 여자였다. 5년 전에 그녀는 그 미모 덕분에 자신이 직접 사용하지도 않는 제품을 추천하고 사진을 함께 찍어 주는 대가로 5천 달러를 받았다. 매코머와 결혼한 지는 11년이 되었다.

「멋진 사자야. 그렇지 않아, 여보?」매코머가 말했다. 그의

3 *quid.* 파운드를 뜻함.

아내는 이제 남편을 쳐다보았다. 그녀는 한평생 매코머와 윌슨을 만난 적이 없는 것처럼 그들을 쳐다보았다.

그중 한 사람인 백인 사냥꾼 윌슨은 그녀가 전에 한 번도 만나 본 적이 없는 남자였다. 그는 중키였고 머리칼은 옅은 갈색이었으며 콧수염은 짧고 뭉툭했다. 얼굴은 아주 붉었고 눈빛은 시릴 정도로 차가운 푸른색이었는데 미소를 지을 때마다 눈 가장자리에 희미한 주름이 잡혔다. 그는 이제 그녀에게 미소를 짓고 있었다. 그녀는 그의 얼굴에서 시선을 돌려 헐렁한 상의 안에 굽어 있는 그의 어깨를 바라보았다. 상의 왼쪽, 호주머니가 있었을 법한 자리에는 네 개의 커다란 탄창이 고리를 이루며 고정되어 있었다. 그녀는 그의 커다란 갈색 손과, 낡은 바지, 매우 지저분한 부츠를 바라보고서 다시 그의 붉은 얼굴로 시선을 돌렸다. 구운 것 같이 붉은 그의 얼굴은 스테트슨 모자[4]를 오래 쓰고 있어 생긴 하얀 선에서 끝났다. 그 모자는 텐트 기둥의 모자걸이에 걸려 있었다.

「자, 사자를 위해 건배.」로버트 윌슨이 말했다. 그는 그녀에게 다시 미소 지었다. 하지만 그녀는 같이 웃어 주지 않으면서 기이하다는 듯이 남편을 쳐다보았다.

프랜시스 매코머는 아주 키가 컸고, 골격은 그리 크지 않았지만 잘 단련된 몸매의 남자였다. 얼굴은 그을려서 거무스름했고 머리는 조정 선수처럼 짧게 깎았고, 입술은 다소 얇은, 잘생겼다고 할 수 있는 남자였다. 그는 윌슨과 똑같이 사파리 복장을 입었지만, 새것이라는 점만 달랐다. 그는 서른다섯

4 챙이 넓고 운두가 높은 카우보이모자. 스테트슨은 상표명.

살이었고 몸매를 날렵하게 유지했으며, 테니스 등 코트에서 하는 게임을 잘했고, 월척 낚시 기록을 여러 개 보유하고 있으며, 방금 자신이 겁쟁이라는 사실을 만천하에 드러냈다.

「자, 사자를 위해 건배.」 그가 말했다. 「당신의 공로에 대해 고맙다는 인사도 하지 못했네.」

그의 아내 마거릿은 그에게서 고개를 돌려 윌슨을 바라보았다.

윌슨은 웃지 않는 얼굴로 그녀를 보았고 그녀는 이제 그에게 미소를 지어 보였다.

「오늘은 아주 이상한 날이에요.」 그녀가 말했다. 「천막 아래일지라도 정오에는 모자를 써야 하는 거 아니에요? 당신이 내게 그렇게 말했잖아요.」

「다시 쓸 수도 있죠.」 윌슨이 말했다.

「얼굴이 아주 붉어요, 윌슨 씨.」 그녀가 그에게 말하면서 다시 미소 지었다.

「술 때문이죠.」 윌슨이 대답했다.

「난 그렇게 생각하지 않아요.」 그녀가 말했다. 「프랜시스도 술을 상당히 마시지만 얼굴은 전혀 붉어지지 않죠.」

「오늘은 붉어졌어.」 매코머가 농담을 시도했다.

「아니에요.」 마거릿이 말했다. 「오늘은 내 얼굴이 붉어졌어요. 하지만 윌슨 씨는 언제나 붉어요.」

「인종이 달라서일 겁니다.」 윌슨이 말했다. 「내 얼굴을 더 이상 화제로 삼지 않았으면 좋겠는데요.」

「난 막 얘기를 시작했는데.」

「그 얘기는 그만합시다.」 윌슨이 말했다.

「대화하기가 정말 어렵군요.」 마거릿이 말했다.

「바보 같은 소리 하지 마, 마고.」 그녀의 남편이 말했다.

「괜찮아요.」 윌슨이 말했다. 「아주 멋진 사자를 잡았잖아요.」

마고는 두 남자를 쳐다보았다. 그들은 그녀가 곧 울려고 한다는 것을 알았다. 윌슨은 벌써 전부터 그런 일이 벌어지리라는 것을 예상했고 그것을 두려워했다. 매코머는 이미 두려움의 단계에서 벗어나 있었다.

「그런 일이 벌어지지 않았더라면 좋았겠어요. 오, 그런 일이 일어나지 않았더라면 좋았을 텐데.」 그녀는 그렇게 말하면서 텐트로 달려갔다. 소리 내어 울지는 않았지만 그들은 장밋빛의 자외선 차단 셔츠에 싸인 그녀의 어깨가 들썩이는 것을 보았다.

「여자들은 곧잘 당황하지요.」 윌슨이 키 큰 남자에게 말했다. 「아무것도 아닙니다. 긴장되어서 이런저런 일이 거슬리는 겁니다.」

「아닙니다.」 매코머가 말했다. 「나는 평생 동안 저런 대접을 받게 되었어요.」

「말도 안 되는 소리. 위대한 사냥꾼의 기질을 좀 발휘하도록 합시다.」 윌슨이 말했다. 「아까 일은 잊어버리세요. 그게 뭐 그리 대수입니까?」

「노력해 보겠습니다.」 매코머가 말했다. 「하지만 당신이 내게 해준 일은 잊지 않겠습니다.」

「천만의 말씀.」 윌슨이 말했다. 「별로 대단치 않은 거였습니다.」

그들은 그늘에 앉아 있었다. 캠프는 위가 넓은 아카시아 나무들 아래에 설치되어 있었고 나무들 뒤에는 돌투성이 벼랑이 솟아 있었다. 앞쪽으로는 풀밭이 돌 많은 시냇물의 둑까지 뻗어 있었고 냇물 뒤에는 숲이 있었다. 그들은 서로의 시선을 피하여 시원한 라임 칵테일을 마셨다. 아이들은 테이블 위에 점심 식사를 준비하고 있었다. 윌슨은 아이들도 그 사건에 대해서 모두 알고 있다는 느낌이 들었다. 매코머의 몸종 노릇을 하는 아이는 테이블 위에 그릇을 내려놓으면서 주인을 이상하다는 눈빛으로 슬쩍슬쩍 쳐다보았다. 윌슨은 아이의 그런 모습을 보고서 스와힐리어로 날카롭게 말했다. 아이는 얼굴이 창백해지면서 고개를 돌렸다.

「아이에게 뭐라고 말했습니까?」 매코머가 물었다.

「별거 아닙니다. 좋은 낯빛을 하지 않으면 센 놈으로 열다섯 개 주겠다고 했어요.」

「그게 뭡니까? 매질?」

「매질은 불법이지요.」 윌슨이 말했다. 「규정상으로는 아이들에게 벌금을 매기라고 되어 있어요.」

「여전히 아이들에게 매질을 합니까?」

「그렇습니다. 아이들이 당국에다 불평을 한다면 큰 소동이 벌어지겠지요. 하지만 불평하지 않아요. 벌금보다 매질을 더 좋아합니다.」

「정말 이상하군요!」 매코머가 말했다.

「별로 이상할 것도 없어요.」 윌슨이 말했다. 「당신이라면 어떻게 하겠습니까? 매질을 당하겠습니까 아니면 봉급을 몰수당하겠습니까?」

매코머는 괜한 질문을 했다고 생각하며 당황했고 뭔가 대답하기 전에 윌슨이 계속 말했다. 「우리는 모두 날마다 매질을 당하고 있습니다. 이런 식으로 혹은 저런 식으로.」

이거 참, 이 대화도 별로 신통치 않게 돌아가는데, 하고 그는 생각했다. 좀 더 외교적으로 행동해야겠어.

「그래요. 우리는 매질을 당하지요.」 매코머가 윌슨을 여전히 쳐다보지 않은 채 말했다. 「오전의 사자 건은 정말 미안합니다. 이 소문이 더 멀리 퍼져 나가지는 않겠지요? 내 말은, 다른 사람들한테는 전해지지 않았으면 좋겠다는 겁니다.」

「내가 마타이가 클럽에서 이 얘기를 할 거라고 생각합니까?」 윌슨은 이제 차가운 시선으로 그를 쳐다보았다. 그는 그런 얘기는 기대하지 않았다. 이 친구 알고 보니 아주 비겁한 데다 되먹잖은 쌍놈이군그래. 윌슨은 생각했다. 오늘 오전까지만 해도 저자가 좀 마음에 들었지. 하지만 미국인이란 알 수 없는 족속이야.

「물론 퍼져 나가지 않지요.」 윌슨이 말했다. 「나는 직업 사냥꾼입니다. 고객들에 대해서는 절대 떠벌리지 않아요. 그 점은 안심하셔도 됩니다. 그러니 우리 같은 사람에게 떠벌리지 말라고 부탁하는 건 실례입니다.」

그는 아예 이 미국인 부부와 따로 행동하는 것이 더 좋겠다고 생각했다. 그러면 그는 혼자서 식사할 수 있고 식사하면서 책을 읽을 수도 있을 것이다. 부부는 그들끼리 식사를 해야 하리라. 따로 행동하면서 그는 아주 공식적인 관점에서 부부의 사파리가 끝날 때까지 도와주기만 하면 될 터였다. 이걸 프랑스 말로 뭐라고 하더라? 그래, 〈초연한 배려〉라고 하지. 그렇게 하는 것이 이런 감정적 쓰레기를 뒤집어쓰는 것보다 한결 수월할 듯했다. 아니면 그를 모욕하고 아주 깨끗하게 따로 행동하겠다고 선언할 수도 있다. 그러면 그는 식사를 하면서 책을 읽을 수도 있고 그러면서도 여전히 그들의 위스키를 마실 수 있다. 그게 사파리가 엉망진창이 되었을 때 직업 사냥꾼이 쓰는 표현이었다. 가령 다른 백인 사냥꾼이 〈일은 잘 되어 가?〉라고 물어 왔을 때, 〈오, 아직도 그들의 위스키는 마시고 있어〉라는 대답이 나오면, 모든 것이 엉망진창이 되었다는 뜻이다.

「미안합니다.」 매코머가 전형적인 미국인의 얼굴을 들어 그를 쳐다보며 말했다. 그것은 한참 동안 청년의 얼굴로 있다가 어느 날 갑자기 중년이 되어 버린 얼굴이었다. 윌슨은 그의 짧게 깎은 머리, 희미하게 움직이는 부드러운 눈빛, 오뚝한 코, 얇은 입술, 잘생긴 턱을 쳐다보았다. 「미처 알지 못해 죄송합니다. 나는 모르는 게 너무 많습니다.」

자, 이제 어쩌지, 하고 윌슨은 생각했다. 그는 따로 행동하겠다고 재빠르고도 분명하게 말할 생각이었는데, 저놈이 실컷 모욕해 놓고는 사과를 해오는 것이다. 그는 한 번 더 참아주기로 했다. 「내가 떠벌리는 것에 대해서는 걱정하지 마세요.」 그가 말했다. 「나도 생계를 유지해야 합니다. 아프리카에서는 여자라도 사자를 놓치는 법이 없고 백인 남자가 겁먹고 도망치는 법은 더더욱 없습니다.」

「그런데 나는 토끼처럼 달아났죠.」 매코머가 말했다.

야, 저렇게 노골적으로 나오는 놈한테는 어떻게 대해야 하지, 하고 윌슨은 생각했다.

윌슨은 무표정하고 냉정한 기관총 사수의 눈빛으로 매코머를 바라보았고 상대방은 그에게 미소를 지었다. 그 미소는 상냥해 보였다. 하지만 눈빛에 상처의 그림자가 어른거린다는 게 문제였다.

「어쩌면 물소 사냥 때 만회할 수 있을지 모르겠습니다.」 그가 말했다. 「다음은 물소 사냥이지요?」

「내일 아침입니다.」 윌슨이 말했다. 어쩌면 그가 잘못 짚은 것인지도 몰랐다. 하지만 이렇게 반응하는 것이 꼬인 상황을 풀어 나가는 가장 확실한 방법이었다. 빌어먹을 미국인은 어디로 튈지 알 수 없는 럭비공이었다. 그는 매코머를 다시 한 번 적극적으로 밀어주기로 했다. 물론 오늘 아침 일을 잊어버릴 수 있다면 말이다. 하지만 그건 잊을 수가 없다. 아침의 사건은 정말 최악이었던 것이다.

「멤사히브가 옵니다.」 그가 말했다. 그녀는 텐트 쪽에서 걸어왔는데 한결 피로를 회복해 쾌활하고 또 아주 사랑스러워 보였다. 그녀의 얼굴은 완벽한 타원형이었다. 너무나 완벽하여 일견 멍청해 보이기까지 했다. 아니야, 그녀는 멍청하지 않아. 윌슨은 생각했다. 멍청하다니 무슨 소리.

「잘생긴 붉은 얼굴의 사나이, 윌슨 씨는 기분이 어떠세요? 프랜시스, 당신도 기분이 좀 좋아졌나요, 나의 진주?」

「한결 좋아졌어.」매코머가 말했다.

「난 그 일을 완벽하게 잊어버렸어요.」그녀가 테이블에 앉으며 말했다. 「프랜시스가 사자를 잘 잡는 게 무슨 큰 의미가 있어요? 그건 그의 전공이 아니에요. 윌슨 씨의 전공이죠. 윌슨 씨는 뭐든지 멋지게 죽여요. 당신은 뭐든지 다 잘 죽이죠, 그렇죠?」

「뭐든지.」윌슨이 말했다. 「뭐든지 다.」저런 여자들은, 윌슨은 생각했다. 세상에서 가장 단단하지. 가장 단단하고, 가장 잔인하고, 그리고 가장 포악하고 또 가장 매력적이지. 저런 여자들이 저처럼 단단해지면 그들의 남자는 흐물흐물해지거나 정신이 혼미해져 버리지. 아니면 저런 여자들이 만만한 남자들만 고르는 걸까? 결혼 적령기에 그 정도로 많이 알지는 못할 텐데, 하고 그는 생각했다. 그는 전에 미국 여자들을 많이 겪어 봐서 나름대로 그들을 다루는 요령이 있는 걸 다행으로 생각했다. 이 여자는 아주 매력적이기 때문에 더욱 그런 요령이 도움이 되었다.

「내일 아침에 물소 사냥에 나설 겁니다.」그가 그녀에게 말했다.

「나도 따라갈게요.」그녀가 말했다.

「아니요. 따라오지 마세요.」

「아니요. 따라갈 거예요. 가도 되죠, 프랜시스?」

「캠프에 있는 게 낫지 않아?」

「절대로 안 있을 거예요.」그녀가 말했다. 「오늘 오전 일 같은 걸 결코 놓치지 않을 거예요.」

아까 자리를 떴을 때, 하고 윌슨은 생각했다. 저 여자는 울러 갔지. 그때 정말 멋진 여자 같았어. 사태를 이해하고 깨닫고 또 남편과 자기 자신의 체면 때문에 상심했고 문제가 심각하다는 걸 잘 알았어. 그런데 20분만에 되돌아와서는 완전히 딴사람이 되어 버렸어. 미국년의 전형적인 잔인함으로 온통 도배를 했군. 미국년들은 정말 못돼 먹었어. 아주 빌어먹을 년들이야.

「내일 당신을 위해 또 다른 쇼를 보여 줄게.」 프랜시스 매코머가 말했다.

「당신은 오지 마세요.」 윌슨이 말했다.

「뭔가 오해하고 계시는군요.」 그녀가 그에게 말했다. 「난 당신이 또 다른 연기를 펼치는 걸 보고 싶어요. 당신은 오늘 오전에 아주 멋있었어요. 동물의 대가리를 날려 버리는 게 멋있는 거라면 말이에요.」

「점심이 준비되었습니다.」 윌슨이 말했다. 「당신은 아주 쾌활하군요.」

「그럼요. 난 따분하게 앉아 있으려고 여기 나온 게 아니에요.」

「그래요. 따분하지는 않았지요.」 윌슨이 말했다. 그는 시냇물 속의 돌들과 나무들이 있는 그 너머의 강둑을 바라보았다. 그는 아침의 사건을 떠올렸다.

「따분하다니요?」 그녀가 말했다. 「오히려 매혹적이었지요. 그리고 내일. 난 정말 내일이 기다려져요.」

「일런드 고기가 나왔군요.」 윌슨이 말했다.

「일런드는 덩치 큰 소 같은 동물이죠? 토끼처럼 잘 뛰고 말이에요.」

「적절한 묘사인 것 같군요.」 윌슨이 말했다.

「고기 맛이 아주 좋은데.」 매코머가 말했다.

「당신이 쏜 짐승인가요, 프랜시스?」 그녀가 물었다.

「응.」

「위험한 동물은 아니죠?」

「그 동물이 당신을 덮치지 않는 한.」 윌슨이 그녀에게 말했다.

「잘됐네요.」

「마고, 그 싸가지 없는 말 좀 그만두지 못해?」 매코머가 날카롭게 말했다. 그는 일런드 스테이크를 잘랐고 고기를 관통한 포크 위에다 으깬 감자, 육즙, 당근을 얹었다.

「그래야겠네요.」 그녀가 말했다. 「당신이 그렇게 우아하게 말하니.」

「오늘 밤 우리는 사자 포획을 축하하는 샴페인을 터뜨릴 겁니다.」 윌슨이 말했다.

「낮에는 너무 덥군요.」

「아, 사자.」 마고가 말했다. 「그 사자를 잊어버렸네요!」

그래. 로버트 윌슨은 생각했다. 저 여자가 남편을 엿 먹이고 있군. 이런 식으로 엿 먹이는 게 저 여자가 좋은 외양을 유지하는 방식인가? 남편이 영 형편없는 겁쟁이라는 사실을 알았을 때, 여자는 어떻게 행동해야 하지? 저 여자는 정말 잔인하군. 하지만 여자들은 모두 잔인해. 여자들이 세상을 통치하지. 그리고 통치를 하려면 때때로 잔인해져야 해. 난 말이야, 여자들의 그 빌어먹을 잔인한 테러를 질리도록 보아왔다고.

「고기 좀 더 드세요.」 그가 그녀에게 공손하게 말했다.

그날 오후 늦게 윌슨과 매코머는 원주민 운전사와 엽총 도우미 두 명을 데리고 드라이브를 나갔다. 매코머 부인은 캠프에 머물렀다. 그녀는 밖에 나가기에는 너무 덥다고 하면서 내일 아침 일찍 함께 가겠다고 말했다. 차를 몰고 가면서 윌슨은 큰 나무 아래 서 있는 그녀를 보았다. 희미한 장밋빛 카키복을 입은 그녀는 아름답다기보다 귀엽게 보였다. 검은 머리카락은 이마 뒤로 바싹 당겨서 목 아래쪽에 매듭으로 묶어 놓았다. 그녀의 얼굴은 마치 영국에 와 있는 것처럼 신선하군. 윌슨은 생각했다. 그녀는 그들을 향해 손을 흔들었고 자동차는 풀들이 웃자란 저지를 통과해 커브를 틀며 숲을 가로질러 과일나무 숲이 있는 낮은 언덕으로 들어갔다.

과일나무 숲에서 그들은 임팔라 한 무리를 발견했다. 그들은 차에서 내려 길고 넓게 뻗친 뿔을 단 수컷 임팔라를 향해 살금살금 다가갔다. 매코머는 2백 야드는 좋이 떨어진 곳에서 아주 멋지게 쏘아 그 수컷을 곧바로 죽였다. 임팔라 떼는 혼비백산하여 서로의 등을 뛰어넘으며 미친 듯 달아났다. 임팔라 떼가 달리는 광경은 마치 공중에 둥둥 떠가는 듯한 기분이 들 정도로, 꿈속에서나 볼 법한 장관이었다.

「아주 잘 쏘았습니다.」 윌슨이 말했다. 「매우 작은 표적인데도.」

「머리를 정확하게 맞힌 겁니까?」 매코머가 물었다.

「훌륭합니다.」 윌슨이 그에게 말했다. 「앞으로 그렇게만 쏜다면 아무 문제 없을 겁니다.」

「내일 아침 물소를 만날 것 같습니까?」

「가능성이 높아요. 물소는 아침 일찍 먹이를 찾아 나서죠. 탁 트인 곳에서 물소 떼를 만날지도 모릅니다.」

「사자 사건을 만회하고 싶습니다.」 매코머가 말했다. 「아내한테 그런 꼴을 보이다니 별로 유쾌하지 않았습니다.」

마누라가 있든 없든 그런 짓을 한다는 것은 유쾌한 일이 못 되지. 윌슨은 생각했다. 그 일에 대해 나중에 지껄이는 것도 재미없긴 마찬가지야. 하지만 그는 이렇게 말했다. 「나는 그 일에 대해 더 이상 생각하지 않습니다. 처음 사자를 만나면 누구나 그렇게 당황합니다. 그건 다 끝난 일이에요.」

그날 밤 매코머는 저녁 식사를 하고 모닥불 곁에서 위스키소다를 마신 후 자리에 누웠다. 모기장을 두른 야전 침대 위에서 밤의 소음을 들으며, 매코머는 그 사건이 끝난 게 아님을 알았다. 그것은 끝난 것도 아니고 그렇다고 시작하는 것도 아니었다. 그건 오전에 벌어진 그대로 남아 있었다. 그 사건 중 어떤 부분은 지워 버릴 수 없을 정도로 생생하게 기억되었고 그것이 너무나 부끄러웠다. 하지만 수치심보다 차갑고 텅 빈 공포가 그의 내부에서 꿈틀거렸다. 예전에 자신감이 들어차 있던 자리에 이제 차가운 진흙 같은 공포가 가득했다. 그 공포 때문에 그는 메스꺼움을 느꼈다. 그 사건은 여전히 그와 함께 생생하게 남아 있었다.

그 공포는 지난밤에 시작되었다. 그는 밤중에 잠에서 깨 강 근처 어딘가에서 으르렁거리는 사자의 울음소리를 들었다. 깊은 저음이었고 소리가 끝나 갈 무렵에 간간히 기침 소리가 섞여 그 포효가 마치 텐트 바로 앞에서 들려오는 것 같았다. 프랜시스 매코머는 밤중에 그 소리를 듣고서 겁을 집어먹었다. 그의 아내는 아주 평온하게 숨을 쉬며 자고 있었다. 무섭다고 얘기할 사람도 없었고 그와 함께 두려움을 나눌 사람도 없었다. 혼자 누워 있던 그는 이런 소말리아 속담이 있다는 것을 알지 못했다. 〈용감한 남자는 언제나 사자 때문에 세 번 겁을 집어먹는다. 사자의 발자국을 처음 보았을 때, 사자의 울음소리를 처음 들었을 때, 사자와 처음 맞닥뜨렸을 때.〉 그들이 해 뜨기 전 식당 텐트의 기다란 등 옆에서 아침 식사를 할 때 사자가 다시 으르렁거렸다. 프랜시스는 사자가 캠프 바로 가장자리까지 와 있다고 생각했다.

「늙은 놈인 것 같은데.」로버트 윌슨이 훈제 청어와 커피에서 고개를 쳐들며 말했다. 「저놈의 기침 소리가 들리지요?」

「아주 가까이 와 있나요?」

「시내 위쪽으로 1마일쯤 떨어진 곳입니다.」

「저놈을 직접 보게 될까요?」

「어디 두고 봅시다.」

「사자 울음소리가 이렇게 멀리까지 전달됩니까? 놈이 마치 캠프 가장자리에 와 있는 듯한데요.」

「아주 멀리까지 울려 퍼지지요.」로버트 윌슨이 말했다. 「이상하게도 멀리까지 들린다니까요. 총으로 쏠 정도의 덩치는 돼야 할 텐데. 애들 말로는 이 근처에 아주 덩치가 큰 놈이 있다는 거예요.」

「총을 쏴야 한다면 어딜 쏴야 합니까?」 매코머가 물었다. 「저놈을 멈추게 하려면 말입니다.」

「어깨를 쏴야 합니다.」 윌슨이 말했다. 「할 수만 있다면 목이 더 좋지요. 뼈를 쏴야 해요. 놈을 아주 박살 내는 거죠.」

「정확히 그곳에다 쏠 수 있으면 좋겠는데.」 매코머가 말했다.

「당신은 총을 잘 쏩니다.」 매코머가 그에게 말했다. 「서두르지 말고 천천히 겨냥해요. 놈의 위치를 정확히 파악해요. 첫발이 잘 들어가야 해요. 그게 중요합니다.」

「쏠 수 있는 거리는 어느 정도지요?」

「알 수 없어요. 사자의 움직임에 따라 다른 거죠. 아무튼 사자가 가까이 와서 위치를 정확하게 파악할 때까지는 쏘면 안 돼요.」

「1백 야드 이내인가요?」 매코머가 물었다.

윌슨은 재빨리 그를 쳐다보았다.

「1백 야드면 적당하지요. 어쩌면 그보다 더 가까워야 할지 모릅니다. 그 거리를 넘어서면 쏴봐야 별 효과가 없습니다. 1백 야드면 괜찮아요. 그 거리에서는 원하는 곳을 맞힐 수 있으니까. 멤사히브가 오네요.」

「굿모닝.」 그녀가 말했다. 「오늘 사자 사냥을 나갈 건가요?」

「부인이 아침 식사를 마치는 대로 나가겠습니다.」 윌슨이 말했다. 「기분은 어떠세요?」

「아주 좋아요.」 그녀가 말했다. 「아주 흥분이 돼요.」

「그럼 가서 모든 게 다 잘 준비되어 있는지 살펴보겠습니다.」 윌슨은 일어섰다. 그가 자리를 뜨는데 사자가 또다시 으르렁거렸다.

「시끄러운 놈이군.」 윌슨이 말했다. 「네놈을 곧 끝장내 주지.」

「프랜시스, 무슨 문제 있어요?」 그의 아내가 물었다.

「없어.」 매코머가 말했다.

「있는데요.」 그녀가 말했다. 「무엇 때문에 그리 심란해요?」

「문제없다니까.」 그가 말했다.

「말해 봐요.」 그녀가 그를 쳐다보았다. 「몸 상태가 안 좋아요?」

「저 빌어먹을 울음소리 때문이야.」 그가 말했다. 「밤새 울어 젖혔다니까.」

「왜 나를 안 깨웠어요?」 그녀가 말했다. 「난 저 소리를 기분 좋게 들었을 텐데.」

「난 저 빌어먹을 놈을 죽여야 해.」 매코머가 비참한 목소리로 말했다.

「아니, 뭐예요? 그러자고 여기 나온 거 아니에요?」

「그래. 하지만 긴장이 돼. 저 울음소리가 신경에 거슬려.」

「그럼 윌슨이 말한 것처럼 저놈을 끝장내서 울음소리를 그치게 해요.」

「알았어, 여보.」 프랜시스 매코머가 말했다. 「쉬운 일이야, 그렇지?」

「당신, 두려워하는 건 아니죠?」

「물론이지. 밤새 저 울음소리를 들었더니 좀 신경이 날카로워졌을 뿐이야.」

「당신은 저놈을 멋지게 죽일 거예요.」 그녀가 말했다. 「난 알아요. 정말 그 광경을 보고 싶어요.」

「어서 식사를 끝내. 그리고 출발하자고.」

「아직 날이 밝지 않았어요.」 그녀가 말했다. 「좀 어정쩡한 시간이에요.」

바로 그때 사자가 깊은 저음으로 신음 소리를 내뱉었다. 그 소리는 갑자기 후두음이 되어 높은 진동으로 위로 치솟아 공기를 찢어 놓았고 한숨과 묵직하고 낮은 투덜거림으로 잦아들었다.

「소리를 들어 보면 이 근처 어디 있는 것 같은데요.」 매코머의 아내가 말했다.

「젠장.」 매코머가 말했다. 「저 빌어먹을 소리, 정말 귀에 거슬리는군.」

「아주 인상적인데요.」

「인상적이라고? 공포스럽기만 한데.」

로버트 윌슨은 짧고 못생기고 구경이 큰 505 기브스 엽총을 들고 다가와 빙그레 웃었다.

「자, 갑시다.」 그가 말했다. 「당신의 엽총 도우미가 스프링필드 소총과 큰 엽총을 들고 있어요. 모든 걸 차 안에 실어 놓았습니다. 실탄 갖고 있죠?」

「예.」

「난 준비가 됐어요.」 매코머 부인이 말했다.

「저놈의 울음소리를 끝장내야 합니다.」 윌슨이 말했다. 「당신은 앞좌석에 타십시오. 멤사히브는 뒷좌석에 저와 함께 타세요.」

그들은 자동차에 올랐고 희끄무레한 아침의 첫 햇빛 속에 숲 속을 관통해 강 위쪽으로 올라갔다. 매코머는 소총의 개머리판을 열고서 금속 탄환이 들어 있는 것을 보았고 노리쇠를 잡아당겨 원위치 시킨 다음 소총의 안전장치를 잠금에다 놓았다. 그는 자신의 손이 떨리는 것을 보았다. 그는 호주머니에 손을 넣어 탄창이 있는지 확인했고 상의 앞쪽에 고리형으로 고정시킨 탄창들을 손가락으로 더듬었다. 그러고는 고개를 뒤로 돌려 윌슨이 문 없는 박스형 자동차 뒷좌석에 아내와 함께 앉아 있는 것을 보았다. 두 사람은 들떠서 웃고 있었다. 윌슨은 상체를 앞으로 수그리며 속삭였다.

「저기 새들이 수직 강하하는 것을 좀 보십시오. 그 늙은 놈이 죽여 버린 먹이를 좀 남겨 놓았다는 뜻입니다.」

매코머는 먼 쪽의 강둑을 쳐다보았다. 나무들 위에서 독수리들이 빙빙 돌다가 갑자기 수직 강하했다.

「이제 놈이 물가로 목을 축이러 나올 가능성이 있습니다.」 윌슨이 속삭였다. 「놈이 다시 돌아가 쉬기 전에 해치워야 해요. 잘 관찰하십시오.」

그들은 시냇물의 높은 둑을 따라 천천히 차를 달렸다. 그 부근에서 냇물은 돌이 가득한 강바닥까지 깊이 파여 있었다. 그들은 키 큰 나무들 사이를 들어갔다 나왔다 하며 달렸다. 매코머가 반대편 둑을 바라보고 있는데 윌슨이 갑자기 그의 팔을 잡았다. 차가 멈추었다.

「저기 있군요.」 그는 속삭이는 소리를 들었다. 「전방 오른쪽이에요. 저놈을 해치우세요. 아주 멋진 사자입니다.」

매코머는 이제 그 사자를 보았다. 놈은 옆구리를 이쪽으로 드러내 놓은 채 서 있다가 커다란 머리를 쳐들어 그들 쪽으로 돌렸다. 그들을 향해 불어온 이른 아침의 미풍이 놈의 검은 갈기를 약간 흔들었다. 아침의 희끄무레한 햇빛 속에서 강둑에 실루엣을 이루며 서 있는 사자는 거대해 보였다. 어깨는 단단했고 몸통은 부드러운 윤곽을 자랑했다.

「거리는 어느 정도죠?」 매코머가 소총을 들어 올리며 물었다.

「75야드 정도입니다. 차에서 내려서 쏘십시오.」

「왜 여기서 쏘면 안 됩니까?」

「차에서 쏘면 안 됩니다.」 윌슨이 그의 귀에다 대고 말했다. 「저놈이 저기 하루 종일 있지는 않을 겁니다.」

매코머는 앞좌석 옆쪽의 굴곡진 출입구에 발을 내려놓은 다음 계단을 밟고서 땅에 내려섰다. 사자는 여전히 위용을 뽐내며 자기 맞은편에 서 있는 물체를 차갑게 쳐다보았다. 사자의 눈에는 그 물체가 코뿔소 비슷한 실루엣으로만 보였다. 인간의 체취가 아직 사자에게 전달되지 않았고 그래서 사자는 그 물체를 쳐다보며 커다란 머리를 좌우로 가볍게 움직였다. 사자는 두려움 없이 그 물체를 계속 쳐다보았으나, 이런 괴상한 물체가 눈앞에 있는 상황에서 강가로 목을 축이러 내려가는 것을 망설였다. 사자는 한 사람이 그 물체에서 벗어나는 것을 보면서 무거운 머리를 돌려 나무들 사이의 은신처로 가려고 몸을 돌렸다. 그때 사자는 탕 하는 소리를 들었고 구경 .30-06 소총의 220그레인[5] 탄환이 자신의 옆구리에 들어박히는 것을 느꼈다. 탄환은 뱃가죽을 찢어 놓았고 사자의 뱃속 가득히 뜨거운 메스꺼움이 퍼져 나갔다. 배에 상처를 입은 사자는 무거운 발걸음을 돌려 나무들 사이로 들어가 키 큰 풀 속의 은신처로 달아나려 했다. 그때 탕 소리와 함께 총알이 다시 날아와 그의 곁을 스치며 허공을 찢었다. 곧 다시 탕 소리가 났고 총알이 갈빗대 아래쪽에 들어박히면서 살갗을 찢었다. 사자의 입에서 뜨겁고 김이 나는 피가 솟구쳤다. 사자는 키 큰 풀 쪽으로 재빨리 달려갔다. 사자는 그곳에서 보이지 않게 몸을 숨기며 웅크리고 있다가 저 탕 소리를 내는 물체를 가까이 다가오게 하여 마지막 일격을 감행해 그 물체의 소유자를 해치울 생각이었다.

매코머는 차에서 내렸을 때 사자가 어떤 생각을 하고 있는지 미처 생각할 겨를이 없었다. 자신의 손이 떨리고 있다는 것만 알았고 차에서 멀어지면서 다리를 옮겨 놓는 것이 너무 어렵다고만 느꼈다. 허벅지 부분은 뻣뻣했으나 근육이 펄떡거리는 것은 느낄 수 있었다. 그는 소총을 쳐들고 사자의 머리와 어깨의 연결 부분을 보며 방아쇠를 당겼다. 손가락이 아플 때까지 방아쇠를 잡아당겼으나 아무런 일도 일어나지 않았다. 곧 안전장치를 잠금에 놓았다는 것을 깨닫고서 소총을 내려 안전장치를 열림 쪽으로 밀면서 얼어 버린 발걸음

5 무게의 단위. 1그레인은 0.064그램.

을 한 발 앞으로 떼어 놓았다. 사자는 이제 자동차에서 완전히 벗어난 남자의 실루엣을 보았고 몸을 돌려 빠른 속도로 돌진해 왔다. 매코머는 총을 쏘았고 피를 토하는 사자의 비명 소리가 터져 나왔다. 그의 탄환이 명중한 것이다. 그렇지만 사자는 계속 돌진해 왔다. 다시 총을 쏘았으나, 탄환은 달려오는 사자 뒤쪽에서 먼지를 일으켰을 뿐이다. 그는 좀 더 아래쪽을 겨누어야겠다고 생각하며 다시 쏘았다. 구경하던 사람들은 탄환이 명중하는 소리를 들었다. 그러나 매코머가 노리쇠를 후퇴시켜 다시 장전하기도 전에 사자는 갑자기 몸을 돌려 키 큰 풀 쪽으로 재빨리 도망쳤다.

　매코머는 속으로 메스꺼움을 느끼면서 그 자리에 서 있었다. 스프링필드 소총을 쥔 그의 두 손은 아직도 거총 자세였고 부들부들 떨고 있었다. 그의 아내와 로버트 윌슨이 그의 옆에 와서 섰다. 와캄바 말로 지껄이는 두 명의 엽총 도우미들도 그의 옆에 와서 섰다.

　「저놈을 맞혔어요.」 매코머가 말했다. 「두 번이나 맞혔어요.」

　「명중하긴 했지만 너무 앞쪽에 맞았어요.」 윌슨은 별로 신통치 않다는 목소리로 말했다. 엽총 도우미들은 심각한 표정이었다. 그들은 아까와는 달리 아무 말도 하지 않았다.

　「죽었을지도 몰라요.」 윌슨이 말했다. 「잠깐 기다렸다가 저 안으로 들어가서 놈을 찾아내야 해요.」

　「무슨 말이죠?」

　「잠시 아픈 상태로 내버려 두었다가 뒤쫓아 가는 거죠.」

　「오.」 매코머가 말했다.

「저놈은 아주 멋진 사자예요.」 윌슨이 쾌활하게 말했다. 「하지만 엉뚱한 곳에 틀어박혔어요.」

「왜 엉뚱하다는 거죠?」

「그놈과 대면하기 전까지는 놈을 볼 수 없으니까 말입니다.」

「오.」 매코머가 말했다.

「자, 갑시다.」 윌슨이 말했다. 「멤사히브는 여기 차 안에 계세요. 우린 가서 놈이 피 흘린 곳을 살펴보겠습니다.」

「여기 있어, 마고.」 매코머가 아내에게 말했다. 그는 입안이 바싹 말라서 말을 하기도 어려웠다.

「왜요?」 그녀가 물었다.

「윌슨이 그러라잖아.」

「우린 가서 한번 살펴볼 겁니다.」 윌슨이 말했다. 「당신은 여기 계세요. 여기서 더 잘 보일 겁니다.」

「알았어요.」

윌슨이 스와힐리어로 운전사에게 뭐라고 말했다. 운전사는 고개를 끄덕이더니 말했다. 「예, 브와나.」

그러고 나서 그들은 가파른 둑을 내려가 바위를 올라가거나 둘러서 냇물을 건넜고, 비어져 나온 풀뿌리를 잡으면서 반대편 둑으로 올라섰다. 그 둑을 따라 좀 걸어가니 아까 매코머가 처음 총을 쏘았을 때 사자가 달아났던 곳이 나왔다. 짧은 풀 위에는 검은 피가 말라붙어 있었는데 엽총 도우미들이 풀대로 그곳을 가리켰다. 검은 핏방울은 강둑 나무들 뒤쪽까지 뻗어 있었다.

「이제 어떻게 하죠?」 매코머가 물었다.

「별로 선택할 게 많지 않습니다.」 윌슨이 말했다. 「차를 이리로 가져올 수는 없어요. 둑이 너무 가파릅니다. 당신과 나는 사자가 좀 더 지치도록 내버려 두었다가 저 안으로 들어가 놈이 어떻게 되었는지 살펴봐야 합니다.」

「풀밭에 불을 붙이면 안 될까요?」 매코머가 물었다.

「너무 푸르러서 불이 안 붙습니다.」

「몰이꾼을 보낼 수 있지 않을까요?」

윌슨은 이게 무슨 소리야 하는 의아한 표정으로 그를 쳐다보았다. 「물론 보낼 수 있습니다.」 그가 말했다. 「하지만 그건 좀 잔인한 일입니다. 우리는 저 사자가 부상당했다는 걸 알고 있습니다. 부상당하지 않은 사자는 몰 수 있습니다. 놈은 소리보다 앞서 달리니까. 하지만 부상당한 사자는 반격을 해옵니다. 놈에게 아주 가까이 가기 전에는 놈을 볼 수가 없습니다. 도무지 산토끼도 숨어 있지 않을 것 같은 은신처에 완벽하게 숨어 있죠. 몰이꾼을 그런 험지에 들여보낼 수는 없습니다. 큰 부상을 입게 돼요.」

「그럼 엽총 도우미들은요?」

「오, 그들은 우리와 함께 갈 겁니다. 그건 그들의 샤우리[6]이니까. 그렇게 하기로 계약을 했습니다. 하지만 그런 일을 그리 좋아하지는 않지요. 당신도 보셨지요?」

「저 안에 들어가고 싶지 않습니다.」 매코머가 말했다. 그는 자기도 모르게 그 말을 내뱉었다.

「그건 나도 마찬가지입니다.」 윌슨이 아주 쾌활하게 말했

6 shauri. 스와힐리어로 〈의무〉를 뜻함.

다. 「하지만 다른 선택이 없습니다.」 그는 뭔가 생각난 듯이 매코머를 쳐다보았다. 그는 떨고 있었고 얼굴은 못 봐줄 정도로 처량했다.

「물론 당신은 저 안에 들어갈 필요가 없습니다.」 그가 말했다. 「바로 이런 일 때문에 나를 고용한 거지요. 그래서 보수가 그처럼 비싼 겁니다.」

「당신 혼자서 저기 들어가겠다고요? 왜 저놈을 저기 그냥 내버려 두지 않습니까?」

로버트 윌슨은 평생 사자 사냥을 했고 또 사냥과 관련된 문제를 해결하면서 살아온 사람이었다. 약간 겁먹은 사람이라고 느낀 것 이외에 별로 매코머에 대해서 생각해 보지 않았던 윌슨은 호텔의 엉뚱한 문을 열고서 뭔가 수치스러운 광경을 보아 버린 그런 느낌이 들었다.

「무슨 말입니까?」

「놈을 저기 그냥 내버려 두면 어떠냐고요.」

「저놈이 총을 안 맞은 척하자는 겁니까?」

「그런 건 아니고요. 그냥 잊어버리자는 겁니다.」

「안 됩니다.」

「왜 안 됩니까?」

「우선 저놈이 심한 고통을 받게 되니까요. 또 다른 문제는 누군가 무고한 사람이 저놈과 마주칠 수 있다는 거죠.」

「그렇군요.」

「하지만 당신은 이 일에 끼어들지 않을 수도 있습니다.」

「아니, 끼어들고 싶습니다.」 매코머가 말했다. 「약간 겁이

났을 뿐입니다.」

「들어가게 되면 내가 먼저 들어가겠습니다.」 윌슨이 말했다. 「콩고니가 내 앞에서 사자의 흔적을 쫓을 겁니다. 당신은 내 뒤에서 약간 옆으로 서 있으세요. 놈이 으르렁거리는 소리를 들을 가능성이 있습니다. 만약 그놈을 보게 된다면 우리 둘이서 동시에 쏘는 겁니다. 조금도 걱정하지 마십시오. 당신을 계속 엄호하겠습니다. 아니, 당신은 안 들어가는 게 더 좋을지도 모르겠군요. 그렇게 하는 게 한결 낫겠어요. 내가 저 안에 들어가 해치우는 동안 차로 가서 멤사히브랑 함께 있겠습니까?」

「아니요. 따라가고 싶습니다.」

「좋아요.」 윌슨이 말했다. 「하지만 싫다면 안 들어가도 됩니다. 이건 나의 샤우리니까.」

「가고 싶습니다.」

그들은 나무 밑에 앉아 담배를 피웠다.

「우리가 기다리는 동안 멤사히브에게 되돌아가 말을 건네고 싶습니까?」 윌슨이 물었다.

「아니요.」

「내가 잠깐 가서 그녀에게 조금만 참고 기다리라고 말하겠습니다.」

「좋아요.」 매코머가 말했다. 그는 나무 밑에 계속 앉아 있었다. 겨드랑이에서는 땀이 흐르고, 입안은 바짝 타들어 가고, 속은 텅 빈 것 같았다. 윌슨에게 혼자 숲 속에 들어가 사자를 해치우라고 말할 용기가 자신에게 없는 것이 안타까웠다. 그는 윌슨이 화를 내고 있다는 것도 알지 못했다. 매코머는 방금 전에 자신이 어떤 반응을 보였는지 전혀 깨닫지 못했고, 또 윌슨이 그의 아내를 안심시키기 위해 일부러 차에 가는 것인데도 그런 사실을 눈치채지 못했다. 그러니 윌슨이 화를 낼 수밖에. 잠시 앉아 있으니 윌슨이 돌아왔다. 「당신의 대형 엽총을 가져왔습니다.」 그가 말했다. 「받으세요. 놈에게 충분한 시간을 주었어요. 자, 갑시다.」

매코머는 대형 엽총을 받아 들었고 윌슨이 말했다.

「내 뒤에서 오른쪽으로 약 5야드 떨어져서 따라오세요. 그리고 내가 말한 그대로 하십시오.」 이어 그는 울적한 표정을 짓고 있는 두 엽총 도우미에게 스와힐리어로 말했다.

「자, 갑시다.」 그가 말했다.

「물 한 모금 마실 수 있겠습니까?」 매코머가 물었다. 윌슨은 늙은 엽총 도우미에게 뭐라고 말했다. 도우미는 허리띠에 수통을 매달고 있었는데 그 통을 꺼내 마개를 돌린 후 매코머에게 건네주었다. 그는 수통이 무겁다는 느낌이 들었고 펠트 천으로 된 수통 커버가 손안에서 질 낮은 털투성이처럼 느껴졌다. 그는 수통을 들어 물을 마신 후 바로 앞의 키 큰 풀과 그 뒤 끝 부분이 평평한 나무들을 쳐다보았다. 산들바람이 숲으로 불어왔고 풀들은 바람을 맞아 가볍게 물결쳤다. 그는 엽총 도우미를 쳐다보았다. 도우미 또한 공포로 고통받고 있었다.

풀 속 35야드 정도 지점에 덩치 큰 사자가 땅에 엎드려 있었다. 사자의 귀는 뒤로 처져 있었고 길고 검은 꼬리를 위아래로 가볍게 흔드는 것이 유일한 움직임이었다. 사자는 완전히 궁지에 몰린 상태로 이 은신처에 도착했다. 폐에 입은 상처 때문에 고통이 매우 심했고 숨을 쉴 때마다 입안에 가느다란 포말 같은 피가 솟구쳤다. 옆구리는 뜨겁고 축축했으며 파리 떼가 총탄에 약간 찢어진 갈색 피부에 몰려들었다. 증오로 가느다랗게 된 그의 커다란 노란 눈은 전방을 주시했고, 숨을 쉬면서 고통이 몰려올 때에만 깜빡거렸다. 양발의 발톱은 부드럽고 건조한 흙속에 파묻혀 있었다. 그의 모든 고통, 메스꺼움, 증오 그리고 그에게 남아 있는 힘은 최후의 일격을 위해 강력하게 뭉쳐 있었다. 그는 사람들이 말하는 소리를 들으며 침착하게 기다렸다. 사람들이 풀 속에 들어오는 순간 혼신의 힘을 다하여 반격할 준비를 갖추었다. 사람들의 목소리가 가까이 들리자 그의 꼬리는 경직되면서 무겁게 위아래로 움직였다. 그들이 숲의 가장자리에 들어오자 그는 기침 섞인 포효를 내질렀고 혼신의 힘으로 반격했다.

늙은 엽총 도우미 콩고니는 맨 앞에 서서 핏자국을 쫓았고, 윌슨은 사자의 움직임이 없는지 풀밭을 주시했다. 그의 대형 엽총은 발사 준비가 되어 있었다. 두 번째 엽총 도우미도 전방을 주시하며 귀를 기울였다. 윌슨 바로 뒤에 있는 매코머도 거총 상태였다. 이런 식으로 그들이 막 풀밭으로 들어갔을 때, 매코머는 피 냄새가 나는 듯한 기침 섞인 포효를 들었고 풀숲에서 거대한 사자가 돌진해 오는 것을 보았다. 바로 그 순간 그는 몸을 뒤로 돌려 내빼기 시작했다. 그는 완전히 겁을 집어먹은 채, 사람들이 다 보는 데서 시냇물 쪽으로 미친 듯이 달아났다.

그는 윌슨의 대형 엽총에서 나는 콰쾅! 소리를 들었다. 1초 뒤에 또다시 콰쾅! 소리가 났다. 매코머는 고개를 돌려 이제 대가리가 절반쯤 날아가서 끔찍한 모습이 되어 버린 사자가 윌슨 쪽으로 기어오는 것을 보았다. 키 큰 풀이 있는 풀밭 가장자리에 있던 윌슨은 그 짧고 못생긴 엽총의 노리쇠를 재빨리 후퇴시키면서 침착하게 사자를 겨냥했고 또다시 총구에서 콰쾅! 소리가 울려 퍼졌다. 기어오던 덩치 큰 노란 사자는 몸이 경직되었고 절반쯤 날아간 대가리는 앞으로 푹 수그러졌다. 장전된 총을 손에 든 채, 도망쳐 나온 공터에 혼자 덩그러니 서 있던 매코머는 사자가 죽었다는 것을 알았다. 두 흑인과 한 백인은 그를 경멸하는 시선으로 돌아보았다. 그는 윌슨에게 다가갔다. 그 순간 매코머의 큰 키는 그의 행동을 노골적으로 비난하는 듯했다. 윌슨이 그를 쳐다보며 말했다.

「사진을 찍겠습니까?」

「아니요.」그가 말했다.

그들이 자동차에 도착할 때까지 한 말은 그게 전부였다. 윌슨이 말했다.

「참 대단한 사자입니다. 애들이 저놈의 가죽을 벗길 겁니다. 우린 여기 그늘에서 기다립시다.」

매코머의 아내는 그를 쳐다보지 않았고 그도 아내를 쳐다보지 않았다. 그는 자동차 뒷좌석에 그녀와 함께 앉았고 윌슨이 앞좌석에 앉았다. 한번은 매코머가 손을 내밀어 아내를 보지 않은 채 그녀의 손을 잡았으나 그녀는 곧 손을 뺐다. 엽총 도우미들이 사자 가죽을 벗기고 있는 냇물 건너편을 보면서 그는 아내가 모든 걸 다 보았다는 것을 알았다. 자동차에 앉아 있는 동안, 그의 아내는 손을 뻗어 윌슨의 어깨에 놓았다. 그가 고개를 돌리자 그녀는 낮은 좌석 위로 허리를 숙여 그의 입에 키스했다.

「아니, 뭘.」 윌슨이 평소 붉은 색깔보다 더 얼굴을 붉히면서 말했다.

「로버트 윌슨 씨.」 그녀가 말했다. 「아주 멋진 붉은 얼굴의 로버트 윌슨 씨.」

그러고 나서 그녀는 자세를 바로잡고 매코머 옆에 다시 앉으면서 냇물 건너편을 바라보았다. 사자는 양팔을 들어 올린 채 누워 있었다. 흑인들이 사자의 껍질을 벗겨 내자, 앞발의 하얀 근육과 힘줄이 적나라하게 드러났고 툭 튀어나온 하얀 배도 보였다. 마침내 엽총 도우미들이 축축하고 무거운 가죽을 들고 와 그것을 둘둘 말아서 차 뒤에 올라탔고 자동차는 출발했다. 캠프로 돌아올 때까지 아무도 입을 열지 않았다.

이것이 그날 오전에 벌어진 사자 사건의 전말이다. 매코머는 사자가 냇물 쪽으로 달려들 때 무슨 느낌이었는지, 가속도 2톤의 505구경 엽총 탄환이 사자의 입을 강타했을 때 사자가 무슨 느낌이었는지 알지 못했다. 두 번째 탄환이 허리 근처를 강타했을 때, 그리고 사자를 절단 내버린 저 콰쾅! 소리를 내는 물체를 향해 기어올 때 사자가 무슨 느낌이었는지 전혀 알지 못했다. 윌슨은 그것에 대해 뭔가 알고 있었고 그래서 〈참 대단한 사자〉라고 간단히 표현했다. 하지만 매코머는 이 일에 대하여 윌슨이 어떻게 생각하고 있는지도 알지 못했다. 그는 아내의 생각에 대해서도 잘 몰랐다. 단지 그녀와 그는 이제 끝났다는 것밖에는.

그의 아내는 전에도 그와는 끝장이라고 생각한 적이 있었으나 오래가지는 않았다. 그는 아주 부유했고 앞으로 훨씬 더 부유해질 사람이었다. 그는 그녀가 결코 그를 떠나지 못하리라는 것을 알았다. 그건 그가 확실히 알고 있는 몇 안 되는 사항들 중 하나였다. 그는 그 사실을 잘 알았다. 그는 오토바이(최초의 취미), 자동차, 오리 사냥, 낚시, 송어, 연어와 대양(大洋), 책들 속의 섹스, 많은 책(너무 많은 책들), 모든 코트 게임, 개들(말들에 대해서는 그리 많이 알지 못하지만), 돈을 꼭 붙들고 놓지 않기, 그의 세계에서 벌어지는 다른 대부분의 일들, 그의 아내가 그를 떠나지 않으리라는 사실 따위를 알았다. 그의 아내는 과거에 굉장한 미인이었고 지금 아프리카에 와서도 여전히 미인이지만, 고국에서는 남편을 떠남으로써 자기 자신의 아름다움을 과시할 정도로 대단한 미인은 되지 못했다. 그녀는 그것을 알았고 그도 그것을 알았다. 그녀는 그를 떠날 기회를 놓쳤고 그는 그 사실을 알았다. 만약 그가 여자들한테 잘 대해 주는 남자였더라면, 그녀는 그가 아름다운 새 아내를 맞이할지 모른다고 걱정했을 것이다. 하지만 그녀는 그에 대해서 너무나 잘 알았기 때문에 그에 대해서는 걱정하지 않았다. 또한 그도 아내에 대하여 엄청난 관용을 베풀었다. 그것은 어떻게 보면 기이한 일이었으나 아무튼 그의 가장 좋은 점이었다.

결론적으로 그들은 비교적 행복하게 사는 부부로 알려져 있었고, 부부 갈등이 가끔 소문나기는 했으나 현실화된 적은 없었으며, 사교란 칼럼니스트가 지적한 것처럼, 그들은 사람들의 부러움을 사며 잘 지속시키는 〈로맨스〉에다, 어두운 아프리카에서의 사파리 여행이라는 모험을 추가하여 한층 세련된 감각을 보여 주었다. 마틴 존슨 부부는 영화 속에서 올드 심바(사자), 물소, 템보(코끼리) 등 동물들의 표본을 구해 자연사 박물관에 기증하는 내용을 자주 연기함으로써 어두운 아프리카를 좀 환하게 밝혀 놓았고 그 결과 사파리는 더욱 널리 알려지게 되었다. 그 사교란 칼럼니스트는 매코머 부부가 과거에 파경 직전까지 간 것이 적어도 세 번이라고 보고했는데 그건 사실이었다. 하지만 그들은 언제나 화해를 했다. 그들은 아주 단단한 유대 관계를 맺고 있었다. 마고가 너무 아름다워서 매코머는 그녀와 이혼을 하지 못했고, 매코머가 돈이 너무 많아서 마고는 그를 떠날 수가 없었다.

거의 새벽 3시였다. 프랜시스 매코머는 오전의 사자 사건을 생각하다가 설핏 잠이 들었고 깨어났다가 다시 잠이 들었다. 이어 대가리에서 피를 흘리는 사자가 그를 내려다보는 꿈을 꾸고서 갑자기 깨어났다. 그는 가슴이 두근거리는 상태로 주위에 귀를 기울였다. 그러다가 아내가 텐트 속의 야전 침대 위에 누워 있지 않다는 것을 발견했다. 그는 그것을 알고서 두 시간 동안 깨어 있었다.

두 시간이 지나자 그의 아내가 텐트 안으로 들어와 모기

장을 들추고서 침대 속으로 조용히 기어 들어갔다.

「어디 갔다 왔어?」매코머가 어둠 속에서 물었다.

「어머.」그녀가 말했다.「깨어 있었어요?」

「어디 갔다 왔냐니까.」

「바람 쐬려고 잠시 나갔다 왔어요.」

「물론 그랬겠지, 제기랄.」

「여보, 내가 무슨 말을 해주길 바라는 거예요?」

「어디 갔다 왔냐니까.」

「바람 쐬려고 잠시 나갔다 왔다니까요.」

「그 짓에 대한 새로운 표현법이로군. 넌 화냥년이야.」

「그렇다면, 당신은 겁쟁이에요.」

「좋아.」그가 말했다.「그게 어쨌다는 거야?」

「나는 아무렇지 않다고 생각해요. 여보, 이제 그만 얘기해요. 너무 졸려요.」

「내가 뭐든지 다 받아 주리라 생각하는군.」

「받아 주리라 생각해요, 여보.」

「아니야. 받아 주지 않을 거야.」

「여보, 제발 그만 얘기해요. 너무 졸려요.」

「그런 짓을 또 하면 안 되는 거였어. 그런 일 없을 거라고 약속했잖아.」

「그래요, 여보. 난 정말 그럴 생각이었어요. 하지만 여행은 어제 일 때문에 망쳤어요. 당신도 그 일에 대해서는 얘기하고 싶지 않죠?」

「넌 유리한 상황을 만나면 오래 기다려 주는 년이 아니야.」

「제발, 그만 얘기해요. 너무 졸리다니까요.」

「난 얘기할 거야.」

「그럼 난 신경 쓰지 말아요. 자버릴 거니까.」 그녀는 곧 잠이 들었다.

다음 날 아침 식사 때 그들 셋은 일출 전에 다시 테이블에 앉았다. 프랜시스 매코머는 자신이 증오하는 많은 남자들 중에서 로버트 윌슨을 가장 증오한다는 것을 깨달았다.

「잘 주무셨습니까?」 윌슨이 파이프를 채우며 걸걸한 목소리로 물었다.

「당신은?」

「아주 잘 잤습니다.」 백인 사냥꾼이 그에게 말했다.

이 개자식, 매코머는 생각했다. 이 뻔뻔스러운 개자식.

여자가 텐트로 들어가다가 남자를 깨웠군. 윌슨은 생각했다. 그는 무표정하고 차가운 눈으로 두 남녀를 바라보았다. 뭐, 저 친구가 자기 마누라를 제대로 간수하지 못한 탓이지. 나를 뭘로 보는 거야. 석고로 만든 성인쯤 되는 걸로 생각하는 건가. 다 네놈이 마누라 간수를 제대로 하지 못한 탓이야. 다 네 잘못이라고.

「우리가 물소를 발견할 거라 생각하세요?」 마고가 살구가 든 그릇을 옆으로 밀어내며 물었다.

「가능성이 있습니다.」 윌슨이 대답하며 그녀에게 미소 지었다. 「캠프에 그냥 계시지요.」

「절대로 그렇게 하지 않을 거예요.」 그녀가 그에게 말했다.

「그녀에게 캠프에 머물라고 왜 명령하지 않으십니까?」 윌슨이 매코머에게 말했다.

「당신이 하시지.」 매코머가 차갑게 말했다.

「명령도 하지 말고 어리석은 짓도 하지 말아요, 프랜시스.」 매코머에게 고개를 돌리면서 마고가 아주 유쾌하게 말했다.

「출발할 준비가 되었습니까?」 매코머가 물었다.

「아무 때나 갈 수 있습니다.」 윌슨이 그에게 말했다. 「멤사히브가 따라가기를 바라십니까?」

「내 의사가 무슨 상관이 있습니까?」

빌어먹을, 지랄 같이 되었네. 로버트 윌슨은 생각했다. 아주 엉망진창이 되었어. 결국 이렇게 되고 마는군. 이런 일은 결국 이렇게 되더라고.

「상관없습니다.」 그가 말했다.

「당신은 그녀와 함께 캠프에 남아 있고 나 혼자 나가서 물소를 사냥하라는 소리는 아니겠지?」 매코머가 물었다.

「말도 안 되는 소리.」 윌슨이 말했다. 「내가 당신이라면 그런 말도 안 되는 소리는 하지 않겠습니다.」

「말도 안 되는 소리 하는 거 아니오. 단지 구역질이 날뿐이지.」

「구역질이라, 좋은 말은 아니네요.」

「프랜시스, 좀 점잖게 말할 수 없어요?」 그의 아내가 말했다.

「난 아주 점잖게 말하고 있어.」 매코머가 말했다. 「이처럼 지저분한 음식을 먹어 본 적이 있나?」

「음식이 뭐 잘못되었습니까?」 윌슨이 조용히 물었다.

「다른 모든 것들처럼 못마땅해.」

「좀 진정하십시오.」 윌슨이 아주 조용하게 말했다. 「테이블에는 영어를 조금 알아듣는 애가 있습니다.」

「그런 놈이 있든 말든 알 게 뭐야.」

윌슨은 일어서서 파이프를 뻐끔거리며 걸어갔다. 그는 그를 기다리며 서 있던 엽총 도우미들 중 한 명에게 스와힐리어로 몇 마디 했다. 매코머와 그의 아내는 테이블에 앉아 있었다. 그는 커피 잔을 빤히 내려다보았다.

「만약 당신이 소동을 부리면 난 당신을 떠나겠어요, 여보.」 마고가 조용히 말했다.

「아니, 넌 떠나지 못해.」

「어디 한번 시험해 봐요.」

「넌 나를 떠나지 못해.」

「그래요.」 그녀가 말했다. 「난 당신을 떠나지 않을 거고 당신은 올바르게 처신할 거예요.」

「올바르게 처신? 말 한번 잘하는군. 올바르게 처신?」

「그래요. 올바르게 처신하세요.」

「그러는 너는 왜 올바르게 처신하지 않는 거지?」

「나는 아주 오랫동안 그렇게 해왔어요. 오랫동안.」

「난 저 얼굴 붉은 돼지 새끼가 싫어.」 매코머가 말했다. 「얼굴만 봐도 구역질이 나.」

「실제로는 아주 좋은 사람이에요.」

「닥쳐.」 매코머는 거의 소리를 질렀다. 바로 그때 자동차가 다가와 식당용 텐트 앞에 멈춰 서더니 운전사와 두 명의 엽총 도우미가 내렸다. 윌슨은 다시 걸어와서 테이블에 앉아 있는 남편과 아내를 쳐다보았다.

「사냥 나갈 겁니까?」 그가 물었다.

「그럼요.」 매코머가 일어서며 말했다. 「나가고말고.」

「털옷을 가지고 가는 게 좋을 겁니다. 차 안은 좀 서늘할 겁니다.」 윌슨이 말했다.

「가죽 재킷을 가지고 와야겠어요.」 마고가 말했다.

「저 애가 가져왔어요.」 윌슨이 그녀에게 말했다. 그는 조수석에 올라탔고 프랜시스 매코머와 그의 아내는 아무 말도 하지 않은 채 뒷좌석에 탔다.

저 바보 같은 놈이 내 뒤통수에다 총을 쏘겠다는 생각은 안 했으면 좋겠군, 하고 윌슨은 생각했다. 사파리에서 여자는 거추장스러운 존재야.

차는 흐릿한 햇빛 속에서 아래로 내려가 자갈 많은 여울을 건넌 후 가파른 둑을 올라갔다. 윌슨은 삽으로 땅을 다져 이 길을 만들어 놓으라고 어제 흑인들에게 지시해 두었다. 그들은 강둑에서 멀리 떨어진, 공원처럼 나무가 많고 완만하게 물결치는 들판에 도착했다.

좋은 아침이로군. 윌슨은 생각했다. 풀에는 이슬이 많이 내렸다. 자동차 바퀴가 풀과 키 작은 나무들 사이를 지나가자 그는 으깨어진 잎사귀 냄새를 맡을 수 있었다. 버베나 같은 냄새였다. 그는 이른 아침의 이슬 냄새, 으깨어진 고사리 냄새, 이른 아침의 안개 속에서 어둡게 보이는 나무줄기들을 좋아했다. 차는 길이 없는 공원 같은 들판을 계속 달려 나갔다. 그는 뒷좌석의 두 사람은 잊어버리고 물소에 대해서 생각했다. 그가 쫓고 있는 물소는 낮 동안에는 다가가기 어려운 습지대에 머물렀기 때문에 총을 쏘기가 불가능했다. 하지만 밤에는 탁 트인 들판으로 나왔다. 만약 차를 습지와 들판 사이로 몰고 간다면 매코머는 탁 트인 곳에서 물소 떼와 대면할 기회가 있을 것이다. 그는 숲이 우거진 곳에서는 매코머와 물소 사냥을 하고 싶은 생각이 없었다. 아니, 매코머와 함께라면 물소든 뭐든 사냥하고 싶은 생각이 없었다. 하지만 그는 전문 사냥꾼이었고 전에도 몇몇 괴상한 손님들과 사냥을 한 적이 있었다. 오늘 물소를 잡는다면 남는 동물은 코뿔소뿐이다. 위험한 동물은 다 겪었으니 저 불쌍한 친구의 기분이 좋아질 수도 있었다. 윌슨은 여자에게서는 손 뗄 생각이었고 매코머 또한 그 문제를 극복할 것이다. 꼴을 보니 전에도 그런 일을 여러 번 겪은 것 같았다. 불쌍한 놈. 여러 번 겪었으니 나름대로 극복하는 방법이 있겠지. 아무튼 그건 저 불쌍한 놈의 잘못이야.

그, 로버트 윌슨은 사파리에 나갈 때면 2인용 야전 침대를 챙겼다. 뜻밖에 걸려드는 횡재를 착실히 접수하기 위해서였다. 그는 특정 부류의 손님들, 가령 국제적이고, 행실이 좋지 못하고, 방탕한 부류의 사람들과 사냥을 했다. 그런 손님들의 여자는 백인 사냥꾼과 야전 침대를 공유하지 못하면 돈값을 제대로 받지 못했다고 생각했다. 그런 여자들과 헤어지면 그는 그들을 경멸했다. 물론 그런 여자들 중 놀아날 당시에는 마음에 드는 여자가 있기도 했다. 어쨌든 그는 그런 여자들 덕분에 생계를 유지했다. 그들이 그를 고용하는 한, 그들의 기준이 곧 그의 기준이었다.

　그는 사냥 하나만 빼놓고는 모두 그들의 기준을 따랐다. 하지만 동물을 죽이는 데에는 그 나름의 기준이 있었고 손님들은 그 기준을 따르거나 아니면 다른 사람을 고용하여 사냥을 해야 했다. 그는 손님들이 그런 사냥 기준 때문에 그를 존경한다는 것을 알았다. 그렇지만 이 매코머는 그중에서도 괴짜였다. 정말 괴짜라는 말 이외에 달리 할 말이 없었다. 게다가 그 마누라. 아, 그 마누라. 그래, 그 마누라. 흐음, 정말 그 남편에 그 마누라야. 에이, 이 부부 생각은 그만하자. 그는 고개를 돌려 부부를 쳐다보았다. 매코머는 화가 난 표정을 지은 채 앉아 있었다. 마고는 윌슨에게 미소를 지었다. 그녀는 오늘 좀 더 젊어 보였고, 좀 더 순진해 보였으며, 좀 더 신선해 보였다. 직업적인 미녀의 냄새는 전혀 풍기지 않았다. 도대체 저 여자의 마음속에는 뭐가 들어 있을까, 하고 윌슨은 생각했다. 그녀는 지난밤 별로 말을 하지 않았다. 그걸 생각하면서 그녀를 쳐다보니 은근히 즐거웠다.

　자동차는 얕은 언덕을 올라가 숲을 통과하여 풀이 무성한 드넓은 평원 가장자리에 있는 나무 그늘에 들어섰다. 운전사가 차를 천천히 몰자 윌슨은 초원의 먼 곳을 꼼꼼히 살펴보았다. 그는 차를 세우라 하고서 야전 망원경을 꺼내 개활지를 살폈다. 이어 그는 운전사에게 천천히 가라고 지시했다. 운전사는 차를 천천히 몰면서 흑멧돼지가 파놓은 구덩이들을 피하고 개미들이 지어 놓은 진흙 성들을 우회했다. 개활지를 바라보던 윌슨이 갑자기 고개를 돌리며 말했다.

「야, 물소들이 저기 나와 있군!」

윌슨이 운전사에게 재빨리 스와힐리어로 말하자 차가 앞으로 돌진했다. 그가 손가락으로 어떤 지점을 가리켰다. 매코머는 거대한 검은 물소 세 마리를 보았다. 길고 묵직한 몸체는 거의 원통형이었고 거대한 검은 탱크처럼 보였다. 물소들은 탁 트인 평원의 가장자리에서 빠르게 움직이고 있었다. 그들은 목도 뻣뻣하고 동체도 뻣뻣한 상태로 달렸다. 매코머는 그들의 머리에 나 있는 위로 추켜올라간 넓고 검은 뿔을 볼 수 있었다. 물소들은 머리를 내민 채 달렸으나 머리는 움직이지 않았다.

「늙은 수컷 세 놈이로군.」 윌슨이 말했다. 「저놈들이 습지로 들어가기 전에 가로막아야 해.」

차는 시속 45마일로 개활지를 달렸다. 매코머는 전방을 주시했고 물소는 점점 더 몸집이 크게 보였다. 매코머는 털이 없고 두툴두툴하고 거대한 회색 수소의 외양을 볼 수 있었다. 놈의 목은 어깨의 일부분이나 다름없었고 검은 뿔은 번들거리고 있었다. 놈은 일정한 속도로 달려 나가는 나머지 두 마리 수소들보다 약간 뒤에서 달려갔다. 그때 차가 마치 길을 건너뛴 것처럼 흔들리며 물소 가까운 곳까지 다가갔다. 그는 앞으로 달려 나가는 거대한 수소를 보았다. 털이 별로 없는 가죽에는 먼지가 앉아 있었고, 널따란 두 뿔은 앞으로 튀어나왔으며 콧구멍은 벌름거렸다. 그가 소총을 들어 올리는데 윌슨이 소리쳤다. 「차에서는 안 돼. 몇 번 말해야 알아들소?」 그는 윌슨을 두려워하지 않았다. 증오할 뿐이었다. 운전사가 브레이크를 밟자 차의 속도가 떨어지면서 옆쪽으로 밀려나다가 거의 멈춰 섰다. 윌슨은 한쪽으로 내렸고 그는 반대쪽으로 내렸다. 차가 아직 완전히 멈춰 선 것이 아니었기 때문에 그는 발을 땅에 대면서 차를 따라 약간 앞으로 달려갔다. 그러고서 뒤로 물러서는 수소를 향해 총을 발사했다. 그는 총알이 물소의 몸에 박히는 소리를 들으면서 탄환이 떨어질 때까지 쏘았고 물소의 어깨 부분을 쏘아야 한다는 것을 기억했다. 그는 다시 장전하기 위해 총을 꺾는 순간, 수소가 쓰러지는 것을 보았다. 수소는 무릎을 꿇은 채 커다란 대가리를 흔들어 대고 있었다. 나머지 두 마리가 여전히 달리는 것을 보고 그는 앞선 놈을 쏘아서 맞혔다. 그리고 다시 총을 쏘았으나 이번에는 빗나갔다. 그때 윌슨이 총을 발사하자 콰쾅! 하는 소리가 났고 앞서 가던 수소가 코를 앞으로 박으며 미끄러졌다.

「다른 놈을 잡아요.」 윌슨이 말했다. 「어서 쏴요!」

하지만 다른 놈은 꾸준한 속도로 달렸고 그는 수소 주위에 먼지만 일으켰을 뿐 맞히지 못했다. 윌슨도 빗맞혀 먼지가 구름처럼 일어났다. 윌슨이 소리쳤다. 「어서 차에 타요. 저놈은 너무 멀리 있어요!」 그가 매코머의 팔을 잡아끌었고 그들은 차에 올랐다. 그와 윌슨은 차의 옆 좌석에 딱 달라붙었고 울퉁불퉁한 땅을 지나가자 몸이 위아래로 흔들렸다. 그들은 목에 힘을 주며 꾸준한 속도로 달려 나가는 수소에 가깝게 다가갔다.

그들이 물소 뒤로 따라붙자 매코머는 소총을 다시 장전했으나 탄환을 땅에 떨어트리는 바람에 순간적으로 총알이 걸렸는데 바로 노리쇠를 격발시켜 그 장애를 제거했다. 그들이 물소에게 아주 가까이 다가갔을 때, 〈정지.〉 하고 윌슨이 소리쳤다. 급제동을 거는 바람에 차는 거의 반원을 그리며 멈춰 섰다. 매코머는 발을 땅에 딛고 내려서면서 노리쇠를 전진시켜 달려가는 물소의 검고 둥근 등을 향해 발사했다. 그는 다시 겨냥해서 쏘았고 그 동작을 반복했다. 총알들은 모두 수소의 몸에 들어가 박혔으나 그는 달리는 물소에게서 가시적인 효과를 볼 수가 없었다. 이어 윌슨이 총을 발사했다. 총성은 그의 귀를 먹먹하게 할 정도로 굉장했다. 그는 수소가 비틀거리는 것을 보았다. 매코머는 조심스럽게 겨냥하여 다시 쏘았다. 그러자 물소가 비틀거리며 무릎을 꿇었다.

　「좋아요.」 윌슨이 말했다. 「잘했습니다. 모두 세 마리군요.」

　매코머는 술에 취한 것처럼 의기양양한 느낌이었다.

　「당신은 몇 발이나 쏘았습니까?」 그가 물었다.

　「딱 세 발입니다.」 윌슨이 말했다. 「당신이 첫 번째 놈을 죽였어요. 제일 덩치 큰 놈 말입니다. 나는 당신이 나머지 두 마리를 해치우는 걸 도왔을 뿐입니다. 놈들이 은신처로 들어갈까 봐 걱정했지요. 당신이 그놈들을 모두 죽였습니다. 나는 단지 뒷정리를 한 것뿐입니다. 당신은 아주 잘 쏘았습니다.」

　「차로 갑시다.」 매코머가 말했다. 「술 한잔 하고 싶군요.」

　「먼저 저 물소를 해치워야 합니다.」 윌슨이 그에게 말했다. 그들이 다가가자 물소는 무릎을 꿇은 채 대가리를 흔들어

대며 찢어진 눈을 하고서 분노에 찬 신음 소리를 내질렀다.

「저놈이 일어서지 않는지 살피세요.」윌슨이 말했다.「약간 옆으로 비켜서서 귀 뒤의 목 부분을 쏘도록 하십시오.」

매코머는 분노로 떨고 있는 거대한 목의 중심부를 찬찬히 겨냥하여 쏘았다. 그러자 물소의 대가리가 앞으로 고꾸라졌다.

「끝냈군요.」윌슨이 말했다.「척추에 명중했어요. 아주 멋지게 생긴 놈들이지요. 그렇지 않습니까?」

「가서 술 한잔 합시다.」매코머가 말했다. 그는 평생 그렇게 기분이 좋아 본 적이 없었다.

차에서 매코머의 아내는 아주 창백한 얼굴로 앉아 있었다.「여보, 당신 아주 멋졌어요.」그녀가 매코머에게 말했다.「드라이브도 정말 엄청났고요.」

「차가 거칠게 달렸나요?」윌슨이 물었다.

「무서웠어요. 평생 이처럼 겁먹은 적이 없었어요.」

「자, 술 한잔들 하십시다.」매코머가 말했다.

「그래야죠.」윌슨이 말했다.「그걸 멤사히브에게 드려.」그녀는 휴대용 위스키 병으로 한 모금 마셨고, 술을 목구멍으로 넘기면서 약간 몸을 떨었다. 그녀는 병을 매코머에게 주었고 그는 다시 윌슨에게 건넸다.

「무서울 정도로 흥분되었어요.」그녀가 말했다.「겁날 정도로 두통이 나기도 했어요. 차에서 총을 쏘아도 되는지 몰랐어요.」

「아니요, 차에서 쏘면 안 됩니다.」윌슨이 차갑게 말했다.

「내 말은 차로 추격해도 되는지 몰랐다는 거예요.」

「원래는 안 되지요.」윌슨이 말했다.「하지만 해보니 상당히 신 나는군요. 구덩이가 가득한 들판을 이런 식으로 달리는 것은 좀 더 모험적인 사냥이죠. 걸어다니면서 사냥하는 것과는 전혀 다른 느낌이 납니다. 우리가 차에서 내려 총을 쏘았기 때문에 물소는 반격하려면 얼마든지 반격할 수 있었습니다. 물소에게도 기회를 주는 거죠. 하지만 다른 사람들한테는 말하지 마십시오. 차로 추격하는 것도 엄밀히 말하면 불법이니까.」

「내가 볼 땐 아주 불공평한 것 같아요.」마고가 말했다.「저 덩치 큰 힘없는 것들을 자동차로 추격한다는 게.」

「그래요?」윌슨이 말했다.

「케냐 정부에서 이것을 알면 어떻게 나올까요?」

「우선 나는 면허를 빼앗기겠지요. 다른 불쾌한 일도 벌어질 수 있고.」윌슨이 병에서 위스키를 한 모금 마시면서 말했다.「실직자가 될 수도 있습니다.」

「그래요?」

「예, 그렇습니다.」

「이런.」매코머가 말했다. 그는 그날 처음으로 미소 지었다.「이제 마고가 당신에 대해 건수 하나 잡았군요.」

「당신 참 말 하나는 예쁘게 하네요, 프랜시스.」마고 매코머가 말했다. 윌슨은 그 둘을 쳐다보았다. 되먹잖은 쌍놈이 더 되먹잖은 잡년과 결혼하면 그 사이에서 나온 아이들은 몇 갑절 후레자식이 되는 거야, 하고 윌슨은 생각했다. 하지만 그는 다른 말을 했다.「엽총 도우미 한 명이 사라졌는데요.

208

눈치채셨습니까?」

「아니요, 몰랐는데요.」 매코머가 말했다.

「저기 오는군요.」 윌슨이 말했다. 「무사하군요. 아마 우리가 첫 번째 물소를 맞혔을 때 뒤떨어진 모양입니다.」

중년의 엽총 도우미가 그들에게 다가왔다. 그는 털로 짠 모자에 카키복을 입고 고무 신발을 신은 채 터덜터덜 걸어왔다. 그의 얼굴은 울적했고 역정을 내는 표정이었다. 그가 다가와 윌슨에게 스와힐리어로 무언가 말하자 백인 사냥꾼의 낯빛이 변했다.

「뭐라고 말한 거예요?」 마고가 물었다.

「첫 번째 물소가 일어서서 숲 속으로 들어갔다는군요.」 윌슨이 무덤덤한 목소리로 말했다.

「오.」 매코머가 멍하게 말했다.

「그럼 어제 사자 사건의 재판이네요.」 마고가 기대에 들뜬 목소리로 말했다.

「사자 사건의 재판이 되지는 않을 겁니다.」 윌슨이 그녀에게 말했다. 「한 잔 더 하시겠소, 매코머?」

「고맙소, 그러지요.」 매코머가 말했다. 그는 어제 사자 사건 때 느꼈던 감정이 다시 솟구치지 않을까 생각했으나 그런 느낌은 들지 않았다. 그는 난생처음으로 자신에게 아무런 공포가 없다는 것을 진정으로 느꼈다. 그는 공포 대신에 의기로 가득 차 있었다.

「가서 두 번째 물소를 보도록 합시다.」 윌슨이 말했다. 「운전사에겐 차를 그늘에 두라고 말해 놓겠습니다.」

「뭘 하실 생각인데요?」 마거릿 매코머가 물었다.

「물소를 살펴보는 겁니다.」 윌슨이 말했다.

「나도 갈게요.」

「따라오세요.」

세 사람은 두 번째 물소가 쓰러져 있는 개활지로 걸어갔다. 물소의 머리는 풀 위에 쓰러져 있었고 거대한 두 뿔은 간격이 아주 넓었다.

「머리가 아주 멋집니다.」 윌슨이 말했다. 「두 뿔의 간격이 50인치는 되겠어요.」

매코머는 즐거운 표정으로 물소를 내려다보았다.

「증오에 찬 표정이군요.」 마고가 말했다. 「이제 그늘로 돌아갈까요?」

「그러시죠.」 윌슨이 말했다. 「이보세요.」 그가 매코머에게 말하며 숲을 가리켰다. 「저 숲이 보이십니까?」

「예.」

「저기가 첫 번째 물소가 들어간 곳입니다. 엽총 도우미가 그러는데 그가 뒤로 처졌을 때 놈은 쓰러져 있었답니다. 그는 우리가 다른 두 마리를 추격하는 것을 지켜보고 있었는데 물소가 갑자기 일어서더니 자신을 노려보더라는 겁니다. 그는 혼비백산하여 도망쳤고 물소는 천천히 숲 속으로 들어갔답니다.」

「지금 그놈을 찾으러 들어갈까요?」 매코머가 적극적인 목소리로 말했다.

윌슨은 이게 어찌 된 일인가 싶어 어리둥절한 표정으로 그를 쳐다보았다. 정말 괴상한 친구로군, 하고 윌슨은 생각했다. 어제는 겁먹고 완전히 졸아붙더니 오늘은 불이라도 삼킬 듯이 맹렬하네.

「아니요. 잠시 시간을 줍시다.」

「어서 그늘로 들어가요.」 마고가 말했다. 그녀의 얼굴은 창백했고 아픈 사람처럼 보였다.

그들은 차가 있는 곳으로 갔다. 차는 잎사귀를 활짝 편 나무 밑에 있었다. 그들은 모두 차에 올랐다.

「저 숲 속에서 죽어 있을 가능성이 높습니다.」 윌슨이 말했다. 「잠시 후에 가서 살펴봅시다.」

매코머는 전에는 느껴 보지 못한, 형언할 수 없이 강렬한 행복을 느꼈다.

「정말 멋진 추격전이었어요.」 그가 말했다. 「이런 느낌을 전에는 느껴 본 적이 없습니다. 정말 멋지지 않아, 마고?」

「난 싫어요.」

「왜?」

「싫어요.」 그녀가 쓸쓸하게 말했다. 「정말 혐오스러워요.」

「난 이제 그 어떤 것도 두렵지 않습니다.」 매코머가 윌슨에게 말했다. 「우리가 물소를 처음 보고서 그놈을 추격할 때 내 안에서 무슨 일이 벌어졌습니다. 마치 댐이 터지는 것 같았어요. 순수한 흥분이었습니다.」

「그런 흥분은 간을 깨끗이 청소해 주지요.」 윌슨이 말했다. 「사람들에게는 아주 괴상한 일이 벌어집니다.」

매코머의 얼굴은 빛나고 있었다. 「내게 뭔가 벌어졌다는 걸 당신은 아는군요.」 그가 말했다. 「완전히 다른 사람이 된 기분입니다.」

그의 아내는 아무 말도 하지 않고 기이한 눈빛으로 그를 바라보았다. 그녀는 뒷좌석 맨 구석에 앉아 있었고 매코머는 상체를 수그리면서 윌슨에게 말을 걸었다. 윌슨은 앞좌석에 앉아 있다가 뒤쪽으로 고개를 돌리고 옆을 내다보았다.

「이봐요, 또 다른 사자를 사냥해 보고 싶습니다.」 매코머가 말했다. 「이제 사자가 두렵지 않습니다. 결국, 사자가 나한테 뭘 할 수 있단 말입니까?」

「바로 그겁니다.」 윌슨이 말했다. 「최악의 사태라고 해도 죽는 것뿐이죠. 그게 어떤 느낌일까요? 셰익스피어가 아주 멋지게 말해 놓았죠. 내가 잘 기억하고 있는지 모르겠습니다. 아무튼 멋진 대사예요. 한때는 그걸 스스로 되새기곤 했습니다. 어디 봅시다. 〈맹세코, 난 신경 안 써. 남자는 단지 한 번 죽을 뿐이야. 우린 모두 하느님에게 죽음을 빚지고 있다고. 어떻게 되었든 간에 올해에 죽는 자는 내년의 죽음을 면제받지.〉[7] 정말 멋지지 않습니까?」

윌슨은 자신의 생활신조인 이런 얘기를 꺼내 놓고 보니 아주 당황스러웠다. 하지만 그는 전에도 남자가 성년에 도달하는 것을 본 적이 있고 그것은 언제나 그를 감동시켰다. 그건 남자가 스물한 번째 생일을 맞는 것과는 차원이 다른 문제였다.

그렇게 되는 것은 사냥이라는 특별한 기회를 통해서였다.

7 셰익스피어의 희곡 「헨리 4세」 제2부 제3막 제2장에서 병사 피블이 한 말.

사전에 걱정할 겨를조차 없이 갑자기 행동에 돌입하는 것, 그것이 매코머의 성숙을 이끌어 낸 것이었다. 그것이 어떻게 발생했든 상관없이 그것은 아주 확실하게 벌어진 일이었다. 이제 저 친구를 좀 보라고. 윌슨은 생각했다. 저런 친구들 중 어떤 놈은 아주 오래 어린 소년으로 남아 있지. 때로는 평생 소년으로 남아 있는 놈도 있어. 소위 저 잘난 아메리카 소년-어른이라고 하는 것들이지. 그자들은 아주 이상한 놈들이야. 하지만 그는 이제 매코머가 마음에 들었다. 아주 이상한 친구야. 이젠 마누라의 부정을 못 본 체하는 남자 노릇은 더 이상 하지 않겠군. 그래, 그건 아주 좋은 일이지. 아주 좋은 일이고말고. 저 친구는 아마도 평생 동안 그걸 두려워했을 거야. 어떻게 하다 저런 용기가 생겼는지 모르겠군. 아무튼 두려움은 끝났어. 물소를 상대하면서 조금도 두려워하지 않더군. 게다가 화를 내기까지 했어. 자동차도 한몫 했어. 미친 듯이 달리는 자동차들이 그걸 아주 친숙하게 만들었지. 물불을 가리지 않는 용감한 자를 만들었어. 윌슨은 전쟁 통에 그와 똑같은 일이 벌어지는 것을 본 적이 있다. 그것은 동정(童貞)을 잃어버리는 것보다 훨씬 커다란 의미를 가진 변화였다. 공포가 절제 수술을 받은 것처럼 완전히 사라져 버리는 것. 잘라 낸 자리에 뭔가 자라는 것. 남자가 가져야 할 중요한 것. 그건 평범한 남자를 진정한 남자로 만들었다. 여자들도 그걸 알았다. 도무지 겁이라고는 없는 상태.

뒷좌석 맨 구석에 앉은 마거릿 매코머는 두 남자를 쳐다보았다. 윌슨에게는 아무런 변화도 없었다. 어제 훌륭한 사냥

재주를 발휘했을 때와 같은 사람이었다. 하지만 그녀는 이제 프랜시스 매코머가 변했다는 것을 알았다.

「당신도 앞으로 벌어질 일에 대해 행복한 느낌을 갖고 있나요?」 매코머가 여전히 자신의 새로운 보물을 탐구하면서 물었다.

「그건 말해 버리면 안 되는 겁니다.」 윌슨이 상대방의 얼굴을 쳐다보며 말했다. 「차라리 겁먹고 있다고 말하는 것이 더 그럴듯합니다. 정말입니다. 당신은 앞으로 여러 번 겁먹게 될 겁니다.」

「아무튼, 당신도 앞으로 벌어질 일에 대하여 행복한 느낌을 갖고 있나요?」

「예.」 윌슨이 말했다. 「하지만 그 정도로 해두십시오. 그것에 대해 너무 많이 얘기하는 건 좋지 않아요. 그 모든 걸 말로 날려 버리는 거지요. 너무 많이 말해 버리면 그 어떤 것에도 즐거움이 없습니다.」

「당신들 두 사람은 헛소리를 지껄이는 거예요.」 마고가 말했다. 「힘없는 동물을 자동차로 추격했다고 해서 마치 영웅이나 된 것처럼 말하는군요.」

「미안합니다.」 윌슨이 말했다. 「내가 너무 많이 지껄인 것 같습니다.」 저 여자도 이미 그것에 대해서 걱정을 하고 있군, 하고 그는 생각했다.

「우리가 하는 말을 잘 모른다면 그 얘기에서 빠지면 되잖아?」 매코머가 아내에게 말했다.

「당신은 갑자기 아주 용감해졌군요, 아주 갑자기.」 그의 아내가 경멸하는 어조로 말했다. 하지만 그녀의 경멸은 어쩐지 공허해 보였다. 그녀는 뭔가를 매우 두려워하고 있었다.

매코머가 아주 자연스럽게 기분 좋은 웃음을 보였다. 「당신도 그걸 알아보았군.」 그가 말했다. 「난 정말 용감해졌지.」

「그건 좀 뒤늦은 거 아닌가요?」 마고는 씁쓸하게 말했다. 지난 여러 해 동안 그녀는 할 수 있는 최선을 다했다. 그들 부부의 상태가 지금처럼 엉망이 된 것은 어느 한 사람의 잘못이라고 할 수 없었다.

「안 늦었어.」 매코머가 말했다.

마고는 아무 말도 하지 않고 뒷좌석 구석에 등을 기대 앉았다.

「저놈에게 충분한 시간을 주지 않았나요?」 매코머가 윌슨에게 쾌활하게 물었다.

「어디 가서 봅시다.」 윌슨이 말했다. 「실탄이 좀 남았습니까?」

「엽총 도우미가 좀 가지고 있습니다.」

윌슨은 스와힐리어로 그를 불렀고 물소의 껍질을 벗기고 있던 늙은 엽총 도우미가 일어나 호주머니에서 탄환 한 통을 꺼내 매코머에게 가져다주었다. 그는 탄환을 탄창에 장전하고 나머지는 호주머니에 집어넣었다.

「당신은 스프링필드 소총을 쏘는 게 좋겠어요.」 윌슨이 말했다. 「당신에겐 그게 더 익숙하니까. 만리허 엽총은 차 안에 두어 멤사히브에게 맡깁시다. 당신의 도우미가 무거운 엽총을 들어 줄 겁니다. 그럼 나는 이 대포처럼 무거운 엽총을 들

고 있고. 자, 이제 물소에 대해서 좀 말씀드리겠습니다.」그
는 이 말을 마지막 순간까지 아껴 두었다. 미리 말해서 공연
히 매코머를 걱정시키고 싶지 않았기 때문이다. 「물소는 반
격해 올 때 대가리를 빳빳이 쳐들고 일직선으로 달려옵니다.
내뻗은 양 뿔은 대가리를 향해 쏜 탄환을 다 막아 냅니다. 그
러니 제일 좋은 건 코를 쏘는 것이죠. 다른 유효타는 놈의 가
슴을 쏘거나, 당신이 비켜서 있다면 목이나 어깨를 쏘는 겁
니다. 물소는 일단 총알에 맞으면 그다음에는 미친 듯이 반
격하며 사수를 죽이려 듭니다. 쓸데없는 짓은 절대로 하지
마세요. 가장 쏘기 쉬운 곳을 쏘세요. 애들이 물소의 대가리
껍질을 다 벗겼군요. 자, 이제 출발할까요?」

그가 엽총 도우미들을 부르자 그들이 양손을 닦으며 다가
왔다. 늙은 도우미는 차 뒤에 탔다.

「나는 콩고니만 데리고 가겠습니다.」윌슨이 말했다. 「다
른 도우미에게는 뒤에서 관찰하면서 새들을 쫓는 일을 맡기
겠어요.」

차는 잡목림의 섬을 향하여 개활지를 천천히 달려갔다. 잡
목림은 탁 트인 습지대를 절단하는 메마른 수로를 따라 혓
바닥 같은 잎사귀를 내밀고 있었다. 매코머는 가슴이 뛰고
입안이 메마르는 것을 느꼈지만 그것은 공포가 아니라 흥분
때문이었다.

「여기가 물소가 들어간 곳입니다.」윌슨이 말했다. 이어
그는 엽총 도우미에게 스와힐리어로 말했다. 「핏자국을 쫓
아가.」

자동차는 숲과 평행하게 서 있었다. 매코머, 윌슨, 엽총 도우미는 차에서 내렸다. 매코머는 고개를 돌려 뒤를 보았다. 그의 아내는 소총을 옆에 둔 채 그를 쳐다보았다. 그는 그녀에게 손을 흔들었지만 그녀는 마주 흔들어 주지 않았다.

잡목림은 아주 울창했고 땅은 건조했다. 늙은 엽총 도우미는 땀을 뻘뻘 흘렸고 윌슨은 모자를 눈 위까지 눌러썼다. 그의 붉은 목이 매코머 바로 앞에서 보였다. 갑자기 엽총 도우미가 윌슨에게 스와힐리어로 무언가 말하고 나서 앞으로 달려갔다.

「놈이 저기 죽어 있군요.」 윌슨이 말했다. 「잘된 일입니다.」 그는 매코머의 손을 잡기 위해 몸을 돌렸다. 그들이 서로 빙그레 웃으며 악수를 하고 있는데 엽총 도우미가 미친 듯이 소리를 질러 댔다. 그들은 그가 숲 속에서 미친 듯이 옆걸음을 치면서 달려오는 것을 보았다. 물소는 코를 내밀고 입을 꽉 다문 채 피를 흘리면서 거대한 대가리를 빳빳이 쳐들어 돌격해 왔다. 그들을 노려보는 놈의 자그마한 돼지 눈은 충혈되어 있었다. 앞에 있던 윌슨은 무릎을 꿇으면서 총을 쏘았다. 매코머는 윌슨의 대포 같은 총소리에 자신이 쏜 총성은 듣지 못했다. 그는 총을 쏘면서 거대한 물소 뿔에서 슬레이트 조각 같은 것이 벗겨져 나오는 걸 보았다. 물소의 대가리는 움직이고 있었다. 그는 넓적한 코를 향해 다시 쏘았으나 뿔이 막으면서 파편이 튀어나오는 것을 보았다. 이제 윌슨이 보이지 않았다. 그는 조심스럽게 겨냥하면서 다시 쏘았다. 물소의 거대한 몸집이 이제 그를 덮칠 기세였고 그의 소총은 코를 내밀고 달려드는 물소의 대가리와 거의 수평을 이루었다. 그는 물소의 사악한 작은 눈을 보았다. 물소의 대가리가 그를 들이받기 위해 아래로 수그러졌다. 그때 그는 머릿속이 갑자기 백열하며 번쩍거리는 섬광이 폭발하는 것을 느꼈고 그게 그가 지상에서 느낀 마지막 느낌이었다.

월슨은 물소의 어깨를 쏘기 위해 한쪽 옆으로 비켜섰다. 그러나 매코머는 그 자리에 우뚝 서서 물소의 코를 향해 쏘았다. 그러나 그때마다 약간 높은 곳의 뿔을 맞혔다. 마치 슬레이트 지붕을 맞힌 것처럼 부서진 조각들이 공중을 날았다. 차 속에 앉아 있던 매코머 부인은 6.5 구경 만리허 엽총으로 막 매코머를 뿔로 찌르려 하는 물소를 쏘았으나 총알은 남편의 두개골 밑부분에서 옆으로 2인치 위 지점을 관통했다.

프랜시스 매코머는 얼굴을 땅에 댄 채 엎드려 있었다. 그에게서 2인치 떨어진 곳에는 물소가 죽어서 옆으로 누워 있었다. 그의 아내가 그 옆에서 무릎을 꿇었고 월슨이 그녀 옆에 서 있었다.

「그를 돌려 눕히지 않겠습니다.」 월슨이 말했다.

여자는 발작적으로 울고 있었다.

「나는 차로 돌아가겠습니다.」 월슨이 말했다. 「엽총은 어디 있습니까?」

그녀는 얼굴이 일그러진 채 고개를 흔들었다. 엽총 도우미가 엽총을 집어 들었다.

「현장을 그대로 보존해야 합니다.」 월슨이 말했다. 「가서 압둘라를 불러와. 그를 사건의 증인으로 삼아야 하니까.」

그는 무릎을 꿇고 호주머니에서 손수건을 꺼내 땅에 엎드린 프랜시스 매코머의 짧게 깎은 머리를 덮어 주었다. 피는 건조하고 무른 땅속으로 스며들었다.

윌슨은 일어서서 옆으로 누운 물소를 보았다. 다리를 내뻗고 있었고 털이 듬성듬성 난 배에는 진드기가 기어다녔다. 「아주 멋진 물소로군.」 윌슨의 두뇌는 자동적으로 측정을 했다. 「50인치는 좋이 되겠는데. 아니, 그 이상 나가겠어.」 그는 운전수를 불러 시체 위에 담요를 덮고 그 옆에서 대기하라고 지시했다. 그는 자동차로 걸어갔다. 여자는 뒷좌석 구석에 앉아 울고 있었다.

「아주 잘한 일이에요.」 그가 아무런 감정이 느껴지지 않는 어조로 말했다. 「그 또한 당신을 떠나려 했을 겁니다.」

「그만하세요.」 그녀가 말했다.

「물론 이건 사고입니다.」 그가 말했다. 「나는 알고 있습니다.」

「그만하세요.」 그녀가 말했다.

「걱정하지 마세요.」 그가 말했다. 「물론 불쾌한 일들이 좀 벌어지겠지만 필요한 사진들을 찍어 두어 조사가 시작되면 아주 유용하게 써먹도록 하겠습니다. 엽총 도우미들과 운전사도 증언을 해줄 겁니다. 당신에게는 아무 일도 없을 겁니다.」

「그만하세요.」 그녀가 말했다.

「해야 할 일이 엄청 많습니다.」 그가 말했다. 「트럭을 호수에 보내 무전을 치게 해야겠습니다. 우리 셋을 나이로비로 데려다 줄 비행기를 보내라고 말입니다. 왜 그에게 독약을 먹이지 않았습니까? 영국에서는 그런 식으로 하는데요.」

「그만하세요. 그만하세요. 그만하세요.」 여자가 소리쳤다.

윌슨은 무표정한 푸른 눈으로 그녀를 쳐다보았다.

「내 일은 이제 끝났습니다.」 그가 말했다. 「나는 약간 화가 났어요. 당신 남편이 마음에 들기 시작했는데.」

「오, 제발 그만하세요.」 그녀가 말했다. 「제발, 제발 그만하세요.」

「그게 낫군요.」 윌슨이 말했다. 「제발이라는 말이 훨씬 더 좋아요. 이제 그만하겠습니다.」

하얀 코끼리 같은 산

에브로 강이 흐르는 계곡 맞은편의 산들은 길고 희었다. 산을 마주 보는 이쪽에는 그늘도 나무도 없었고 왕복 철도 사이에 자리 잡은 역사(驛舍)는 쨍쨍 내리쬐는 햇볕을 맞고 있었다. 역사의 바로 옆에는 건물의 미지근한 그늘과 커튼이 있었다. 커튼은 대나무 구슬로 엮어 만든 주렴(珠簾)이었는데 바 입구의 열린 문에 드리워 파리를 쫓았다. 미국인 남자와 그의 일행인 젊은 여자는 건물 바깥 그늘에 있는 테이블에 앉았다. 아주 무더운 날이었고 바르셀로나발 급행열차는 40분 후면 도착하게 되어 있었다. 열차는 이 역에서 2분간 정차한 후 마드리드로 갈 예정이었다.

「뭐 마실 거예요?」 여자가 물었다. 그녀는 모자를 벗어서 테이블 위에 놓았다.

「정말 덥군.」 남자가 말했다.

「우리 맥주 마셔요.」

「*Dos cervezas*(맥주 두 잔).」 남자가 커튼에다 대고 소리질렀다.

「큰 걸로요?」 문 안쪽에서 여자가 물었다.

「큰 걸로 두 잔.」

주문을 받은 여자는 맥주 두 잔과 펠트 받침대 두 개를 가지고 왔다. 그녀는 펠트 받침대와 맥주잔을 테이블 위에 내려놓고 남자와 젊은 여자를 바라보았다. 여자는 능선을 바라보고 있었다. 산들은 햇빛 속에서 하얗게 보였고 계곡 일대는 건조한 갈색이었다.

「저 산들은 하얀 코끼리처럼 보여요.」 여자가 말했다.

「나한테는 그렇게 보인 적이 없는데.」 남자는 맥주를 마셨다.

「그래요. 당신에겐 그렇게 보인 적이 없을 테죠.」

「아니야, 나도 그런 생각을 한 적이 있을지 몰라.」 남자가 말했다. 「네가 그렇게 말한다고 해서 내가 그런 생각을 한 적이 없는 게 되지는 않아.」

여자는 주렴 커튼을 바라보았다. 「저기다 무슨 글씨를 써놓았는데요.」 그녀가 말했다. 「뭐라고 쓰여 있어요?」

「아니스 델 토로. 술 이름이야.」

「어디 한번 마셔 볼까요?」

남자는 커튼에다 대고 「이봐요」. 하고 소리쳤다. 여자가 바에서 나타났다.

「4레알[1]입니다.」

「아니스 델 토로 두 잔 주시오.」

「물을 섞어서요?」

「물 섞은 거 마시겠어?」

1 *real*. 스페인의 은화.

224

「몰라요.」 여자가 말했다. 「물에 타서 마시는 게 좋아요?」

「응.」

「물을 섞어서 가져올까요?」 바의 여자가 물었다.

「예. 그렇게 해주세요.」

「감초 뿌리 냄새가 나는 게, 맛이 좀 그런데요.」 여자가 맥주잔을 내려놓으면서 말했다.

「뭐든지 다 그래.」

「그래요.」 여자가 말했다. 「뭐든지 다 감초 뿌리 냄새처럼 시시하죠. 특히 오래 바랐던 것일수록 더해요. 가령 압생트가 그렇죠.」

「또 시작이야? 집어치워.」

「시작은 당신이 했어요.」 여자가 말했다. 「나는 즐거웠어요. 아주 재미있는 시간을 보내고 있었다고요.」

「그래? 그럼 지금 이 순간도 재미있게 보내자고.」

「좋아요. 나도 애쓰고 있어요. 나는 산들이 하얀 코끼리처럼 보인다고 말했어요. 멋진 표현 아니에요?」

「멋지군.」

「나는 이 새로운 술도 맛보려고 했어요. 이게 우리가 할 수 있는 전부 아니에요? 주위의 사물을 살펴보고 새로운 술을 마셔 보는 게?」

「그렇지.」

여자는 맞은편 산들을 바라보았다.

「아름다운 산들이에요.」 그녀가 말했다. 「저 산들은 실제로는 하얀 코끼리 같지 않아요. 나무들 사이로 보면 산의 피부가 코끼리 같은 색깔이 된다는 뜻이지요.」[2]

「맥주 한 잔 더 할까?」

「좋아요.」

미지근한 바람이 불어와 주름 커튼을 테이블 쪽으로 밀어 붙였다.

「맥주가 시원하군.」 남자가 말했다.

「아주 산뜻해요.」 여자가 말했다.

「이건 매우 간단한 수술이야, 지그.」 남자가 말했다. 「수술이라고도 할 수 없어.」

여자는 테이블 다리 밑의 땅을 내려다보았다.

「난 네가 이걸 별로 신경 쓰지 않으리라 생각해, 지그. 정말로 별거 아니야. 그냥 공기를 한 번 집어넣는 것과 비슷하다고.」

여자는 아무 말도 하지 않았다.

「너와 함께 가서, 끝날 때까지 내내 함께 있어 줄게. 공기를 한 번 주입하면 그다음에는 모든 게 자연스러운 상태로 되돌아간다고.」

「그다음에 우리는 뭘 하죠?」

「그다음에는 문제가 없게 되는 거지. 전에 그랬던 것처럼 말이야.」

「무슨 근거로 그렇게 생각하죠?」

「그게 우리를 괴롭히는 유일한 문제라고. 그게 우리를 불

2 미풍이 불어와 잎사귀들이 뒤집히면 그것이 코끼리 피부처럼 보인다는 뜻.

행하게 만들고 있어.」

여자는 커튼을 쳐다보더니 손을 내뻗어 주름 두 가닥을 잡았다.

「그러니까 그 뒤에 문제가 사라지고 행복하게 될 거라는 얘기군요.」

「그렇고말고. 괜히 겁먹을 필요 없어. 난 그 수술을 받은 사람들을 많이 알고 있어.」

「나도 알고 있어요.」 여자가 말했다. 「그 후에 정말 행복해 졌더군요.」

「좋아.」 남자가 말했다. 「싫다면 안 받아도 돼. 네가 싫어하는데 억지로 시킬 생각은 없어. 하지만 그게 아주 간단한 일이라는 걸 나는 알아.」

「당신은 정말 그걸 바라나요?」

「우리가 할 수 있는 최선의 대응이야. 하지만 네가 정말 싫다면 굳이 받으라고 하지는 않겠어.」

「내가 그걸 받으면 당신은 행복해지고 상황은 예전과 똑같아지고 당신은 나를 사랑해 줄 건가요?」

「난 지금도 너를 사랑해. 잘 알잖아.」

「알아요. 하지만 내가 그 수술을 받으면 모든 게 다 괜찮아질 거고, 또 내가 우리의 상황이 하얀 코끼리 같다고 해도 그걸 좋아할 거예요?」

「물론이지. 나는 지금도 그걸 좋아하지만, 단지 생각할 여유가 없을 뿐이야. 내가 걱정을 하면 어떻게 되는지 너도 잘 알잖아.」

「내가 그걸 받으면 당신은 절대 걱정하지 않을 건가요?」

「걱정할 일이 없지. 그건 아주 간단한 거니까.」

「그렇다면 받겠어요. 나 자신에 대해서는 별로 걱정하지 않으니까.」

「무슨 소리야?」

「나 자신에 대해서는 별로 걱정하지 않는다고요.」

「무슨 소리야. 난 당신이 걱정돼.」

「물론 그렇지요. 하지만 난 나 자신을 별로 걱정하지 않아요. 난 그걸 받을 거고 그러면 모든 것이 괜찮아질 거예요.」

「그런 느낌을 갖고 있다면 안 받아도 돼.」

여자는 일어서서 역사 끝까지 걸어갔다. 저쪽 건너편에는 에브로 강의 강둑을 따라서 곡식밭과 숲이 있었다. 더 멀리 강 건너에는 산들이 있었다. 구름의 그림자가 곡식밭을 가로질러 갔고 그녀는 나무들 사이로 강을 보았다.

「우리는 이 모든 것을 가질 수도 있었어요.」 그녀가 말했다. 「아니, 그 외의 모든 것을 가질 수 있었어요. 하지만 날마다 그것을 점점 더 불가능하게 만들고 있어요.」

「무슨 소리야?」

「우리가 이 모든 것을 가질 수도 있었다고요.」

「우린 모든 것을 가질 수 있어.」

「아니요. 우린 그렇게 할 수 없어요.」

「우린 어디든 갈 수 있어.」

「아니요. 우린 갈 수 없어요. 여긴 더 이상 우리의 것이 아니에요.」

「우리의 것이야.」

「아니, 아니에요. 한번 빼앗기고 나면 다시는 그것을 되돌려 받지 못해요.」

「아니, 누가 빼앗아 갔다는 거야?」

「어디 두고 봐요.」

「그늘로 다시 들어와.」 그가 말했다. 「그런 느낌을 가지면 못써.」

「난 아무런 느낌도 없어요.」 여자가 말했다. 「하지만 상황은 잘 알아요.」

「네가 싫어하는 것을 시키고 싶은 생각은 없어.」

「그 수술이 내게 좋지 않다고 느끼는 것도 아니에요.」 그녀가 말했다. 「난 알아요. 맥주 한 잔 더 할 수 있어요?」

「좋아. 하지만 넌 이걸 알아야⋯⋯.」

「난 알아요.」 여자가 말했다. 「이제 얘기는 그만해요.」

남녀는 테이블에 앉았다. 여자는 계곡의 건조한 쪽에 있는 산들을 바라보았고, 남자는 그녀와 테이블을 보았다.

「넌 이걸 알아야 해.」 그가 말했다. 「네가 원하지 않는데 그걸 네게 시키고 싶은 생각은 없어. 만약 그게 너한테 그처럼 중요하다면 끝까지 가볼 생각도 있어.」

「당신한테는 아무런 의미도 없다는 얘기예요? 우리는 함께 앞으로 나아갈 수도 있어요.」

「물론 의미가 있지. 하지만 난 너 이외에 다른 건 싫어. 다른 사람은 원치 않는다고. 그리고 그 수술이 아주 간단한 절차라는 걸 알아.」

「그래요. 당신은 그게 간단하다는 걸 알고 있군요.」

「네가 뭐라고 말해도 좋아. 하지만 난 그걸 잘 알아.」

「이제 나를 위해 뭔가 하나 해주시겠어요?」

「널 위해서라면 뭐든지 다 할 수 있어.」

「제발 제발 제발 제발 제발 제발 제발 입을 좀 다물어 주시 겠어요?」

그는 아무런 말도 하지 않고 역사 벽에 기대 세워 놓은 가방들을 쳐다보았다. 거기에는 그들이 함께 밤을 보낸 호텔들의 레이블이 붙어 있었다.

「싫으면 안 받아도 돼.」 그가 말했다. 「난 그거 정말 신경 안 쓴다니까.」

「비명을 지르겠어요.」 여자가 말했다.

바의 여자가 맥주 두 잔을 들고서 커튼 사이로 걸어 나와 축축해진 펠트 받침대 위에 내려놓았다. 「기차가 5분 후에 들어옵니다.」 그녀가 말했다.

「뭐라고 말했어요?」 여자가 물었다.

「기차가 5분 후에 들어온다는군.」

여자는 고마움을 표시하기 위하여 바의 여자에게 미소를 지어 보였다.

「가방들을 역사 반대편에다 가져다 놓는 게 좋겠군.」 남자가 말했다. 그녀는 그에게 미소를 지었다.

「좋아요. 그런 다음 돌아와서 맥주를 끝까지 마시도록 해요.」

그는 두 개의 무거운 가방을 들고서 역사를 돌아 반대편 철로로 갔다. 기차가 들어오는 철로를 바라보았으나 기차는 보이지 않았다. 그는 되돌아와서 바 안으로 쑥 들어갔다. 그곳에서는 기차를 기다리는 사람들이 술을 마시고 있었다. 그는 바에서 아니스를 마시며 사람들을 쳐다보았다. 그들은 저마다 적절한 태도로 기차를 기다리고 있었다. 그는 주렴 커튼 밖으로 나갔다. 그녀는 테이블에 앉아서 그에게 미소 지었다.

「기분이 좋아졌어?」 그가 물었다.

「좋아요.」 그녀가 말했다. 「아무 이상 없어요. 기분이 좋아요.」

깨끗하고 불빛 환한 곳

늦은 시간이었다. 모두들 카페를 떠났다. 하지만 나무 잎
사귀들이 전등을 가로막아 만들어 낸 그늘 속에 한 노인이
앉아 있었다. 낮 동안 거리에는 먼지가 많았다. 그러나 밤이
되면 이슬이 먼지를 가라앉혔다. 노인은 밤늦게까지 카페에
앉아 있는 것을 좋아했다. 노인은 귀가 먹었는데 밤이 되면
한적해져서 낮과는 다른 것을 느낄 수 있었기 때문이다. 카
페 안에 있는 두 웨이터는 노인이 약간 취했다는 것을 알았
다. 노인은 좋은 손님이기는 하지만, 너무 술에 취하면 팁을
주지 않고 가버렸기 때문에 그들은 그를 계속 주시했다.

「지난주에 저 노인이 자살을 시도했어.」 한 웨이터가 말했다.

「왜요?」

「깊은 절망 때문에.」

「무엇에 대한?」

「아무것도 아닌 것에 대한.」

「그게 아무것도 아니라는 건 어떻게 알죠?」

「돈이 많거든.」

그들은 카페의 문 근처 벽에다 바싹 대어 놓은 테이블에 함께 앉아서 테라스 쪽을 주시했다. 그곳의 테이블은 모두 비어 있었고 오로지 노인만이 나무 잎사귀 그늘 아래 앉아 있었다. 잎사귀들은 바람을 받아서 가볍게 흔들렸다. 한 여자와 한 군인이 거리를 지나갔다. 가로등 불빛이 군인의 상의 옷깃에 달린 놋쇠 숫자를 비췄다. 머리 스카프를 쓰지 않은 여자는 그의 옆에서 종종걸음 쳤다.

「저 군인은 헌병한테 걸릴지 모르겠는데.」한 웨이터가 말했다.

「저 친구가 소기의 목적을 달성한다면 그게 무슨 상관이겠어요?」

「거리에서 사라지는 게 좋을 거야. 헌병이 잡을 거라고. 헌병들이 5분 전에 지나갔어.」

그늘에 앉아 있는 노인이 술잔으로 잔 받침대를 가볍게 쳤다. 나이 어린 웨이터가 그에게 다가갔다.

「무엇을 도와 드릴까요?」

노인이 그를 쳐다보았다. 「브랜디 한 잔 더.」그가 말했다.

「취하실 텐데요.」노인이 그를 빤히 쳐다보았다. 웨이터는 물러갔다.

「노인이 밤을 새울 것 같아요.」그가 나이 든 웨이터에게 말했다. 「졸려요. 새벽 3시 이전에 잠자리에 든 적이 없어요. 노인이 지난주에 자살에 성공했더라면 좋았을 텐데.」

젊은 웨이터는 카페의 카운터에서 브랜디 병과 잔 받침대를 꺼내 노인의 테이블로 걸어갔다. 그는 받침대를 내려놓고 브랜디를 한 잔 가득 따랐다.

「지난주에 자살에 성공했더라면 좋았을 텐데.」 그가 귀먹은 노인에게 말했다. 노인이 손짓을 했다. 「조금 더.」 노인이 말했다. 웨이터는 술잔에 술을 따랐고 브랜디가 가장자리로 흘러넘쳐 잔 줄기를 따라 내려가 받침대의 윗부분을 적셨다. 「고맙네.」 노인이 말했다. 웨이터는 술병을 들고 카페 안으로 들어갔다. 그는 동료 웨이터와 함께 다시 테이블에 앉았다.

「이미 취했는데요.」 그가 말했다.

「저 노인은 매일 밤 취해.」

「왜 자살하려 했을까요?」

「난들 어떻게 알겠나.」

「어떻게 자살하려 했죠?」

「밧줄에 목을 매달았대.」

「누가 밧줄을 끊어 주었대요?」

「조카딸.」

「왜 그랬대요?」

「그의 영혼을 우려해서.」

「노인은 돈이 얼마나 많아요?」

「상당히 많다는군.」

「나이가 여든은 되었을 것 같은데요.」

「그래, 그 정도는 되었다고 봐야지.」

「노인이 어서 집으로 갔으면 좋겠어요. 새벽 3시 이전에 잠을 자본 적이 없어요. 도대체 그런 시간에 잠이 든다는 게 말이 돼요?」

「밤새우는 게 좋아서 저럴 거야.」

「외로운 거예요. 하지만 난 안 외로워요. 침대에서 나를 기다리는 아내가 있어요.」

「노인에게도 한때는 아내가 있었지.」

「지금 저 노인에게 아내는 아무 소용도 없을 텐데요.」

「알 수 없지. 아내가 있었더라면 한결 나았을지. 조카딸이 그를 돌보고 있어.」

「알아요. 그 조카딸이 밧줄을 끊어 주었다고 했잖아요.」

「그래.」

「난 저렇게 늙고 싶지 않아요. 늙은 사람은 지저분해요.」

「반드시 그런 건 아니야. 저 노인은 깨끗해. 술도 흘리지 않고 마시지. 취했는데도 말이야. 한번 보라고.」

「보고 싶지 않아요. 어서 그가 집으로 갔으면 좋겠어요. 저 노인은 일하는 사람들에 대한 배려가 없어요.」

노인은 술잔에서 고개를 쳐들고서 카페 안을 보더니 이어 웨이터들을 쳐다보았다.

「브랜디 한 잔 더.」 그가 술잔을 가리키며 말했다. 서두르던 웨이터가 다가왔다.

「끝났습니다.」 그는 앞뒤 문장을 생략해서 말했다. 그건 우둔한 사람들이 술 취한 이나 외국인에게 말할 때 사용하는 어법이었다. 「오늘 밤은 더 이상 안 됩니다. 지금 문 닫을 겁니다.」

「한 잔 더.」 노인이 말했다.

「안 됩니다. 끝났습니다.」 웨이터는 테이블의 가장자리를 타월로 닦으면서 머리를 흔들었다.

노인은 자리에서 일어나 천천히 받침대를 세더니 호주머니에서 가죽 동전 지갑을 꺼내 술값을 계산했고 반 페세타[1]를 팁으로 남겼다.

웨이터는 그가 길 아래로 걸어 내려가는 모습을 지켜보았다. 아주 늙은 노인은 불안정하지만 위엄 있게 걸어갔다.

「왜 술을 더 가져다주지 않고 그냥 보냈나?」 서두르지 않는 웨이터가 말했다. 그들은 셔터를 내리고 있었다. 「아직 2시 30분도 안 됐는데.」

「빨리 집으로 돌아가 자고 싶어서요.」

「한 시간이 뭐 대단한 차이라고?」

「그에겐 어떨지 몰라도 내겐 큽니다.」

「다 똑같은 한 시간이야.」

「노인처럼 말하시는군요. 술 한 병을 사서 집에 돌아가 마실 수도 있잖아요.」

「그건 분위기가 다르잖아.」

「뭐, 그렇긴 하지요.」 아내가 있는 웨이터가 말했다. 그는 불공정하게 말하고 싶지는 않았다. 단지 바쁠 뿐이었다.

「그런데 자네, 평소보다 일찍 집으로 돌아가는 것이 두렵지 않은가?[2]」

「나를 모욕할 생각인가요?」

「아니, 단지 농담 한번 해본 걸세.」

1 *peseta*. 옛 스페인의 화폐 단위.
2 일찍 돌아가서 아내의 부정 현장을 발견하면 어떻게 할 것이냐는 말.

「두렵지 않아요.」 황급히 서두르는 웨이터가 셔터를 내리고 일어서면서 말했다. 「나는 자신 있어요. 자신감이 흘러넘친다고요.」

「자네는 젊음, 자신감, 직업을 갖고 있지.」 나이 든 웨이터가 말했다. 「자넨 모든 것을 가지고 있어.」

「그렇게 말씀하시는 분은 뭐가 부족한데요?」

「일 빼놓고 모두 다.」

「내가 가진 것을 다 가지고 있으면서 뭘 그러세요.」

「아니야. 난 자신감을 가져 본 적이 없어. 게다가 젊지도 않아.」

「무슨 말씀입니까? 헛소리 그만하시고 문 잠그세요.」

「나는 카페에 밤늦게까지 머물기를 좋아하는 사람들 편이야.」 나이 든 웨이터가 말했다. 「잠들기를 바라지 않는 사람들, 밤에는 불이 켜져 있어야 하는 사람들 편이라고.」

「나는 집에 가서 잠자리에 들고 싶어요.」

「우리는 아주 다르군.」 나이 든 웨이터가 말했다. 그는 이제 집으로 돌아갈 복장으로 갈아입었다. 「젊음이니 자신감이니 하는 것은 아주 좋은 거지만, 결국 세상은 그런 것들만의 문제가 아니야. 매일 밤 나는 카페를 닫기가 망설여져. 카페가 필요한 사람이 있을지 모르기 때문이지.」

「이봐요, 밤새 문을 여는 보데가[3]도 있잖아요.」

「자네는 내 말을 이해하지 못하는군. 여기는 깨끗하고 쾌적한 카페야. 불빛이 아주 환하고. 조명이 아주 좋고 게다가

3 *bodega*. 선술집.

240

잎사귀 그늘도 있지.」

「굿나잇.」 젊은 웨이터가 말했다.

「굿나잇.」 나이 든 웨이터가 대꾸했다. 그는 전깃불을 끄면서 자기 자신과의 대화를 계속했다. 물론 불빛도 중요하지만 그 장소는 반드시 깨끗하고 쾌적해야 해. 음악은 없어도 돼. 물론 너는 음악을 원하지 않지. 너는 바 앞에 위엄 있게 서 있을 수가 없어. 물론 이 시간에 갈 수 있는 곳이라고는 거기뿐이지만. 그는 무엇을 두려워하는가? 그것은 공포도 두려움도 아니었다. 그건 그가 너무도 잘 아는 허무였다. 모든 것이 허무였고 인간 또한 허무였다. 바로 그 때문에 빛이 반드시 필요한 것이고 또 약간의 깨끗함과 질서가 필요한 것이다. 어떤 사람들은 그 허무 속에 살지만 그것을 결코 느끼지 못한다. 그는 잘 알았다. 모든 것이 〈*nada y pues nada y pues nada*(허무 그리고 허무 그리고 허무)〉였다. 〈나다〉[4]에 계신 우리의 나다, 그대의 이름은 나다, 그대의 왕국이 오시고, 세상 모두가 나다이오니 그대의 뜻이 나다 속에서 나다가 되게 하소서. 오늘 우리에게 일용할 나다를 주시고, 우리가 우리의 나다를 나다하오니 우리의 나다를 나다해 주소서. 우리를 나다에 빠지지 말게 하시고 우리를 나다에서 구해 주소서. 아멘 나다. 나다에 가득 찬 나다를 찬미하라. 나다가 그대와 함께 있으니. 그는 미소를 지으며, 번들거리는 증기 압력 커피 기계가 있는 바 앞에 섰다.

「뭘 주문하겠소?」 종업원이 물었다.

4 *nada*. 스페인어로 〈아무것도 아님〉이란 뜻의 명사.

「나다.」

「*Otro loco mas*(더 돌아 버린 인간이로군).」종업원이 말하
고 고개를 돌렸다.

「작은 잔.」카페에서 근무하는 나이 든 웨이터가 주문했다.

종업원이 그에게 술을 따라 주었다.

「불빛도 밝고 상쾌하지만, 이 바는 세련미가 없어.」나이
든 웨이터가 말했다.

종업원은 그를 쳐다보았지만 대답하지 않았다. 대화를 나
누기에는 너무 늦은 시간이었다.

「한 잔 더 하겠소?」종업원이 말했다.

「아니요. 고맙소.」나이 든 웨이터는 그렇게 말하고 나갔
다. 그는 바나 보데가를 싫어했다. 반면에 깨끗하고 불빛 환
한 카페는 전혀 다른 곳이었다. 그는 이제 더 이상 생각에 잠
기지 않고 집으로 돌아가 방으로 들어갈 것이다. 그는 침대
에 누워 동틀 무렵이 되어서야 마침내 잠이 들 것이다. 어쩌
면 이건 불면증 때문인지도 몰라, 하고 그는 혼자 중얼거렸
다. 많은 사람들이 그걸로 고생을 하고 있지.

살인자들

헨리스 간이식당의 문이 열리고 두 남자가 들어왔다. 그들은 카운터에 앉았다.

　「무엇을 드시겠습니까?」 조지가 그들에게 물었다.

　「글쎄.」 한 남자가 말했다. 「자넨 뭘 먹겠나, 앨?」

　「글쎄.」 앨이 말했다. 「뭘 먹어야 될지 모르겠군.」

　날은 어두워지고 있었다. 창문 밖 가로등에 불이 켜졌다. 카운터에 앉은 두 남자는 메뉴판을 보았다. 카운터 한쪽 끝에 있던 닉 애덤스가 그들을 쳐다보았다. 그들이 식당 안으로 들어섰을 때 닉은 조지와 이야기를 나누고 있었다.

　「구운 돼지고기 안심, 사과 소스 그리고 으깬 감자를 먹겠어.」 첫 번째 남자가 말했다.

　「그건 아직 준비가 안 됩니다.」

　「그럼 메뉴에는 뭣 때문에 올려놓았나?」

　「그건 저녁 식사입니다.」 조지가 설명했다. 「6시 이후에나 나옵니다.」

　조지는 카운터 뒤 벽에 걸려 있는 시계를 보았다.

「지금 5시입니다.」

「저 시계로는 5시 20분인데.」 두 번째 남자가 말했다.

「20분 빨라요.」

「젠장, 빌어먹을 시계로군.」 첫 번째 남자가 말했다. 「그럼 뭐가 되나?」

「샌드위치 종류는 다 됩니다.」 조지가 말했다. 「햄과 에그, 베이컨과 에그, 간과 베이컨, 혹은 스테이크 같은 거요.」

「치킨 크로켓, 완두콩, 크림소스 그리고 으깬 감자를 주게.」

「그건 저녁 식사입니다.」

「우리가 주문하는 건 다 저녁 식사야, 엉? 이런 식으로 장사하나?」

「햄과 에그, 베이컨과 에그, 간 ─」

「햄과 에그 줘.」 앨이라는 남자가 말했다. 그는 중산모자를 쓰고 단추들이 가슴 부분을 가로지르는 검은 상의를 입었다. 그의 얼굴은 자그마하고 희었으며 입을 굳게 다물고 있었다. 그는 실크 머플러를 둘렀고 장갑을 꼈다.

「난 베이컨과 에그.」 다른 남자가 말했다. 그는 덩치가 앨과 거의 비슷했다. 두 남자는 얼굴은 달랐으나 옷은 쌍둥이처럼 입었다. 둘 다 덩치에 비해 너무 꽉 끼는 상의를 착용했다. 그들은 상체를 앞으로 기울인 채 카운터에 앉아 있었고 양 팔꿈치는 바에 내려놓았다.

「마실 건 뭐가 있나?」 앨이 물었다.

「실버 맥주, 베보, 진저에일[1] 등이 있습니다.」 조지가 말했다.

1 모두 무알코올 음료.

「아, 한잔 걸칠 거 없냐 이거야.」

「방금 말한 것뿐입니다.」

「여긴 아주 무더운 마을이군.」 다른 남자가 말했다. 「마을 이름이 뭐야?」

「서밋.」[2]

「이런 이름 들어 본 적 있나?」 앨이 친구에게 동의를 구했다.

「없어.」

「여긴 밤에는 뭘 하나?」 앨이 물었다.

「밤에는 저녁을 먹지.」 그의 친구가 대답했다. 「사람들이 여기 와서 푸짐한 저녁 식사를 하는 거지.」

「맞습니다.」 조지가 화답했다.

「그러니까 그렇게 하는 게 옳다는 얘기야?」 앨이 조지에게 물었다.

「그렇습니다.」

「넌 꽤 똑똑한 아이구나?」

「그렇습니다.」

「아니, 넌 똑똑하지 않아.」 다른 작은 남자가 말했다. 「쟤가 똑똑한가, 앨?」

「쟤는 멍청해.」 앨은 그렇게 말하고 닉에게 고개를 돌렸다. 「네 이름은 뭐야?」

「애덤스.」

「또 다른 똑똑이로군.」 앨이 말했다. 「쟤도 똑똑이 같은데, 맥스?」

2 Summit. 〈꼭대기〉라는 뜻. 도시와 대비되는 개념.

「이 마을에는 똑똑이들이 많군.」 맥스가 말했다.

조지는 접시를 두 개 내려놓았다. 한 접시에는 햄과 에그, 다른 접시에는 베이컨과 에그가 들어 있었다. 그는 튀긴 감자가 든 작은 접시 두 개를 내려놓고 주방으로 들어가는 작은 문을 닫았다.

「어느 것이 선생님 거죠?」 조지가 앨에게 물었다.

「기억도 못해?」

「햄과 에그.」

「정말 똑똑한 친구야.」 맥스가 말했다. 그는 상체를 앞으로 숙이며 햄과 에그 접시를 잡아당겼다. 두 남자는 장갑을 낀 채로 먹었다. 조지는 두 사람이 먹는 것을 지켜보았다.

「뭘 그렇게 쳐다보나?」 맥스가 조지를 보았다.

「안 봤습니다.」

「젠장, 쳐다보았단 말이야. 넌 나를 뚫어져라 쳐다보았어.」

「그저 장난으로 그랬을지 몰라, 맥스.」 앨이 말했다.

조지가 웃었다.

「웃지 마.」 맥스가 그에게 말했다. 「이건 전혀 웃을 일이 아니야, 알아들어?」

「잘 알았습니다.」 조지가 말했다.

「쟤가 잘 알았다는군.」 맥스가 앨에게 고개를 돌렸다. 「잘 알았다는 거야. 대답 한번 잘했어.」

「생각이 깊은 친구야.」 앨이 말했다. 두 남자는 식사를 계속했다.

「저기 카운터 아래쪽에 있는 친구 이름은 뭐야?」 앨이 맥스에게 물었다.

「이봐, 똑똑한 친구.」 맥스가 닉에게 말했다. 「네 친구와 함께 카운터 안쪽으로 돌아서 들어가.」

「무슨 소리예요?」 닉이 물었다.

「무슨 소리긴.」

「이봐 똑똑이, 들어가는 게 좋을 거야.」 앨이 말했다. 닉은 카운터를 돌아서 안쪽으로 들어갔다.

「왜 그러시죠?」 조지가 물었다.

「네가 알 바 아니야.」 앨이 말했다. 「주방에는 누가 있나?」

「깜둥이.」

「깜둥이라니, 뭔 소리야?」

「요리사 깜둥이요.」

「그놈한테 여기 카운터로 나오라고 해.」

「도대체 무슨 일이죠?」

「어서 나오라고 해.」

「여기가 도대체 어딘 줄 알고 이러세요?」

「여기가 어딘지는 잘 알고 있어.」 맥스라는 남자가 말했다. 「우리가 바보 같아 보이나?」

「자네가 바보처럼 말하고 있군.」 앨이 그에게 말했다. 「뭣 때문에 이 애와 입씨름을 하고 있나?」 그가 조지에게 말했다. 「깜둥이에게 이리로 나오라고 해.」

「무슨 짓을 하려는 건데요?」

「아무것도 안 해. 똑똑이, 머리를 좀 굴려 봐. 우리가 깜둥이를 어떻게 하겠나?」

조지는 주방으로 열리는 쪽문을 열었다. 「샘.」 그가 소리
쳤다. 「이리로 좀 나와 봐.」

주방으로 들어가는 문이 열리고 깜둥이가 들어섰다. 「무
슨 일이야?」 그가 물었다. 카운터에 있던 두 남자는 그를 한
번 쳐다보았다.

「좋아, 깜둥이. 넌 거기 그대로 서 있어.」 앨이 말했다.

깜둥이 샘은 앞치마를 두른 채로 거기 서서 카운터에 앉아
있는 두 남자를 바라보았다. 「네, 선생님.」 그가 말했다. 앨은
등 없는 걸상에서 내려섰다.

「나는 저 깜둥이와 똑똑이와 함께 주방 안으로 들어간다.」
그가 말했다. 「다시 주방으로 들어가, 깜둥이. 넌 저놈과 함
께 가, 똑똑이.」 작은 남자는 닉과 요리사 샘의 뒤에서 걸어
가며 주방 안으로 들어갔다. 그들 뒤에서 문이 닫혔다. 맥스
라는 남자는 조지 맞은편의 카운터에 앉았다. 그는 조지를
쳐다보는 대신 카운터 뒤쪽 벽에 죽 달려 있는 거울을 보았
다. 헨리스는 술집을 간이식당으로 개조한 집이었다.

「이봐, 똑똑이.」 맥스가 거울을 쳐다보며 말했다. 「왜 아무
말도 하지 않나?」

「도대체 무슨 일이에요?」

「이봐, 앨.」 맥스가 소리쳤다. 「이 똑똑이가 도대체 무슨
일이냐고 하는데?」

「그 애에게 직접 얘기해 주지그래.」 앨의 목소리가 주방 쪽
에서 들려왔다.

「이게 무슨 일이라고 생각하나?」

「모르겠습니다.」

「짐작되는 거라도 있을 텐데?」

맥스는 말하면서 계속 거울을 들여다보았다.

「말하지 않겠습니다.」

「이봐, 앨, 이 똑똑이가 자기 생각을 말하지 않겠다는데.」

「자네 말 잘 들려.」 앨이 주방에서 말했다. 그는 음식 그릇을 주방으로 넘겨 주는 작은 구멍문에 케첩 병을 고여 완전히 열어 놓고 있었다. 「이봐, 똑똑이.」 그가 주방에서 조지에게 소리쳤다. 「바에서 약간 왼쪽으로 서 있어. 자넨 약간 왼쪽으로 움직여, 맥스.」 그는 단체 사진의 구도를 잡는 사진사 같았다.

「나한테 말해 봐, 똑똑이.」 맥스가 말했다. 「앞으로 무슨 일이 벌어지리라 생각하나?」

조지는 아무 말도 하지 않았다.

「내가 말해 주지.」 맥스가 말했다. 「우린 스웨덴 놈을 죽이려고 해. 올 안드레슨이라는 덩치 큰 스웨덴 놈을 아나?」

「예.」

「그놈이 매일 밤 여기에 밥 먹으러 오지?」

「가끔 옵니다.」

「그놈은 저녁 6시에 여기 오지, 그렇지?」

「오는 날에는요.」

「우린 다 알고 있어, 똑똑이.」 맥스가 말했다. 「다른 얘기를 해보지. 영화관에 가본 적이 있나?」

「아주 드물게 한번씩 갑니다.」

「영화관에 좀 더 자주 가야 해. 영화는 너같이 똑똑한 아이에게 아주 좋은 거야.」

「왜 올 안드레슨을 죽이려는 거죠? 그가 당신한테 무슨 짓을 저질렀는데요?」

「그자는 우리한테 무슨 짓을 저지를 기회도 없었어. 그놈은 말이야, 우릴 본 적도 없다고.」

「그놈은 우리를 딱 한 번 보게 되어 있지.」 앨이 주방에서 말했다.

「그럼 무엇 때문에 그를 죽이려 하세요?」 조지가 물었다.

「어떤 친구를 대신해서 죽이는 거야. 친구의 부탁을 들어주려고 말이야, 똑똑이.」

「입 닥쳐.」 앨이 주방에서 말했다. 「자넨 너무 많이 지껄이고 있어.」

「이봐, 똑똑이를 좀 즐겁게 해주어야 되지 않겠나. 그렇지 않아, 똑똑이?」

「자넨 너무 많이 지껄이고 있어.」 앨이 말했다. 「깜둥이와 이쪽 똑똑이도 상황을 즐기고 있어. 두 놈을 수녀원의 여자 친구들 한 쌍처럼 묶어 놓았지.」

「수녀원에도 가본 적이 있나?」

「사람 일은 모르지.」

「유대인 수녀원에 가보았겠지. 아마 거기라면 가보았을 거야.」[3]

조지는 시계를 쳐다보았다.

3 유대교에는 수녀원이 없다. 수녀원에 가보았을 리가 없다는 뜻.

「손님이 들어오면 요리사가 없다고 말해. 그런데도 손님이 안 가면 네가 주방에 들어가 요리해서 가져오겠다고 해. 내 말 알아들어, 똑똑이?」

「알았습니다.」 조지가 말했다. 「그다음엔 우리를 어떻게 할 겁니까?」

「그건 상황에 따라 다르지.」 맥스가 말했다. 「그건 네가 지금 이 순간 알 수 없는 것들 중 하나이기도 하지.」

조지는 시계를 쳐다보았다. 6시 15분이었다. 거리 쪽으로 난 문이 열렸다. 전차(電車) 운전사가 들어왔다.

「헬로, 조지.」 그가 말했다. 「저녁 식사 할 수 있나?」

「샘이 외출했습니다.」 조지가 말했다. 「30분 정도 있다가 돌아올 겁니다.」

「그럼 길 위쪽으로 가보아야겠는데.」 전차 운전사가 말했다. 조지는 시계를 쳐다보았다. 6시 20분이었다.

「잘했어, 똑똑이.」 맥스가 말했다. 「넌 정말 제대로 된 젊은 신사로군.」

「저 애는 내가 자기 머리를 총으로 쏘아 날려 버리리라는 것을 알고 있어.」 앨이 주방에서 말했다.

「아니야.」 맥스가 말했다. 「그게 아니야. 똑똑이는 성실해. 성실한 애야. 난 쟤가 마음에 들어.」

6시 55분에 조지가 말했다. 「그는 오지 않아요.」

그동안 간이식당에는 두 사람이 더 들어왔다. 한번은 조지가 주방으로 들어가 그 손님이 〈가져가겠다〉고 한 햄과 에그 샌드위치를 만들어 나왔다. 주방 안에 들어간 조지는 앨을 보았다. 그는 중산모자를 뒤로 젖힌 채, 구멍문 옆에서 등받이 없는 의자에 앉아 있었다. 총신을 짧게 자른 권총이 선반 위에 놓여 있고 총구가 앞쪽을 보고 있었다. 닉과 요리사는 등을 맞댄 채 한쪽 구석에 앉아 있었다. 두 사람의 입은 타월로 단단히 묶여 있었다. 조지가 샌드위치를 요리해서 기름종이로 포장한 후 종이 백에 넣어 주방 밖으로 나오자 손님은 요금을 지불하고 식당을 나갔다.

「똑똑이는 뭐든지 다 할 수 있지.」맥스가 말했다. 「요리도 하고 그 밖의 것도 다 잘하지. 넌 좋은 여자를 만나서 행복하게 해줄 거야, 똑똑이.」

「저기요.」조지가 말했다. 「당신의 친구, 올 안드레슨은 안 올 것 같은데요.」

「10분만 더 기다려 보지.」맥스가 말했다.

맥스는 거울과 시계를 보았다. 시곗바늘은 7시를 가리켰고 곧 7시 5분이 되었다.

「이봐, 앨.」맥스가 말했다. 「철수하는 게 좋겠어. 그놈은 안 와.」

「5분만 더 기다려 보지.」앨이 주방에서 말했다.

그 5분 사이에 한 남자 손님이 들어왔고 조지는 요리사가 아파서 지금 없다고 설명했다.

「왜 다른 요리사를 쓰지 않지?」그 손님이 물었다. 「이렇게 해서 간이식당이 운영되겠나?」그는 식당 밖으로 나갔다.

「자, 앨, 가자고.」맥스가 말했다.

「두 똑똑이와 깜둥이는 어떻게 하지?」

「아무 문제 없는 애들이야.」

「그렇게 생각해?」

「그럼. 그건 끝난 문제야.」

「맘에 안 들어.」 앨이 말했다. 「너무 너절해. 자넨 너무 많이 지껄였어.」

「그게 무슨 소리야?」 맥스가 말했다. 「우리도 재밋거리가 있어야지, 안 그래?」

「아무튼 자넨 너무 많이 지껄였어.」 앨이 말했다. 그는 주방에서 나왔다. 총신을 짧게 자른 권총이 너무 꽉 끼는 상의의 허리 아래 부분에서 비죽 튀어나와 있었다. 그는 장갑 낀 손으로 상의를 바르게 폈다.

「잘 있으라고, 똑똑이.」 앨이 조지에게 말했다. 「넌 운이 아주 좋은 거야.」

「그건 사실이야.」 맥스가 말했다. 「경마를 한번 해봐, 똑똑이.」

두 남자는 문 밖으로 나갔다. 조지는 창문을 통해 그들을 주시했다. 그들은 가로등 아래를 지나 길 반대편으로 건너갔다. 꽉 끼는 상의와 중산모자 때문에 두 남자는 보드빌 희극의 한 팀 같아 보였다. 조지는 뒤로 돌아 회전문을 통과해 주방 안으로 들어가 닉과 요리사를 풀어 주었다.

「다시는 이런 일을 당하고 싶지 않아.」 요리사 샘이 말했다. 「다시는 당하고 싶지 않아.」

닉은 일어섰다. 그는 전에 입을 타월로 틀어막혀 본 적이 한 번도 없었다.

「젠장.」그는 말했다. 「정말 빌어먹을 지옥 같았어.」그는 일부러 거들먹거리며 그것을 잊어버리려 했다.

「올 안드레슨을 죽이려 했어.」조지가 말했다. 「그가 식사하러 들어오면 쏴 죽이려 했어.」

「올 안드레슨?」

「응.」

요리사는 양 엄지손가락으로 입 가장자리를 눌렀다.

「둘 다 갔어?」그가 물었다.

「응.」조지가 말했다. 「갔어.」

「난 이 일이 맘에 안 들어.」요리사가 말했다. 「전혀 마음에 들지 않아.」

「이봐.」조지가 닉에게 말했다. 「가서 올 안드레슨을 만나 보는 게 좋겠어.」

「좋아.」

「이런 일에는 끼어들지 않는 게 좋아.」요리사 샘이 말했다. 「이런 일에는 빠지는 게 좋다고.」

「가기 싫으면 가지 마.」조지가 말했다.

「이런 일에 끼어들어 봐야 아무런 성과도 없어.」요리사가 말했다. 「끼지 않는 게 최고야.」

「난 가서 그를 만나 보겠어.」닉이 조지에게 말했다. 「어디 살지?」

요리사는 외면했다.

「어린애들은 자기가 뭘 하고 싶어 하는지 늘 잘 안다니까.」요리사가 말했다.

「그는 허시스 여인숙에서 지내고 있어.」 조지가 닉에게 말했다.

「내가 거기 가보고 올게.」

밖에는 가로등이 나무의 앙상한 가지들을 사이로 빛나고 있었다. 닉은 전차 선로를 따라 거리 위쪽으로 올라가다가 다음번 가로등에서 방향을 틀어 이면 도로로 들어갔다. 그 도로 세 번째 집이 허시스 여인숙이었다. 닉은 두 계단을 걸어 올라가 초인종을 눌렀다. 어떤 여자가 나왔다.

「올 안드레슨이 여기에 있나요?」

「그를 만나려고?」

「예. 그분이 안에 있다면.」

닉은 그 여자를 따라 계단을 올라가 통로 끝에 있는 방으로 갔다. 여자는 방문을 노크했다.

「누구세요?」

「누군가 당신을 만나러 왔습니다, 안드레슨 씨.」 여자가 말했다.

「닉 애덤스입니다.」

「들어오시오.」

닉은 문을 열고 방 안으로 들어갔다. 올 안드레슨은 옷을 다 입은 채 침대에 누워 있었다. 그는 헤비급 프로 권투 선수였고 키가 너무 커서 침대가 작았다. 베개 두 개를 겹쳐서 머리 밑에 대고 누워 있었다. 그는 닉을 쳐다보지 않았다.

「무슨 일이오?」 그가 물었다.

「나는 헨리스 간이식당에 있었습니다.」 닉이 말했다. 「그런데 두 남자가 들어오더니 나와 요리사를 묶어 놓고 당신을 죽이겠다고 했습니다.」

그렇게 말해 놓고 보니 아주 우스꽝스럽게 들렸다. 올 안드레슨은 아무 말도 하지 않았다.

「조지는 내가 당신을 만나서 그 사건을 말해 주는 게 좋겠다고 했습니다.」

「그 일에 대해 내가 할 수 있는 건 아무것도 없소.」 올 안드레슨이 말했다.

「그들이 어떻게 생겼는지 말해 줄 수 있습니다.」

「나는 그들이 어떻게 생겼는지 알고 싶지 않아요.」 올 안드레슨이 말했다. 그는 벽을 쳐다보았다. 「여기까지 와서 말해 주어 고맙소.」

「고맙긴 뭘요.」

닉은 침대에 누워 있는 덩치 큰 남자를 내려다보았다.

「경찰에 가서 신고할까요?」

「아니.」 올 안드레슨이 말했다. 「그건 아무 도움도 안 될 거요.」

「뭔가 해드릴 게 없을까요?」

「아니요. 당신이 할 수 있는 건 아무것도 없소.」

「어쩌면, 허풍일지도 모릅니다.」

「아니. 그건 허풍이 아니오.」

올 안드레슨은 다시 벽 쪽으로 몸을 돌렸다.

「문제는.」 그가 벽에다 대고 말했다. 「내가 밖으로 나갈 결심을 하지 못한다는 거요. 나는 하루 종일 여기 있었소.」

「아예 마을을 떠나 버리면 되잖아요.」

「아니.」올 안드레슨이 말했다. 「여기저기 도망다니는 것이 이제 지겨워졌소.」

그는 벽을 쳐다보았다.

「이제 할 수 있는 일은 아무것도 없소.」

「문제를 해결할 수는 없나요?」

「아니. 나는 영 엉뚱한 방향으로 들어섰소.」그는 아까와 똑같은 맥없는 목소리로 말했다. 「할 수 있는 일은 아무것도 없소. 조금 뒤에 밖으로 나갈 결심을 할 거요.」

「이제 조지에게 돌아가는 게 좋겠습니다.」닉이 말했다.

「잘 가시오.」올 안드레슨이 말했다. 그는 닉을 쳐다보지 않았다. 「일부러 와줘서 고맙소.」

닉은 밖으로 나갔다. 그는 문을 닫으면서 옷을 다 입은 채 침대 위에 누워 벽을 쳐다보는 올 안드레슨을 보았다.

「그 사람은 하루 종일 방 안에 있었어요.」하숙집 여주인이 아래층에서 말했다. 「몸 상태가 나쁜 것 같아요. 내가 그에게 말했어요. 〈안드레슨 씨, 이렇게 멋진 가을날에는 밖으로 나가 산책하는 게 좋아요.〉하지만 그는 산책 나갈 기분이 아닌 듯했어요.」

「외출하기를 원하지 않아요.」

「몸이 불편한 건 안된 일이에요.」여자가 말했다. 「정말 점잖은 사람이에요. 아시겠지만, 권투를 했대요.」

「알고 있습니다.」

「얼굴에서만 표시가 날 뿐 다른 면에서는 그걸 알 수가 없어요.」 그들은 현관문 바로 안쪽에 서서 이야기를 나눴다.
「그는 정말 점잖아요.」

「그럼, 안녕히 계세요, 허시 부인.」 닉이 말했다.

「나는 허시 부인이 아니에요.」 여자가 말했다. 「허시 부인
은 이 집의 주인이지요. 나는 그분 대신 이 하숙집을 돌보고
있어요. 나는 벨입니다.」

「그럼, 안녕히 계세요, 벨 부인.」 닉이 말했다.

「잘 가요.」 여자가 말했다.

닉은 거리 위쪽으로 걸어가 가로등이 켜진 코너까지 왔고
이어 전찻길을 따라서 헨리스 간이식당으로 돌아왔다. 조지
는 카운터 뒤 내부에 있었다.

「올을 만나 봤어?」

「응.」 닉이 말했다. 「방 안에 틀어박혀 밖에 나가지 않으려
했어.」

요리사는 닉의 목소리를 듣자 주방 안으로 통하는 문을
열었다.

「난 그 말조차 안 들은 것으로 해줘.」 그는 그렇게 말하고
문을 닫았다.

「그에게 여기서 벌어진 일을 말해 주었어?」 조지가 물었다.

「응. 말해 주었어. 이게 무엇 때문인지 다 알고 있더군.」

「어떻게 할 거래?」

「아무것도 안 한대.」

「그들은 그를 죽일 거야.」

「그럴 것 같아.」

「시카고에서 무슨 사건에 연루된 게 틀림없어.」

「나도 그렇게 생각해.」닉이 말했다.

「참 지랄 같은 일이야.」

「그래, 정말 끔찍한 일이지.」닉이 말했다.

그들은 아무 말도 하지 않았다. 조지는 손을 아래로 뻗어 타월을 꺼내 카운터를 닦았다.

「그가 무슨 짓을 저질렀을까?」닉이 말했다.

「누군가에게 져주겠다고 하고서 이겨 버렸을 거야. 그 때문에 저들이 그를 죽이려고 하는 거지.」

「난 이 마을을 떠나야겠어.」닉이 말했다.

「그래.」조지가 말했다. 「그게 좋겠어.」

「자기가 살해당하리라는 것을 알면서도 방 안에서 기다리기만 하다니. 그 사람 생각만 하면 견딜 수가 없어. 그건 너무 끔찍한 일이야.」

「그래.」조지가 말했다. 「하지만 그 일에 대해 더 이상 생각하지 않는 게 좋겠어.」

세상의 빛

우리가 문 안으로 들어오는 것을 보고서 바텐더는 위를 쳐다보았고 손을 뻗어 두 개의 공짜 안주 그릇에 유리 뚜껑을 덮었다.

「맥주 한 잔.」 내가 말했다. 그는 통에서 맥주를 따르고 주걱으로 거품을 제거하더니 맥주잔을 손에 들었다. 내가 나무 판자 위에 니켈 동전을 내려놓자 그가 맥주잔을 앞으로 내밀었다.

「당신은 뭘 마실 건가?」 그가 톰에게 물었다.

「맥주.」

그는 맥주를 따른 후 거품을 제거했고 맥주잔을 들고 있다가 돈을 보자 잔을 톰 쪽으로 내밀었다.

「뭐 잘못되었어요?」 톰이 물었다.

바텐더는 그 질문에 대답하지 않았다. 그는 우리의 머리 너머를 쳐다보면서 방금 들어온 남자에게 「당신은 뭘 마실 거요?」 하고 말했다.

「위스키.」 그 남자가 말했다. 바텐더는 위스키 병과 술잔과 물컵을 내놓았다.

톰은 손을 내뻗어 공짜 안주의 유리 뚜껑을 벗겼다. 그것은 식초에 절인 족발이었는데 가위같이 생긴 나무집게가 달려 있었다. 집게 끝 부분에 붙은 나무 포크 두 개로 족발을 집을 수 있게 되어 있었다.

「안 돼.」 바텐더가 그렇게 말하면서 유리 뚜껑을 도로 덮었다. 톰은 나무집게를 손에 들고 있었다. 「그거 도로 갖다놔.」 바텐더가 말했다.

「당신이 갖다 놔.」 톰이 말했다.

바텐더는 우리 둘을 살펴보며 바 밑으로 한 손을 내뻗었다. 내가 50센트를 나무판자 위에 놓자 그는 몸을 똑바로 폈다.

「당신은 뭘 주문했지?」 그가 말했다.

「맥주.」 내가 말했다. 그는 맥주를 따르기 전에 공짜 안주의 뚜껑을 벗겼다.

「족발에서 냄새가 나는군.」 톰이 입안에 있던 것을 바닥에 뱉으며 말했다. 바텐더는 아무 말도 하지 않았다. 위스키를 마신 손님은 계산을 하고서 뒤돌아보지 않고 밖으로 나갔다.

「냄새 나는 건 너희들이야.」 바텐더가 말했다. 「놈팡이들은 모두 냄새가 나.」

「저자가 우리더러 놈팡이라는데.」 토미가 내게 말했다.

「이봐.」 내가 말했다. 「그만 나가자.」

「놈팡이들은 여기서 썩 꺼져.」 바텐더가 말했다.

「우린 나간다고 말했어.」 내가 말했다. 「당신이 시켜서 가는 게 아니야.」

「다시 돌아올 거야.」 토미가 말했다.

「아니, 돌아오지 마.」 바텐더가 그에게 말했다.

「웃기는 소리 하지 말라고 해.」 톰이 내게 고개를 돌렸다.

「자, 가자.」 내가 말했다.

밖은 아주 어두웠다.

「무슨 술집이 저래?」 토미가 말했다.

「모르겠어.」 내가 말했다. 「역으로 내려가자.」

우리는 그 마을의 한쪽 끝으로 들어왔고 이제 한쪽 끝으로 나갈 셈이었다. 마을에서는 생가죽, 태운 나무껍질, 커다란 톱밥 더미 냄새가 났다. 우리가 마을에 들어올 때에는 어두워지고 있었으나 이제는 완전히 어두워져 추웠고 도로의 물웅덩이는 가장자리가 얼어붙고 있었다.

역에는 창녀 다섯이 기차가 들어오기를 기다리고 있었다. 그 외에 여섯 명의 백인과 네 명의 인디언이 있었다. 역사는 비좁았고 난로를 피워 더웠으며 매캐한 연기가 가득했다. 우리가 들어가니 아무도 말을 하지 않았다. 매표구는 닫혀 있었다.

「문을 좀 닫고 들어오지.」 누군가가 말했다.

나는 누가 그 말을 했는지 살폈다. 백인들 중 한 명이었다. 그는 다른 사람들과 마찬가지로 짧은 바지, 벌목꾼들이 신는 고무장화, 두꺼운 모직 셔츠 차림이었다. 하지만 모자는 쓰지 않았고 얼굴은 희었고 손도 희고 가늘었다.

「안 닫을 거야?」

「아, 닫아야죠.」 내가 그렇게 말하고 문을 닫았다.

「고맙군.」그가 말했다. 그들 중 한 사람이 낄낄 웃었다.

「요리사를 놀려 본 적 있소?」낄낄 웃던 자가 내게 말했다.

「없습니다.」

「이 사람을 놀리면 돼.」그가 요리사를 쳐다보았다. 「이 사람은 그걸 좋아해.」

요리사는 입술을 굳게 다물면서 다른 데로 고개를 돌렸다.

「이 사람은 손에 레몬주스를 발라.」그 남자가 말했다. 「그리고 식기 닦고 난 구정물에는 절대로 손을 안 넣지. 저 하얀 손을 좀 보라고.」

창녀들 중 하나가 커다란 소리로 웃었다. 내 평생 본 적이 없는 덩치 큰 창녀였다. 아주 몸집이 거대한 여자였다. 그녀는 여러 색깔로 번쩍거리는 실크 드레스를 입고 있었다. 다른 두 창녀도 그녀 못지않게 뚱뚱했으나, 이 거대한 창녀는 350파운드[1]는 너끈히 될 것 같았다. 세상에 어떻게 저런 여자가 있을 수 있는지 믿을 수 없을 정도였다. 세 창녀는 몸을 돌리는 각도에 따라 색깔이 변하는 실크 드레스를 입었다. 그들은 벤치 위에 나란히 앉아 있었다. 그들은 거대했다. 다른 두 여자는 평범한 창녀로 보였는데, 머리카락은 과산화수소수로 염색한 금발이었다.

「저자의 손을 좀 봐.」남자는 그렇게 말하면서 요리사에게 고개를 끄덕였다. 창녀는 다시 웃음을 터트리며 온몸을 흔들어 댔다.

요리사는 고개를 돌리고 그녀에게 재빨리 말했다. 「이 밥

1 약 160킬로그램.

맛없는 거대한 살덩어리.」

여자는 계속 웃으면서 몸을 흔들어 댔다.

「오, 저런.」 그녀가 말했다. 그녀의 목소리는 아주 좋았다.
「오, 저런, 정말 웃겨.」

몸집이 큰 다른 두 창녀는 조용하게 행동했고 온몸에 감
각이 없는 사람처럼 평온했다. 하지만 그들은 몸집이 컸고
가장 거대한 창녀 못지않은 살덩어리였다. 둘 다 250파운드
는 좋이 넘을 것 같았다. 다른 두 여자는 엄숙한 표정이었다.

요리사와 방금 말한 남자 말고도 두 명의 벌목꾼이 더 있
었다. 한 남자는 대화를 흥미롭게 들었으나 수줍어 하는 듯
했고, 다른 남자는 뭔가를 말하려는 듯한 표정이었다. 그리
고 스웨덴인이 두 명 있었다. 인디언 둘은 벤치 끝에 앉고 한
사람은 선 채로 벽에 기대고 있었다.

뭔가를 말하려는 듯한 표정의 남자가 아주 낮은 목소리로
내게 말했다. 「저년들은 건초 더미를 올라타는 것과 비슷할
거야.」

나는 웃음을 터트렸고 그것을 토미에게 말했다.

「이런 곳은 정말이지 처음 와보는데.」 그가 말했다. 「저 세
뚱뚱한 창녀를 좀 봐.」 그러자 요리사가 큰 소리로 말했다.

「너희들 몇 살이야?」

「나는 96살이고 저 친구는 69살이죠.」 토미가 말했다.

「호! 호! 호!」 뚱뚱한 창녀가 몸을 흔들면서 웃었다. 그녀
는 정말 목소리가 예뻤다. 다른 창녀들은 웃지 않았다.

「좀 공손하게 나올 수 없어?」 요리사가 말했다. 「난 친구

가 되자는 뜻으로 물어본 거야.」

「열일곱, 열아홉입니다.」 내가 말했다.

「야, 뭐하러 그런 걸 알려 줘.」 토미가 내게 고개를 돌렸다. 「괜찮아.」

「앨리스라고 불러 줘요.」 뚱보 창녀가 말했다. 그리고 그녀는 몸을 흔들기 시작했다.

「그게 당신 이름이야?」 토미가 물었다.

「응.」 그녀가 말했다. 「앨리스. 그렇지?」 그녀가 요리사 옆에 앉은 남자에게 고개를 돌렸다.

「그래, 맞아. 앨리스.」

「당신 같은 여자가 가질 법한 이름이군.」 요리사가 말했다.

「본명이에요.」 앨리스가 말했다.

「다른 여자들의 이름은 뭐지?」 톰이 물었다.

「헤이즐과 에델.」 앨리스가 말했다. 헤이즐과 에델은 미소를 지었다. 그러나 그리 밝은 표정은 아니었다.

「당신 이름은 뭐야?」 내가 두 금발 여자 중 하나에게 물었다.

「프랜시스.」 그녀가 말했다.

「프랜시스 뭐?」

「프랜시스 윌슨. 내 이름은 알아서 뭘 하려고?」

「당신 이름은?」 내가 다른 금발에게 물었다.

「유치하게 나오지 마.」 그녀가 말했다.

「그는 우리 모두가 친구가 되기를 바라는 거야.」 아까 친구 운운했던 남자가 말했다. 「넌 친구가 되기를 바라지 않아?」

「바라지 않아.」 과산화수소수로 염색한 금발이 말했다.

「당신하고는.」

「성마른 여자로군.」 그가 말했다. 「영락없이 성마른 여자야.」 한 금발이 다른 금발을 쳐다보며 고개를 흔들었다.

「빌어먹을 촌놈들.」 그녀가 말했다.

앨리스는 다시 웃음을 터뜨리며 온몸을 흔들어 댔다.

「이게 뭐가 우스워?」 요리사가 말했다. 「넌 줄곧 웃기만 하는데, 이건 하나도 재미가 없어. 두 젊은 친구, 자네들은 어디로 가나?」

「그러는 당신은 어디로 가시오?」 톰이 그에게 물었다.

「캐딜락으로 가고 싶어.」 요리사가 말했다. 「자네 거기 가 봤나? 내 누이가 거기 살아.」

「저 친구는 자기가 누이면서.」 짧은 바지를 입은 남자가 말했다.

「그딴 말 지껄이는 것 좀 그만 둘 수 없어?」 요리사가 물었다. 「좀 예의바르게 말할 수 없냐고?」

「캐딜락은 스티브 케철의 고향이고 또한 애드 볼가스트의 고향이기도 하지.」 수줍음을 타는 남자가 말했다.

「스티브 케철.」 금발 여자가 높은 음정으로 말했다. 그 이름이 그녀에게 뭔가 강력한 정서를 환기시킨 듯했다. 「그의 친아버지가 총을 쏴서 그를 죽였어. 그래, 정말이야. 그의 친아버지가. 이 세상에 스티브 케철 만한 남자는 없는데.」

「혹시 스탠리 케철 아니야?」 요리사가 물었다.

「오, 닥쳐요.」 금발이 말했다. 「당신이 스티브에 대해서 뭘 알아요? 그는 스탠리가 아니에요. 스티브 케철은 내가 만나 본 중에 가장 멋지고 가장 잘생긴 남자예요. 난 스티브 케철처럼 깨끗하고 희고 아름다운 남자를 본 적이 없어요. 세상에 그런 남자는 없어요. 그는 호랑이처럼 움직였고 아주 멋지고 호탕하게 돈을 쓰는 남자였어요.」

「그를 개인적으로 알고 있어?」 남자들 중 하나가 물었다.

「그를 아냐고요? 그를 아냐고? 내가 그를 사랑했느냐고? 그걸 물어본 거예요? 당신이 이웃 사람을 잘 알듯이, 나는 그를 잘 알았고 또 당신이 하느님을 사랑하듯 나는 그를 사랑했어요. 스티브 케철, 그는 이 세상에서 가장 멋지고, 훌륭하고, 희고, 가장 아름다운 남자였어요. 그런데 그의 친아버지가 그를 개처럼 쏘아 죽였어요.」

「그를 보기 위해 해안가로 나갔었나?」

「아니요. 그 전에 이미 그를 알고 있었어요. 그는 내가 사랑했던 유일한 남자예요.」

모두들 그 염색 금발을 매우 존경하는 듯한 태도를 보였다. 그녀는 이 모든 말을 아주 연극적인 방식으로 했다. 하지만 앨리스는 다시 몸을 흔들기 시작했다. 옆에 앉은 나는 그 흔들림을 느낄 수 있었다.

「그럼 그와 결혼하지 그랬어?」 요리사가 말했다.

「그의 경력을 망치고 싶지 않았어요.」 염색 금발이 말했다. 「그에게 피해를 주고 싶지 않았어요. 그는 아내를 원한 게 아니었어요. 아, 정말 대단한 남자였어요.」

「그를 아주 좋게 보는군.」 요리사가 말했다. 「하지만 잭 존슨이 그를 녹다운시키지 않았나?」

「그건 꼼수였어요.」 염색 금발이 말했다. 「그 덩치 큰 흑인이 그를 기습했어요. 그는 그 덩치 큰 흑인 잭 존슨을 막 때려 눕히려던 참이었어요. 그 흑인은 순전히 운으로 이긴 거예요.」

매표구의 창문이 올라가자 세 명의 인디언이 그리로 걸어 갔다.

「스티브는 그 흑인을 그로기 상태로 몰고 갔어요.」 염색 금발이 말했다. 「그때 그는 고개를 돌려 내게 미소를 지었어요.」

「아까 해안에는 안 나갔다고 했잖아.」 누군가가 말했다.

「그 경기 때 딱 한 번 나갔어요. 스티브는 내게 미소 짓기 위해 고개를 돌렸고 그러자 그 빌어먹을 깜둥이 개자식이 그에게 달려들어 기습 공격을 한 거예요. 스티브는 그런 깜둥이쯤은 백 명도 해치울 수 있었어요.」

「그는 훌륭한 권투 선수였지.」 벌목꾼이 말했다.

「나는 하느님께 그가 훌륭한 권투 선수가 되게 해달라고 빌었어요.」 염색 금발이 말했다. 「이제 그런 선수가 더 이상 나오지 않게 해달라고 빌었어요. 그는 정말 하느님 같았어요. 너무나 희고 깨끗하고 아름답고 부드럽고 빨랐어요. 마치 호랑이, 아니 번개 같았어요.」

「나는 그 경기를 찍어 놓은 영상으로 그를 본 적이 있어.」 톰이 말했다. 우리는 모두 감동을 받았다. 앨리스는 다시 몸을 흔들었고 나는 고개를 돌려 그녀가 울고 있는 것을 보았다. 인디언들은 역사를 나가 승강장으로 갔다.

「그는 그 어떤 남자보다 훌륭한 남편이었어요.」 염색 금발이 말했다. 「하느님의 눈으로 보면 우리는 결혼한 부부예요.

나는 지금 이 순간도 그 남자의 것이고 앞으로도 영원히 그럴 거예요. 내 모든 것이 그의 것이에요. 난 내 몸뚱이는 신경 쓰지 않아요. 사람들은 내 몸뚱이를 마음대로 할 수 있어요. 하지만 내 영혼은 스티브 케철의 것이에요. 오, 하느님, 그는 정말 멋진 남자였어요.」

모두 금발을 안쓰러워했다. 너무 슬프고 당황스러웠다. 그러자 여전히 몸을 흔들던 앨리스가 말했다. 「넌 아주 지저분한 거짓말쟁이야.」 그녀가 낮은 목소리로 말했다. 「넌 평생 스티브 케철이랑 자본 적이 없어. 너도 그걸 알아.」

「어떻게 그리도 당당하게 말하시지?」 염색 금발이 의젓하게 말했다.

「정말이기 때문에 이렇게 말하는 거야.」 앨리스가 말했다. 「여기서 스티브 케철을 알고 있는 사람은 오로지 나 하나뿐이야. 난 맨셀로나 출신이고 거기서 그를 알았어. 이건 사실이야. 이게 사실이라는 건 너도 알아. 만약 이게 사실이 아니라면 하느님이 내게 벼락을 내리실 거야.」

「나도 벼락을 맞을 각오가 되어 있어.」 염색 금발이 말했다.

「이건 정말, 정말, 정말이야. 그건 너도 알고 있어. 그냥 지어낸 얘기가 결코 아니야. 난 그가 내게 한 말을 정확하게 기억하고 있어.」

「그가 뭐라고 했는데?」 염색 금발이 느긋하게 말했다.

앨리스는 심하게 울고 있었고 그 동요 때문에 말을 제대로 하지 못했다. 「그는 〈앨리스, 넌 정말 사랑스러운 년이야〉라고 했어. 이게 그가 말한 그대로야.」

「그건 거짓말이야.」 염색 금발이 말했다.

「사실이야.」 앨리스가 말했다. 「그게 그가 나한테 해준 말 그대로야.」

「거짓말이야.」 염색 금발이 콧대 높게 말했다.

「아니야, 사실, 사실, 사실이야. 예수와 마리아에게 맹세해.」

「스티브가 그렇게 말했을 리가 없어. 그는 그런 식으로 말 안 해.」 염색 금발이 느긋하게 말했다.

「사실이야.」 앨리스가 예쁜 목소리로 말했다. 「네가 그것을 믿든 말든 그건 나한테 아무런 문제도 안 돼.」 그녀는 더 이상 울지 않았고 침착했다.

「스티브가 그렇게 말했다는 건 불가능한 얘기야.」 염색 금발이 선언했다.

「그렇게 말했다니까.」 앨리스가 대답하며 미소 지었다. 「난 그가 그렇게 말한 때를 기억하고 있고 또 사실 나는 그때 사랑스러운 년이었어. 그가 말한 그대로. 그리고 지금도 난 너보다 더 좋은 년이야. 넌 말라빠진 골칫거리 잡년에 지나지 않아.」

「넌 나를 모욕할 수 없어.」 염색 금발이 말했다. 「이 거대한 살덩어리. 나도 나의 기억이 있어.」

「없어.」 앨리스가 부드럽고 사랑스러운 목소리로 말했다. 「넌 이렇다 할 진짜 기억이 없어. 나팔관 제거 수술을 받고 본격적으로 보건소 관리를 받기 시작한 때 이외에는. 그 이외의 기억은 모두 네가 신문 기사를 보고 지어낸 거야. 난 깨끗하고 너도 그걸 알아. 내가 덩치가 크기는 하지만 남자들은 나를 좋아해. 넌 그걸 알아. 난 거짓말을 한 적이 없어. 이것도 넌 알아.」

「내 기억들을 건드리지 마.」 염색 금발이 말했다. 「나의 진정으로 사랑스러운 기억들을.」

앨리스는 먼저 금발을 쳐다보았고 이어 우리를 쳐다보았다. 그녀의 얼굴에서 감정이 상한 듯한 표정은 사라졌다. 이제 그녀는 미소를 지었다. 그건 내가 본 얼굴 중에서 가장 예쁜 얼굴이었다. 그녀는 예쁜 얼굴, 부드럽고 매끈한 피부, 사랑스러운 목소리를 지니고 있었다. 그녀는 모든 면에서 상냥했고 또 정말로 다정했다. 하지만 그녀는 정말로 뚱뚱했다. 여자 셋을 합쳐 놓은 것처럼 뚱뚱했다. 톰은 그녀를 쳐다보는 나를 보다가 말했다. 「자, 가자.」

「굿바이.」 앨리스가 말했다. 그녀는 정말 아름다운 목소리를 지니고 있었다.

「굿바이.」 내가 말했다.

「자네 젊은 친구들은 어디로 갈 건가?」 요리사가 물었다.

「당신하고는 정반대 쪽으로.」 톰이 그에게 말했다.

인디언 부락

호숫가에는 또 다른 노 젓는 배가 대여 있었다. 두 명의 인디언이 서서 기다리고 있었다.

　닉과 그의 아버지가 배의 고물로 올라선 후 인디언들은 그 배를 호수 쪽으로 밀어냈고 한 인디언이 배에 올라 노를 저었다. 조지는 배의 고물에 앉아 있었다. 젊은 인디언이 그 배를 호수 쪽으로 밀고서 배에 타 조지를 위해 노를 저었다.

　두 척의 배는 어둠 속에서 출발했다. 닉은 안개 속에서 앞서 가는 배의 노걸이에서 나는 삐걱 소리를 들었다. 인디언들은 빠르고 거칠게 노를 저었다. 닉은 상체를 약간 뒤로 젖혔고 아버지는 팔로 그의 등을 둘렀다. 호수는 차가웠다. 닉이 탄 배의 인디언이 열심히 노를 젓기는 했지만, 다른 배는 안개 속에서 저만치 앞서 가고 있었다.

　「어디로 가는 거예요, 아빠?」 닉이 물었다.

　「인디언 부락으로 가는 거란다. 어떤 인디언 아주머니가 아주 아파.」

　「아.」 닉이 말했다.

호수를 건너자 그들은 다른 배가 이미 호안(湖岸)에 매여 있는 것을 발견했다. 조지는 어둠 속에서 시가를 피우고 있었다. 젊은 인디언은 배를 호안에 바짝 갖다 댔다. 조지는 두 인디언에게 시가를 나누어 주었다.

　그들은 호안에서 이슬이 내린 풀밭을 걸어 올라갔다. 제등(提燈)을 든 인디언이 앞에서 길을 안내했다. 그들은 숲속으로 들어가 작은 길을 따라갔는데 그 길은 언덕으로 이어지는 벌목로와 통했다. 벌목로는 양옆의 나무들이 제거되어 있어 한결 걷기가 편했다. 젊은 인디언이 걸음을 멈추더니 제등을 껐고 그들은 모두 그 길을 따라갔다.

　그들이 꼬부라진 길을 돌아가자 개가 나와 짖었다. 앞에는 나무껍질을 채취하는 인디언들이 사는 오두막에서 새 나오는 불빛이 있었다. 더 많은 개가 그들에게 달려왔다. 두 인디언은 개들을 오두막 쪽으로 돌려보냈다. 길에서 가장 가까운 오두막의 창에는 불빛이 보였다. 나이 든 여인이 램프를 들고서 문턱에 서 있었다.

　그 안의 나무판자에는 젊은 인디언 여인이 누워 있었다. 그녀는 이틀 동안 아이를 낳으려고 애를 써왔다. 부락의 모든 여자들이 산모를 돕고 있었다. 남자들은 산모의 비명 소리가 들리지 않는 길 위쪽으로 올라가 어둠 속에 앉아 담배를 피웠다. 닉과 두 명의 인디언이 그의 아버지와 조지를 따라 오두막 안으로 들어서는 순간 산모가 비명을 질러 댔다. 그녀는 아래층의 커다란 나무판자에 누워 이불을 덮고 있었다. 산모의 머리는 한쪽으로 돌려져 있었다. 위쪽의 나무판자에는 그녀의 남편이 누워 있었다. 그는 사흘 전 도끼로 발을 크게 다쳤다. 그는 파이프 담배를 피우고 있었다. 방 안에서는 매우 좋지 않은 냄새가 났다.

닉의 아버지는 난로에 물을 좀 올려놓으라고 지시했고 물이 데워지는 동안 닉에게 말했다.

「이 부인은 아기를 낳으려는 거란다, 닉.」 그가 말했다.

「알아요.」 닉이 말했다.

「넌 몰라.」 그의 아버지가 말했다. 「내 말을 잘 들어. 저 부인이 겪고 있는 것은 출산의 진통이라는 거야. 아이도 태어나려 하고 부인도 아이가 태어나기를 바라고 있지. 부인의 모든 근육이 아이를 낳으려고 힘을 쓰는 중이야. 그 고통 때문에 부인이 저렇게 비명을 지르는 거지.」

「그렇군요.」 닉이 말했다.

바로 그때 산모가 비명을 질렀다.

「아빠, 저 부인에게 뭐라도 줘서 비명을 그치게 할 수는 없나요?」 닉이 물었다.

「없어. 마취제가 없거든.」 그의 아버지가 말했다. 「하지만 산모의 비명은 그리 중요한 게 아니야. 난 그게 중요하다고 보지 않기 때문에 비명 소리가 들리지 않아.」

위층의 남편은 벽 쪽으로 돌아누웠다.

주방의 여인이 의사에게 물이 끓는다는 신호를 보냈다. 닉의 아버지는 주방으로 가서 커다란 주전자의 물을 절반쯤 대야에다 따랐다. 절반쯤 물이 남은 주전자에 그는 손수건으로 싸두었던 여러 가지 물건들을 집어넣었다.

「이건 펄펄 끓여야 해.」 그가 말했다. 그는 양손을 대야의 뜨거운 물에 집어넣고 부락에서 가져온 비누로 씻었다. 닉은 양손에 비누칠을 하는 아버지를 지켜보았다. 그의 아버지는 양손을 조심스럽게 꼼꼼히 씻으면서 말했다.

「애야, 닉, 아이들은 머리부터 먼저 나오게 되어 있는데 때때로 그렇지가 않단다. 만약 그렇지 않을 경우, 아이는 많은 사람들에게 골칫거리가 돼. 어쩌면 이 부인은 수술을 해야 할지도 몰라. 그건 곧 알게 될 거야.」

양손을 깨끗이 씻은 후 그는 방 안으로 들어가 작업에 착수했다.

「조지, 저 이불 좀 치워 주겠나?」 그가 말했다. 「내가 저걸 만지지 않는 게 좋을 듯해.」

그가 수술을 시작하자 조지와 세 인디언은 산모를 꽉 잡아 고정시켰다. 그녀가 조지의 팔뚝을 물어뜯자 그는 〈이런 빌어먹을 인디언 년!〉이라고 말했고, 아까 조지가 탔던 배의 노를 저었던 젊은 인디언은 그걸 보고 웃음을 터뜨렸다. 닉은 그의 아버지를 위해 대야를 들었다. 일은 오랜 시간이 걸렸다.

그의 아버지는 아이를 꺼내 엉덩이를 찰싹 때려 숨을 쉬게 한 뒤 노파에게 아이를 건넸다.

「봐라, 아들이야, 닉.」 그가 말했다. 「인턴이 된 기분이 어떠냐?」

「좋아요.」 닉이 말했다. 그는 아버지의 작업을 보지 않기 위해 고개를 돌리고 있었다.

「음, 됐어. 이렇게 해서 떼어 냈군.」그의 아버지는 그렇게 말하고 뭔가를 대야에 던져 넣었다.

닉은 그것을 쳐다보지 않았다.

「이제…….」그의 아버지가 말했다. 「좀 꿰매야 해. 닉, 너는 이 광경을 봐도 좋고 안 봐도 그만이다. 좋을 대로 해. 내가 절개한 부분을 봉합할 생각이야.」

닉은 쳐다보지 않았다. 호기심은 사라진 지 오래였다.

그의 아버지는 일을 끝내고 일어섰다. 조지와 세 인디언도 일어섰다. 닉은 대야를 주방에 갖다 놓았다.

조지는 팔뚝을 내려다보았다. 젊은 인디언은 아까의 장면을 회상하며 미소 지었다.

「조지, 거기다 소독제를 발라 주지.」의사가 말했다.

그는 인디언 산모를 내려다보았다. 그녀는 이제 조용히 눈을 감고 있었다. 아주 창백해 보였다. 그녀는 아이가 어떻게 되었는지 알지 못했다.

「내일 아침에 다시 오겠소.」의사가 일어서며 말했다.

「정오에 세인트이그네이스 병원의 간호사가 여기 올 겁니다. 필요한 건 다 가지고 올 거예요.」

의사는 느긋한 마음에 수다스러워졌다. 미식축구 선수들이 경기 후에 탈의실에서 느긋해지는 것처럼.

「이건 의학 저널에 날 만한 일이야, 조지.」그가 말했다. 「잭나이프로 제왕 절개 수술을 하고 9피트짜리 가느다란 거트 리더[1]로 꿰맸으니 말이야.」

1 *gut leader.* 낚시를 낚싯줄에 연결하는 명주실.

조지는 벽에 기대서서 팔을 내려다보고 있었다.

「선생님은 정말 대단하십니다.」그가 말했다.

「자랑스러운 애 아빠를 한번 보아야겠어. 애 아빠들은 이런 작은 일에선 고통을 가장 못 견디는 사람들이지.」의사가 말했다.「그는 이 모든 일을 아주 조용하게 견딘 것 같아.」

그는 인디언의 머리에서 담요를 걷어 냈다. 그의 손이 갑자기 축축해졌다. 그는 한 손에 램프를 들고서 아래층 나무판자의 가장자리로 올라가 들여다보았다. 인디언 남편은 얼굴을 벽 쪽으로 돌린 채 누워 있었다. 그의 목은 이쪽 귀에서 저쪽 귀까지 베여 있었다. 상처에서 피가 흘러나와 그가 쪼그리고 누워 있는 나무판자에서 웅덩이를 이루었다. 그의 머리는 왼쪽 팔에 놓여 있었다. 활짝 펴진 면도날은 날이 위로 올라간 채 담요 위에 나뒹굴었다.

「조지, 닉을 오두막 밖으로 데려가게.」의사가 말했다.

그럴 필요가 없었다. 주방 문 앞에 서 있던 닉은 아버지가 한 손에 램프를 들고서 인디언 남편의 머리를 뒤로 젖혔을 때 모든 것을 환하게 봐버렸다.

그들이 벌목로를 따라 호안으로 걸어 나왔을 때 동이 트기 시작했다.

「닉, 널 여기 데려와서 정말 미안하구나.」수술 후의 의기양양함은 사라진 목소리로 그의 아버지가 말했다.「이런 끔찍한 혼란을 겪게 하다니.」

「여자들은 아이를 낳을 때 언제나 이렇게 어려움을 겪나요?」닉이 물었다.

「아니. 저건 아주, 아주 예외적인 경우란다.」

「아빠, 그 사람은 왜 자살을 했나요?」

「모르겠다, 닉. 아마도 삶을 견딜 수 없었던 게지.」

「많은 남자들이 자살을 하나요, 아빠?」

「아주 많지는 않단다, 닉.」

「그런 여자들도 많은가요?」

「거의 없어.」

「여자들은 아예 자살을 안 하나요?」

「아니, 해. 가끔.」

「아빠?」

「응.」

「조지 아저씨는 어디로 갔어요?」

「곧 나타날 거야. 걱정할 거 없어.」

「아빠, 죽음은 힘든 건가요?」

「아니. 난 그게 아주 쉽다고 생각해, 닉. 물론 상황에 따라 다르겠지만.」

그들은 배에 올랐다. 닉은 고물에 앉고 아버지가 노를 저었다. 태양은 이제 언덕 위로 올라왔다. 농어 한 마리가 뛰어오르더니 물속에서 원을 그렸다. 닉은 물에 손을 담가 보았다. 물은 아침의 차가운 공기 때문에 따뜻하게 느껴졌다.

이른 아침의 호수, 아버지가 노를 젓는 배의 고물에 앉아서 그는 자신이 결코 죽지 않으리라고 확신했다.

역자 해설
헤밍웨이 최고의 걸작

「노인과 바다The Old Man and the Sea」는 만년의 헤밍웨이에게 퓰리처상(1953)과 노벨 문학상(1954)을 안겨 준 걸작으로서 그의 최고 작품으로 평가된다. 스웨덴 한림원은 노벨상 수상을 결정하면서 특히 이 작품을 거명하여 〈강력하면서도 멋진 스타일을 가진 작품이고 현대적 서사 기술의 극치를 보여 주는 대가의 솜씨〉라고 논평했다. 미국의 저명한 서평가인 클리프턴 패디먼Clifton Fadiman은 〈헤밍웨이 문학은 일언이폐지하면 단편 50편〉이라고 말한 바 있는데, 이는 「노인과 바다」와 1938년에 나온 최초의 단편 49편을 합쳐서 말한 것으로 곧 헤밍웨이 문학의 본령은 단편소설이라는 뜻이다. 이 책에는 「노인과 바다」 이외에 이 작품을 이해하는 데 결정적 도움이 되는 단편 일곱 편을 함께 수록했다.

작가의 생애
헤밍웨이는 1899년 7월 21일 시카고 교외의 오크파크에서 태어났다. 아버지는 사냥과 낚시를 좋아하는 의사였고 어머니는 미술과 음악에 관심이 깊은 주부였다. 헤밍웨이는 사냥과 낚시를 자신에게 가르쳐 준 아버지에게는 강한 애정을 느꼈으나 별 취미도 없는 첼로 연주를 자신에게 강요하는 등 강압적인 어머니에게는 심한 저항감을 느꼈다. 그가 고등학교를 졸업하고 곧바로 취업 전선에 뛰어든 것도 이러한 집안 환경 때문이었다. 헤밍웨이 작품 전반에서 아버지에 대한 회고와 그리움은 자주 언급되고 있으나, 이례적일 정도로 어머니에 대한 언급은 없다. 특히 아버지는 헤밍웨이가 29세일 때 권총 자살함으로써 그에게 죽음 강박증이라는 평생의 화두를 안겨 주었다.

그는 1917년 고등학교를 졸업한 뒤 학교 교지를 편집한 경험과 뛰어난 글 솜씨 덕분으로 캔자스시티의 유력 신문인 「스타The Star」에 취직하여 저널리스트 생활을 시작했다. 곧이어 제1차 세계 대전에 참전하려 했으나 시력이 좋지 않아 입대가 거부되자, 미국 적십자사의 요원으로 참전하게 되었다. 그는 이탈리아에서 구급차 운전사로 활약하던 중 열아홉 살이 채 안 된 나이로 오스트리아-이탈리아 전선에서 부상을 입고 밀라노로 후송되었다. 그곳에서 적십자사 간호사인 아그네스 폰 크로프스키Agnes von Kurowsky와 사랑에 빠졌으나 결혼에 이르지는 못했고 후일 이 경험을 바탕으로 『무기여 잘 있거라A Farewell to Arms』를 집필했다.

부상에서 회복해 귀국한 헤밍웨이는 창작과 기자 일을 병행하다가 1921년 헤이들리 리처드슨Hadley Richardson과 결혼하여, 『토론토 스타 위클리*Toronto Star Weekly*』 통신원 자격으로 프랑스에 건너갔다. 파리에서는 스콧 피츠제럴드 F. Scott Fitzgerald, 거트루드 스타인Gertrude Stein, 에즈라 파운드Ezra Pound 등 미국 작가들과 사귀면서 본격적인 문학 수업에 돌입했다. 이때의 경험은 헤밍웨이 사후에 발간된 『이동 축일*A Moveable Feast*』에 잘 묘사되어 있다. 1926년 첫째 부인과 이혼하고 폴린 파이퍼Pauline Pfeiffer와 재혼했는데, 그는 새로운 여자를 만날 때마다 현재의 부인과 이혼하고 사귀던 여자와 재혼하는 절차를 반복했다. 이렇게 하여 네 명의 여자와 네 번 결혼했는데 앞의 세 여자는 헤밍웨이의 마초 기질에 반발하여 갈등을 겪다가 헤어졌지만, 마지막 여자 메리 웰시Mary Welsh는 17년 동안 순종적이고 인내심 있는 태도로 일관하여 헤밍웨이가 사망할 때까지 그의 곁을 지켰다. 전 부인들과 이혼하게 된 것은 주로 헤밍웨이의 이기적인 태도와 다른 여자와의 불륜 때문이었다. 1920년대에 작가로서 명성을 얻은 헤밍웨이는 그 후 투우, 낚시, 사냥 등 취미 활동과 여행을 통하여 강인하고 용감한 마초 이미지를 굳혀 나갔고 또한 스페인 내전과 제2차 세계대전에 직접 참전하여 용감한 전사의 명성도 굳건히 다졌다.

이미 1920년대와 1930년대에 스페인을 사랑하고 그 지역을 두루 여행한 헤밍웨이는 1936년 스페인 내란이 발발하자 공화국을 지키려는 사람들을 위해 모금 운동을 벌이는가 하면, 통신원 자격으로, 또는 여행 목적으로 네 차례나 스페인을 방문했다. 이 무렵 그는 세 번째 부인이 되는 여기자 마사

겔혼Martha Gellhorn을 만났는데,『누구를 위하여 종은 울
리나*For Whom the Bell Tolls*』에 등장하는 여주인공 마리아
의 모델이 이 마사였고 그런 만큼 그녀에게 이 소설이 헌정
되었다.

혜밍웨이는 마사와 결혼한 뒤 쿠바의 아바나 근처에 있는
핑카 바히아 농장을 구입하여 그곳에 정착했다. 쿠바에 살면
서 아내와 함께 일본의 중국 침략을 취재하러 중국에 다녀오
고 독일에 대한 첩보 활동을 벌이는가 하면 유럽에 기자로
파견되어 노르망디 작전과 파리 해방에 참여하기도 했다. 그
는 기자 신분이었지만 전투에서는 군인 못지않게 용감하게
활약했고, 군사 문제와 게릴라 활동, 특히 정보 수집에서는
실제로 큰 활약을 했다. 전쟁이 끝난 뒤 쿠바의 집으로 돌아
간 혜밍웨이는 세 번째 결혼 역시 실패하고 네 번째 아내인
메리와 결혼했다. 1940년에『누구를 위하여 종은 울리나』를
펴낸 이후 이렇다 할 작품을 내놓지 못하자 그의 작가 생명
이 다되었다는 소문이 나돌았다. 그러나 1952년「노인과 바
다」를 발표하여 그러한 악평을 단번에 잠재웠다.

혜밍웨이의 작가 생활은 성공과 실패가 반복되는 승강 곡
선을 보였다. 1920년대에는 뛰어난 단편들과『무기여 잘 있
거라』,『해는 또다시 떠오른다*The Sun Also Rises*』로 모더니
스트 작가로서의 명성을 확립했으나, 1930년대에는『가진 자
와 못 가진 자*To Have and Have Not*』라는 평범한 장편소설을
내놓아 비평가들로부터 삼류 소설이라는 혹평을 받았다. 그
러나 1940년대 초반에『누구를 위하여 종은 울리나』를 내놓

아 일거에 명성을 만회했다. 그러나 1940년대 후반에 나온 『강 건너 숲속으로*Across the River and Into the Trees*』라는 장편은 『가진 자와 못 가진 자』보다 더 시시한 작품이라는 평가를 받았고, 심지어 이제 헤밍웨이는 끝났다는 소리까지 나오게 되었다. 그러나 이때 「노인과 바다」를 발표하여 1953년에 퓰리처상을, 1954년에 노벨 문학상을 수상했다. 그리고 다시 실패 모드가 시작되어 『위험한 여름*The Dangerous Summer*』이라는 평범한 논픽션을 1960년에 내놓았다.

1960년 쿠바 혁명으로 인해 핑카 바히아 농장에서 철수하게 된 헤밍웨이는 미국으로 돌아와 마지막 대작을 쓰기 위해 집필에 전념했다. 실패와 성공을 반복해 온 자신의 과거를 되돌아보며 헤밍웨이 문학을 총결산해 주는 대작을 써내기 위해 자신을 채찍질했다. 헤밍웨이의 문학을 폄하하는 비평가들은 그의 문학을 〈행동만 있고 사상이 없다〉라고 진단했다. 또 『무기여 잘 있거라』의 프레더릭 헨리, 『해는 또다시 떠오른다』의 제이크 반스, 『누구를 위하여 종은 울리나』의 로버트 조던 등 헤밍웨이의 주요 인물들은 나이만 들지 성장하지는 않는다고 혹평했다. 그러나 그의 마지막 소설이 된 「노인과 바다」에서는 주인공 산티아고 노인의 행동과 사상이 잘 융합되어 있어서, 앞으로 헤밍웨이 60년 문학이 총결산되는 엄청난 대작이 나오리라는 기대감을 높였다.

이러한 기대는 헤밍웨이에게 감당하기 어려운 압력이었다. 그는 비평가들의 험담을 일거에 불식시키고 누구나 승복할 수 있는 대작을 써내야 한다는 강박 관념과 그것을 이루지 못하는 좌절감 속에서 심한 불안과 우울증에 시달렸다. 평범한 사람 같았으면 자신의 지금까지 업적만으로도 만족을 느끼며 물러설 수 있었겠지만 헤밍웨이는 그렇게 할 수가 없었다. 자신이 평생 동안 언론과 잡지와 뉴스를 통해 만들어 온 백절불굴의 용감한 헤밍웨이 신화가 그것을 용납하지 않았다. 이것이 엄청난 부담으로 작용하여 그는 신경 쇠약에 빠졌고 조울증적 피해망상에 시달리게 되었다. FBI가 자신을 도청하고 미행한다고 주위 사람들에게 말했고, 자기 주변 사람들이 모두 FBI에 포섭되어 자신의 일거수일투족을 밀고한다고 의심했다. 심지어 자신의 은행 잔고가 충분하지 못해 국세청의 세금 고지서를 적기에 납부하지 못할 것을 걱정했고(그는 사후에 아내 메리에게 140만 달러라는, 작가보다 은행가의 자산이라고 해야 할 막대한 돈을 남겼다), 순종적인 아내 메리에게 그녀가 자기편이 아니라 저들 편이라고 비난하며 욕설을 퍼부었다.

1960년 가을과 1961년 봄, 두 번에 걸쳐 정신 병원에 입원하여 10여 차례 이상 전기 충격 요법을 받은 헤밍웨이는 병을 이겨 내지 못하고 아이다호 주의 케첨에 있는 자신의 집으로 돌아온 지 이틀 뒤인 1961년 7월 2일 엽총을 입에 물고 방아쇠를 당겨 자살하였다. 그의 시신은 케첨에 묻혔고 근처에 세워진 추모비에는 이러한 비문이 새겨졌다. 〈그는 무엇보다도 가을을 사랑하였다. 미루나무 숲의 노란 잎사귀들, 송어 냇물에 흘러가는 잎사귀들 그리고 저 언덕 너머의 높푸르고 바람 없는 하늘을. 이제 그는 영원히 이런 풍경과 하나가 되었다.〉

작품의 배경

「노인과 바다」는 헤밍웨이가 오랫동안 구상해 온 작품이었다. 『에스콰이어*Esquire*』 1936년 4월 호에는 헤밍웨이가 걸프 만에서 〈낚시하는 즐거움〉이라는 주제로 지인과 대담한 기사가 실렸다. 그는 여기서 카를로스라는 쿠바인 낚시 동호인에게서 들은 한 노인의 얘기를 털어놓았다. 내용은 대강 이런 것이었다.

작은 조각배로 카바냐스 근처의 걸프 만에서 낚시하던 노인이 거대한 말린을 낚았다. 이틀 후 동쪽으로 60마일 떨어진 해역에서 동료 어부들이 그를 발견했는데, 노인은 낚은 말린을 뱃전에 묶어 두고 있었다. 말린은 절반 이상 뜯겨 나갔으나 남은 부분만으로도 8백 파운드에 달했다. 노인은 이틀에 걸친 사투 끝에 고기를 잡았는데 상어 떼가 달려들어 말린의 살점을 뜯어 간 것이다. 동료 어부들이 노인을 발견했을 때 그는 배에서 울고 있었고, 고기의 손실을 아주 가슴 아파해 제정신이 아니었다. 그의 주위에는 여전히 상어들이 맴돌고 있었다.

이 이야기는 헤밍웨이의 마음속에 깊이 간직되어 있었고, 3년 뒤인 1939년 스크리브너 출판사의 편집자인 맥스 퍼킨스Max Perkins에게 편지를 보냈다. 그는 이 이야기를 소설로 쓸 예정이며 현장을 답사하기 위해 쿠바 어부 카를로스와 함께 그의 작은 배에 올라타 매일 쿠바 앞바다로 나가 현지답사를 하고 있다고 적었다. 이렇게 하여 「노인과 바다」는 1940년경에 나올 예정이었으나 헤밍웨이가 스페인 내전을

다룬 『누구를 위하여 좋은 울리나』를 쓰는 바람에 뒤로 미뤄
졌다. 결국 1951년 1월에 집필을 시작했고 8주 만에 탈고했
으며 그 후 발표하기까지 2백 번이나 다시 읽으면서 일자 일
구에 신경 써 문장을 가다듬었다. 『에스콰이어』에 쿠바 노인
(실제 이름은 마누엘 울리바리 몬테스판Manuel Ulibarri
Montespan)에 대한 이야기를 한 후 무려 15년 후에 탈고한
것이다.

「노인과 바다」의 발표와 관련하여 또 하나의 에피소드가
있다. 이 작품은 1952년 9월 1일 자 『라이프Life』의 특집 호
로 실렸는데, 잡지 전체가 오로지 이 소설 하나로 채워져 있
었다. 이 소설은 출간 즉시 국제적인 센세이션을 일으켰고
덕분에 잡지는 무려 532만 부나 팔려 나갔다. 당시 『라이프』
로서는 헤밍웨이의 소설 하나만으로 잡지 한 호를 채우는 엄
청난 모험을 한 것이다. 왜냐하면 『강 건너 숲속으로』라는
헤밍웨이의 최근 장편소설이 실패작이라는 평가를 받았고,
많은 평론가들이 헤밍웨이를 한물간 작가로 보고 있었기 때
문이다. 『라이프』는 이런 평론가들의 험담을 미리 막기 위하
여 「노인과 바다」 교정쇄를 미국과 유럽 전역에 있는 유명 인
사 약 6백 명에게 보내 의견을 구했다. 그리고 각 인사들에게
는 보안 유지를 당부했다. 이렇게 하여 1952년 여름 『라이
프』의 도쿄 지사는 당시 한국 전선에서 복무 중이던 소설가
제임스 미치너James Michener를 찾아왔다. 미치너는 그 원
고를 단숨에 읽었고 걸작을 만난 흥분으로 동요하면서 그
흥분을 가라앉히기 위해 한국의 여름밤 속으로 산책을 나갔

다고 한다. 그리고 돌아와 추천사를 썼는데, 문단의 대가가 다시 그 지위에 걸맞은 작품을 써내게 된 것을 같은 작가로서 한없이 기쁘게 생각한다는 내용이었고, 이 추천사는 『라이프』의 전국적인 전면 광고에 실렸다. 「노인과 바다」는 잡지 게재 후인 1952년 9월 8일에 스크리브너사에 의해 단행본으로 초판 5만부가 출간되었고 그 후 판을 거듭하는 세계적 베스트셀러가 되었다.

소설의 주인공 산티아고는 성 야고보St. James를 스페인식으로 읽은 이름이다. 야고보는 스페인의 수호성인이고 그리스도의 제자가 되기 전에는 어부였다. 이 때문에 산티아고는 그리스도의 알레고리로 읽히기도 한다. 가령 그리스도와 산티아고는 둘 다 어부이고 도덕적 교사이다. 물고기는 그리스어로 〈이크티스ichthys〉라고 하는데, 이것은 〈예수 그리스도, 하느님의 아들, 구세주〉라는 뜻의 그리스어 표현 중 두 문자(頭文字)를 조합한 말이다. 이렇게 볼 때 그리스도, 물고기, 어부는 동일체이다. 산티아고가 바다에서 84일이나 고생을 한 것은 그리스도가 황야에서 보낸 40일과 유사하고, 바다에서 물고기와 사흘간 씨름한 것은 그리스도가 십자가 위에서 사흘 동안 고통을 당한 것과 유사하다. 그리스도의 손이 못에 찔렸듯이 산티아고의 손도 낚싯줄에 찢겼고, 그리스도가 골고다 언덕으로 가기 전에 등에 매질을 당한 것처럼 산티아고의 등도 낚싯줄로 찢겼다. 또 산티아고는 심한 두통을 겪는데 그리스도가 가시관 때문에 머리에 고통을 당하는 것과 비슷하다. 산티아고가 항구로 돌아와 돛대를 메고 오두막으로 돌아가는 장면은 그리스도가 십자가를 메고 골고다로 가는 광경과 비슷하다. 또한 오두막의 침대에 누운 산티아고의 자세는 십자가에 매달린 그리스도의 자세와 비슷하다.

「노인과 바다」 이외의 단편들은 헤밍웨이가 『제5열과 첫 49편의 단편*The Fifth Column and the First Forty-Nine Stories*』(1938)의 서문에서 자신의 대표 단편이라고 생각한다고 밝힌 것들 중에서 골랐다. 그는 서문에서 「프랜시스 매코머의 짧고 행복한 생애The Short Happy Life of Francis Macomber」, 「킬리만자로의 눈The Snows of Kilimanjaro」, 「하얀 코끼리 같은 산Hills Like White Elephants」, 「깨끗하고 불빛 환한 곳A Clean, Well-Lighted Place」, 「세상의 빛 The Light of the World」을 대표 단편으로 들었다. 이 책에서는 이 다섯 편 이외에 「인디언 부락Indian Camp」과 「살인자들The Killers」을 추가했다. 이 두 단편은 작가의 생애와 작가의 단편소설 이론을 이해하는 데 도움이 될 것이라 생각해 선정했다. 발표 지면을 살펴보면, 「프랜시스 매코머의 짧고 행복한 생애」는 1936년 9월 『코즈모폴리턴*Cosmopolitan*』에, 「킬리만자로의 눈」은 1936년 8월 『에스콰이어』에 처음 실렸는데 그 후 『제5열과 첫 49편의 단편』에 재수록되었다. 「하얀 코끼리 같은 산」은 1927년 8월 『트랑지시옹*Transition*』에 처음 실렸고 그 후 『스크리브너스 매거진*Scribner's Magazine*』, 1927년 3월 호에 실린 「살인자들」과 함께 단편집 『여자 없는 남자들*Men Without Women*』(1927)에 재록되었다. 「깨끗하고 불빛 환한 곳」은 『스크리브너스 매거진』 1933년 3월 호에 실렸고 단편집 『승자에겐 아무것도 주지 말라*Winner Take Nothing*』(1933)에 재록되었다. 「인디언 부락」은 1924년 4월 『트랜스애틀랜틱 리뷰*Transatlantic Review*』에 실렸고, 단편집 『우리의 시대*In Our time*』(1925)에 재록되었다. 「세상의 빛」은 잡지에 발표되지 않고 단편집 『승자에겐 아무것도 주지 말라』에 처음 수록되었다.

작품의 해설

소설을 읽을 때 가장 중요한 것이 스토리인데 「노인과 바다」는 실제로 현장에 있는 것처럼 느끼게 만들어 주는 훌륭한 이야기이다. 하지만 작품이 훌륭할수록 스토리 이외의 플러스알파 측면을 발견하게 되는데 이것이 언외의 의미 즉 상징이다. 헤밍웨이는 〈좋은 소설치고 은근하게 상징을 감추어 두지 않은 작품은 없다〉라고 말했는데, 이 상징이 「노인과 바다」에서 풍부하게 발견된다. 그러면 헤밍웨이는 상징을 구체적으로 어떻게 정의할까.

헤밍웨이는 『오후의 죽음*Death in the Afternoon*』이라는 논픽션에서 상징에 관하여 이런 주목할 만한 언급을 했다. 〈만약 소설가가 자신이 쓰려고 하는 것에 대하여 아주 잘 알고 있다면 그는 그가 알고 있는 것을 생략해도 무방하다. 정말로 그가 글을 잘 써놓았다면, 독자는 마치 그것(소설가가 일부러 생략한 것)이 명백하게 진술되어 있는 것처럼, 그에 대하여 뚜렷한 느낌을 갖게 된다. 빙산의 움직임이 위엄을 획득하는 것은 8분의 1만이 수면 밖으로 나와 있고 나머지는 물속에 잠겨 있기 때문이다. 반면에 자기가 잘 모르는 것을 생략한 작가는 그의 글 속에 공허한 공백만 남겨 놓는다.〉

이 정의에 따르면 〈상징〉은 말하지 않았으되, 마치 말해 놓은 것처럼 독자가 이해할 수 있는 어떤 것이다. 앞에서 산티아고와 그리스도의 유사성을 말했는데, 이 작품에는 그리스도 이야기가 나오지 않지만, 소설을 읽는 독자가 그런 느낌을 갖도록 서술되어 있는 것이다.

「노인과 바다」의 또 다른 상징은 어부를 작업 중인 예술가로 보는 것이다. 예술가는 무의식의 바다에 혼자 나가서 자아의 깊은 심연에다 여러 가지 〈미끼〉를 매달고 멋진 고기(작품의 주제)를 낚아 올리려고 애쓴다. 그리하여 예술가는 본인 생각에 멋진 고기(작품)를 잡아 올렸는데, 무의식의 바다에서 〈너무 멀리 나갔기 때문에〉 항구로 돌아오는 과정에서 상어 떼(비평가들)의 공격을 받고 작품은 완전히 빈껍데기만 남게 되기도 한다. 이런 해석은 전작 『강 건너 숲속으로』에 대한 비평가들의 혹독한 평가를 감안하면 더욱 그럴듯하게 들린다.

그렇다면 작품에 열한 차례나 언급되어 있는 사자는 무엇의 상징일까? 이 사자의 이미지를 잘 이해하기 위하여 우리는 헤밍웨이의 아프리카 여행 단편인 「프랜시스 매코머의 짧고 행복한 생애」와 「킬리만자로의 눈」을 함께 읽어야 한다.

전자에는 사자가 나오고 후자에는 사자가 표범으로 대체되어 있는데, 사자는 구체적으로 헤밍웨이의 인생관을 상징한다. 헤밍웨이는 인간이란 곧 의지, 자부심, 인내심이라고 정의한다. 인간은 고통이나 상실을 받아들일 인내심이 있어야 하며, 그런 상실이 불가피한 것일 때에도 역경 속의 용기를 발휘해야 한다는 것이다. 자부심은 인간이 주어진 환경에서 자신의 품성에 입각하여 최대한의 능력을 발휘한 것을 의미한다. 의지는 패배든 승리든 자기 연민이나 감상에 빠지지 않고서 의연하게 인생의 역경을 받아들이는 태도를 뜻한다. 산티아고는 이런 철학을 실천하는 인물이다. 그는 나이가 많고 가난한 사람이지만 진정한 〈인간〉이다. 비록 체력이 전성기를 지났지만 그의 인내심과 의지는 여전히 남아 있다. 패배에 직면해서도 그는 끝까지 싸웠고 그렇기 때문에 그는 패배하지 않는 사람이다. 이렇게 볼 때 사자는 곧 산티아고 인생 철학의 상징이다. 또한 소년 마놀린과 사자를 동급으로 생각하는 장면이 나오는데, 이것에는 자신을 사랑하는 마놀린이 사자 같은 인물, 즉 산티아고 자신 같은 인물이 되기를 바라는 마음이 담겨 있다.

헤밍웨이는 글을 쓸 때 상징과 체험한 정서의 전달을 중시하면서, 이것을 좀 더 구체적으로 설명하기 위해 소설가와 신문 기자의 차이를 말했다. 가령 어린 소녀의 교통사고 현장을 신문 기자와 소설가가 목격했다고 해보자. 신문 기자는 실제로 그 사건을 목격해야 할 필요가 없다. 객관성을 유지하고자 한다면 기자는 그 사고를 목격하지 않는 것이 오히려 더 좋다. 필요한 세부 사항은 경찰관의 보고서에서 얼마든지 얻을 수 있다. 반면에 소설가는 〈느껴야 되는 어떤 것 혹은 느끼도록 가르침을 받은 어떤 것이 아니라, 정말로 느낀 어떤 것을 전달해야 한다〉. 자신이 느낀 것을 독자가 그대로 느끼게 만드는 것이 소설가의 본령이라는 것이다. 주옥같은 단편들을 써내던 1920년대와 1930년대에 헤밍웨이는 이런 이론에 입각하여 소설을 썼다. 「흰 코끼리 같은 산」, 「살인자들」 등은 작중 인물의 체험이 잘 전달된다.

앞에서 상징 이야기를 했는데 「깨끗하고 불빛 환한 곳」은 어둡고 지저분하고 허무한 삶을 살아가면서 그런 것들을 초월한 상태를 동경하는 인간의 마음을 〈깨끗하고 불빛 환한 곳〉이라는 상징으로 제시한다. 그러나 헤밍웨이의 상징이 늘 완벽하게 작동하는 것은 아니다. 이미 헤밍웨이 자신이 밝혔듯이, 자신은 대표작이라고 생각하지만 평론가들로부터 혹평을 받았다고 시인한 「세상의 빛」은 상징이 제대로 작동하지 않는다. 스티브 케철이라는 백인 권투 선수는 예수 그리스도를, 앨리스라는 뚱뚱한 창녀는 막달라 마리아를 상징하는 것처럼 서술되어 있으나, 〈산티아고＝그리스도〉의 상징과 달리 독자는 이 상징을 선뜻 받아들이기가 어렵다. 「세상의 빛」과 「노인과 바다」를 비교하면서 읽어 보면 후자의 상징이 얼마나 은밀하면서도 교묘한지 잘 알 수 있다.

「노인과 바다」의 가장 유명한 말이요 헤밍웨이의 철학이기도 한 말은, 〈인간은 패배하기 위해 태어난 것이 아니야. 인간은 파괴될 수는 있지만 패배하지는 않는 거야〉이다. 산티아고 노인이 헤밍웨이의 분신이나 다름없다는 점을 감안할 때, 우리는 작가의 자살과 관련하여 이런 질문을 던지게 된다. 〈자기 자신을 죽이는 것이 어떻게 패배하지 않는 것이 될 수 있을까?〉 이 질문에 답하는 작품이 「인디언 부락」이다. 의사 아버지와 함께 인디언 부락을 방문한 닉(어린 날의 헤밍웨이)은 그 마을에서 자살한 인디언을 보고서 아버지에게 사람은 왜 자살을 하는가 하고 묻는다. 그러자 아버지는 〈아마도 삶을 견딜 수 없었던 게지〉라고 대답한다.

만년의 헤밍웨이도 삶을 견딜 수 없었던 것 같다. 「노인과 바다」에 〈전에 그것을 1천 번 증명한 것은 아무것도 아니었다. 이제 그는 또다시 그것을 증명해야 했다. 매번 새로운 때이고, 그런 증명을 할 때면 과거에 대해서는 생각하지 않았다〉라는 말이 나온다. 헤밍웨이는 전에 좋은 작품을 많이 써냈지만, 지금 그것을 써내지 못하니 자신은 더 이상 작가가 아니라고 생각했고 그런 무의미한 삶을 견딜 수 없었던 것이다.

평생을 권투, 참전, 투우, 사냥, 낚시, 여성 편력 등 마초의 이미지로 일관해 온 헤밍웨이는 폭력과 죽음에 대하여 거의 강박적인 집착을 보였다. 이미 어린 시절 죽음을 목격하고 그 죽음과 맞서 싸우기를 각오한 헤밍웨이는 아버지의 자살로 더욱 그 문제에 집착하면서 한평생 죽음과 대결을 벌여 왔는데, 이런 치열한 대결이 그의 전 작품을 관통하는 주제였다. 위에서 「노인과 바다」에는 여러 가지 층위의 상징이 작용한다고 말했는데, 이렇게 볼 때 역자는 산티아고를 죽음의

신(神)으로, 바닷속 깊은 곳의 말린을 헤밍웨이로, 그리고 말린을 낚은 갈고리를 죽음의 강박증으로, 노인의 조각배를 끌고서 이틀이나 심해를 헤엄친 말린의 행위는 권투, 참전, 투우, 사냥, 낚시, 여성 편력으로 죽음을 극복하려 했던 헤밍웨이의 행위로 읽어 볼 수도 있다고 생각한다. 이때 낚싯줄은 죽음과 헤밍웨이를 연결하는 대결의 밧줄이요 운명의 끈이 된다.

「노인과 바다」에서 말린은 조각배 주위를 빙빙 돌다가 자신이 노인에게 이길 수 없다는 것을 알고서 공중으로 힘차게 뛰어오르며 그 아름다운 모습을 비극적으로 드러낸다. 〈고기는 이제 죽음을 예견한 듯 아연 살아나면서 공중으로 높이 뛰어올랐다. 그 엄청난 길이, 넓이, 그놈의 엄청난 힘과 아름다움이 여실하게 노출됐다. 놈은 배에 서 있는 노인의 머리 위 상공에 매달려 있는 것 같았다.〉 역자는 이 부분을 번역하면서 죽음을 이기지 못한다면 스스로 먼저 죽겠다는 헤밍웨이의 불패 정신을 읽었다. 우리 동양에는 사가살불가탈[1]이라는 명언이 있는데, 헤밍웨이의 자살이야말로 불가탈의 용기를 보여 준 것이 아니었을까. 헤밍웨이의 막내아들 그레고리Gregory는 〈아버지는 그에게 남은 유일한 선택을 감행함으로써 자신의 용기를 보여 주었다〉라고 했다. 역자는 이 해석에 동의한다.

이종인

[1] 士可殺不可奪. 선비는 죽일 수 있을지언정 그의 뜻을 빼앗지는 못한다.

어니스트 헤밍웨이 연보

1899년 출생 7월 21일 미국 일리노이 주 시카고 서부 오크파크에서 출생. 2남 4녀의 6형제 중 위로 누이가 하나 있는 장남으로 태어남.

1901년 2세 미시간의 월룬 호수에 처음으로 피서를 감. 이후 여러 번 이 호수로 피서를 가게 되는데 그의 초기 작품에 자주 나오는 무대가 됨.

1909년 10세 할아버지에게 생일 선물로 엽총을 받음. 『누구를 위하여 종은 울리나*For Whom the Bell Tolls*』에는 이 용감한 할아버지와 자살한 아버지의 이야기가 등장함.

1913년 14세 시카고의 체육관에 들어가 권투를 배움. 이때의 후유증으로 2년 뒤 왼쪽 눈 시력이 저하됨.

1917년 18세 오크파크 고등학교를 우수한 성적으로 졸업. 4월 미국이 제1차 세계 대전에 참전하여 졸업 직전에 군대에 자원하였으나 시력이 좋지 않아 불합격. 졸업 후 캔자스시티로 가서 「스타The Star」지의 기자가 됨.

1918년 19세 약 7개월 정도 근무한 「스타」지를 퇴사하고 이탈리아 군속 적십자 요원으로 참전. 이탈리아에서 근무 도중 포격으로 부상을 입고 밀라노 후송 병원에 입원. 3개월 치료 끝에 퇴원하여 이탈리아 보병 부대에 배속되었다가 11월 휴전.

1919년 20세 부상으로 적십자사에서 제대해 미국으로 돌아옴.

1920년 21세   캐나다의 토론토로 가서 신문 기자가 되었으나 곧 귀국. 시카고에서 발행하는 한 기관지의 편집자가 됨. 이때 문학의 새로운 기운(주로 신비평)을 가져온 시카고 그룹의 예술가들과 교우함.

1921년 22세   9월 헤이들리 리처드슨Hadley Richardson과 결혼하여 캐나다의 토론토에 거주. 『토론토 스타 위클리*Toronto Star Weekly*』지 유럽 특파원이 되어 유럽으로 감.

1922~1924년 23~25세   파리 시대 개막. 거트루드 스타인Gertrude Stein과 에즈라 파운드Ezra Pound를 사귀게 되어 이들에게 문학 수업을 받음. 장남 존John 출생(1923). 몇 편의 초기 작품을 발표. 1924년에 단편집 『우리의 시대*In Our Time*』출판.

1925년 26세   단편 「두 개의 커다란 심장을 가진 강Big Two-Hearted River」 발표.

1926년 27세   『해는 또다시 떠오른다*The Sun Also Rises*』출판. 첫 부인 헤이들리 리처드슨과 이혼.

1927년 28세   『보그*Vogue*』의 파리 특파원이며 의상 비평가인 폴린 파이퍼Pauline Pfeiffer와 재혼.

1928년 29세   차남 패트릭Patrick 출생. 12월 6일 부친 클래런스 헤밍웨이Clarence Hemingway, 오크파크 자택의 2층에서 스미스웨슨 리볼버 권총으로 자신의 귀 뒷부분을 쏘아 자살. 부친은 플로리다 부동산에 거금을 투자했으나 부동산 가격이 폭락하면서 투자 자금을 모두 날림. 그 전 해에 부친은 플로리다 주 의사 시험에 합격하여 그곳으로 내려가 개업하면서 은퇴할 계획이었으나 그것이 물거품으로 돌아감. 게다가 당뇨병과 협심증에 따른 수면 부족으로 고통을 받음. 12월의 비 내리는 추운 늦가을 날씨가 계속되자 그것이 부친의 우울증을 더욱 자극함. 자살 당시 부친의 나이는 57세였음.

1929년 30세   『무기여 잘 있거라*A Farewell to Arms*』출판.

1930년 31세   11월 소설가 도스 패소스Dos Passos와 사냥 여행을 나섰다가 자동차 사고로 팔을 다쳐 세 번 수술을 받음.

1931년 [32세]   11월 캔자스시티에서 3남 그레고리Gregory 출생.

1932년 [33세]   『오후의 죽음*Death in the Afternoon*』 출판.

1933~1934년 [34~35세]   아프리카를 여행함. 단편집 『승자에겐 아무 것도 주지 말라*Winner Take Nothing*』(1933) 출판.

1935년 [36세]   아프리카 여행기 『아프리카의 푸른 언덕*Green Hills of Africa*』 출판.

1936년 [37세]   7월에 『누구를 위하여 종은 울리나』의 무대가 된 스페인 내전이 일어남. 스페인 정부군을 위해 원조 자금 4만 달러를 개인 명의로 조달. 부상병 수송차, 의약품 등의 제공을 계획.

1937년 [38세]   2월 북아메리카 신문 연합의 특파원이 되어 스페인으로 건너감. 스페인에서 『콜리어*Collier's*』지의 특파원인 여류 작가 마사 겔혼Martha Gellhorn을 만나 열애에 빠짐.

1938년 [39세]   희곡 「제5열The Fifth Column」과 그때까지 쓴 단편 49편을 하나로 묶어서 『제5열과 첫 49편의 단편*The Fifth Column and the First Forty-Nine Stories*』을 출간.

1939년 [40세]   프랑코군, 1월에 바르셀로나를 함락하고 3월에 마드리드에 입성. 스페인 내전은 반란군의 승리로 끝남. 쿠바의 아바나에 있는 한 호텔에서 『누구를 위하여 종은 울리나』 집필 시작.

1940년 [41세]   『누구를 위하여 종은 울리나』 출판. 폴린 파이퍼와 이혼하고 마사 겔혼과 결혼.

1941년 [42세]   중일 전쟁 특파원으로 중국 여행.

1942년 [43세]   82편의 전쟁 이야기를 편집한 책 『전쟁 속의 인간*Men at War: The Best War Stories of All Time*』 출간.

1943년 [44세]   제2차 세계 대전 취재차 아내 마사와 함께 프랑스로 감.

1944년 45세　5월 언론인 메리 웰시Mary Welsh 만남. 7월, 조지 패턴 George Patton 장군의 사단에 배속되어 종군함.

1945년 46세　12월 세 번째 부인 마사 겔혼과 이혼.

1946년 47세　2월 네 번째이자 마지막 아내인 메리 웰시와 결혼. 메리 는 『타임』지의 런던 지사 근무 중 헤밍웨이와 친한 사이가 되었음.

1947년 48세　1944년에 프랑스에서 활약한 공로로 동성 훈장을 받음.

1948년 49세　아내와 함께 이탈리아를 방문하여 제1차 세계 대전 당시 부상당했던 격전지를 둘러보고 베네치아에서 18세의 아드리아나 이반 치치Adriana Ivancich를 만남. 이 여성이 『강 건너 숲속으로*Across the River and Into the Trees*』의 여주인공 모델이 됨. 아드리아나와 헤밍웨 이는 애인 사이였으나 내연의 관계는 아니었음. 아드리아나의 모친은 헤밍웨이가 메리 웰시와 이혼하고 딸과 결혼할 것을 은근히 바랐으나 헤밍웨이는 다섯 번째 아내를 맞이하는 것을 망설였고 또 메리 웰시가 너무나 순종적인 아내였기 때문에 모험을 하지 않음.

1949년 50세　아내와 함께 다시 유럽으로 건너가 남프랑스와 이탈리 아를 여행함.

1950년 51세　『강 건너 숲속으로』 출판. 헤밍웨이의 문학이 하강 국면 에 있다는 진단을 받는 등 비평가들로부터 혹평을 받음.

1951년 52세　6월 모친 사망.

1952년 53세　「노인과 바다The Old Man and the Sea」 발표.

1953년 54세　퓰리처상 수상.

1954년 55세　아프리카 우간다를 여행하던 중 비행기 사고로 부부가 함께 중상을 입음. 이때 헤밍웨이가 사망했다는 오보가 신문에 등장함. 10월 노벨 문학상 수상.

1955년 56세　쿠바 정부로부터 산 크리스토발 훈장을 받음.

1956년 57세 아이다호 주 케첨에서 『이동 축일*A Moveable Feast*』을 집필. 이 책은 사후인 1964년에 발표됨.

1957년 58세 6월 시인 에즈라 파운드를 성 엘리자베스 정신 병원에서 퇴원시키려는 펀드에 1천5백 달러 기부.

1958년 59세 이해 10월까지 쿠바에 머물렀으나 카스트로 혁명이 시작되자 10월 초 케첨으로 돌아옴.

1959년 60세 『라이프*Life*』지와 스페인 전국 투우 견문록을 게재하는 조건으로 스페인으로 건너가 전국을 순회. 그 견문록을 이 잡지에 「위험한 여름The Dangerous Summer」으로 발표.

1960년 61세 대작을 써내지 못하는 정신적 고통과 고혈압 등의 지병으로 심한 신경 쇠약 증세에 빠짐. 지인인 A. E. 호치너Hotchner가 쓴 『파파 헤밍웨이*Papa Hemingway: A Personal Memoir*』(1966)에는 자살 직전 헤밍웨이의 심경이 잘 그려져 있음. 세계적인 명성도 얻었고 이제 편안히 은퇴하면 될 터인데 왜 자꾸 자살하려고 하느냐는 호치너의 질문에 〈나는 작가다. 작가가 글을 쓰지 못한다면 더 이상 이 세상에 존재할 필요가 없다〉라고 답함.

1961년 62세 심한 우울증과 피해망상 증세를 보임. 피해망상과 근거 없는 불안에 대한 구체적인 내용은 그의 네 번째 부인 메리 헤밍웨이가 쓴 『실상*How It Was*』(1976)에 잘 나와 있음. 이해 4월 엽총으로 자살을 기도하려다 부인 메리에게 발각되어 미수에 그침. 가족의 권유로 미네소타 주 로체스터의 메이요 클리닉에 입원. 외부적으로는 고혈압 치료로 위장하고 정신과 치료를 받음. 메이요 클리닉에 입원하여 6주에 걸쳐 23차례의 전기 충격 요법 치료를 받음. 병세가 호전되지 않아 병원 측에서 정신 병원에 정식 입원할 것을 권했으나 헤밍웨이가 거절. 이때 의사는 지금 정신 병원에 들어가면 신문 하단에 조그마하게 날 것이나, 만약 치료를 받지 않아 불의의 사태가 벌어진다면 그때에는 전 세계적인 뉴스가 될 것이라고 말했는데, 그 예측대로 되었음. 메이요 클리닉에서 돌아온 지 이틀이 지난 7월 2일 자살. 향년 62세. 유작으로『해류 속의 섬들*Islands in the Stream*』(1970), 『위험한 여름*The Dangerous Summer*』(1985), 『에덴동산*The Garden of Eden*』(1986) 출판.

열린책들 세계문학 198 노인과 바다

옮긴이 이종인 1954년 서울에서 태어나 고려대학교 영어영문학과를 졸업했다. 한국 브리태니커 편집국장과 성균관대학교 전문 번역가 양성 과정 교수를 역임했다. 폴 오스터의 『보이지 않는』, 『어둠 속의 남자』, 『폴 오스터의 뉴욕 통신』, 크리스토퍼 드 하멜의 『성서의 역사』, 프랭크 로이드 라이트의 『자서전』, 존 르카레의 『팅커, 테일러, 솔저, 스파이』, 니코스 카잔차키스의 『향연 외』, 『돌의 정원』, 『모레아 기행』, 『일본 중국 기행』, 『영국 기행』, 앤디 앤드루스의 『폰더 씨의 위대한 하루』, 줌파 라히리의 『축복받은 집』, 조지프 골드스타인의 『비블리오테라피』, 스티븐 앰브로스 외의 『만약에』, 사이먼 윈체스터의 『영어의 탄생』, 싱클레어 루이스의 『배빗』 등 1백여 권을 번역했고, 번역 입문 강의서 『번역은 글쓰기다』를 펴냈다.

지은이 어니스트 헤밍웨이 **옮긴이** 이종인 **발행인** 홍예빈·홍유진
발행처 주식회사 열린책들 **주소** 경기도 파주시 문발로 253 파주출판도시
전화 031-955-4000 **팩스** 031-955-4004 **홈페이지** www.openbooks.co.kr
Copyright (C) 주식회사 열린책들, 2012, *Printed in Korea.*
ISBN 978-89-329-1198-4 04840 ISBN 978-89-329-1499-2 (세트)
발행일 2012년 2월 10일 세계문학판 1쇄 2024년 6월 20일 세계문학판 19쇄

이 도서의 국립중앙도서관 출판예정도서목록(CIP)은 서지정보유통지원시스템 홈페이지(http://seoji.nl.go.kr)와 국가자료공동목록시스템(http://www.nl.go.kr/kolisnet)에서 이용하실 수 있습니다.(CIP제어번호:CIP2012000286)

열린책들 세계문학
Open Books World Literature

만새기 dolphinfish. dorado

Shovel-nosed shark, galano
가래상어

말린 marlin

다랑어 tuna